*NARRATORI MODERNI*

*Andrea Vitali*

# UNA FINESTRA VISTALAGO

GARZANTI

Prima edizione: agosto 2003

ISBN 88-11-66536-1



www.garzantilibri.it

# UNA FINESTRA VISTALAGO

# 1

Ar.Ca.Vi. stava per Arrigoni, Cattaneo, Vitali. Società anonima. Fondata nel 1919 da Quintiliano Arrigoni per lo sviluppo di progetti utili alla lavorazione della seta.

Nel 1922 i tre soci ebbero il colpo di fortuna, ideando e producendo un macchinario che serviva a disfare i bozzoli, lavoro sino ad allora eseguito manualmente.

L'anima del successo commerciale della straordinaria macchina fu il comasco Gabriele del Dossi. Costui girava il mondo intrattenendo rapporti d'affari e d'amicizia coi corrispondenti degli industriali lariani. Amava, per questo, definirsi ambasciatore della seta.

Visto il progetto, il del Dossi comprese immediatamente che la macchina sfogliabozzoli avrebbe rivoluzionato la lavorazione della seta. Riuscì a venderla dappertutto e la fortuna dei tre fu fatta.

Nel 1924 Quintiliano Arrigoni divenne presidente della Banca del Mandamento di Bellano. A titolo di riconoscenza offrì al comasco un posto nel consiglio di amministrazione. L'amicizia tra i due si rinsaldò ulteriormente. Già da tempo, infatti, il del Dossi aveva preso l'abitudine di salirsene a Bellano, di tanto in tanto, per passare qualche giorno presso la villa dell'amico.

Scapolo inveterato, il comasco aveva un rispetto quasi religioso di quelle giornate bellanesi. Con occhio da uomo di mondo le considerava pause salutari, necessarie per depurare il fisico dai continui viaggi, dalle cene, dalle trattative, dalle avventure.

Amava i composti spettacoli che il paese offriva: il fiume placido, l'arrivo del treno, l'approdo del battello.

Né disprezzava la cucina di casa Arrigoni, i piatti sani, semplici e gustosi che uscivano dalle mani tormentate dall'artrosi di Severa Signorelli, la cuoca. Certi suoi minestroni avevano il potere di commuovere il del Dossi, ricordandogli quelli dell'infanzia.

«È un privilegio poter pranzare e cenare a casa tua», diceva spesso Gabriele all'amico Quintiliano a mo' di complimento.

Tanto privilegio durò sino al 1929. Fu in quell'anno che i due litigarono duramente e l'amicizia si ruppe.

## 2

Severa Signorelli era entrata a servizio in casa Arrigoni nel 1908. Nel 1911 s'era dovuta accollare Gentilina, figlia di sua sorella: un'epidemia di tifo l'aveva resa orfana. La piccola aveva cinque anni. Severa aveva cominciato a portarsela appresso. Col permesso dei padroni la lasciava a giocare nel giardino della villa durante la bella stagione o nella lavanderia d'inverno. La signora Vittoria, moglie di Quintiliano, guardava alla bambinetta con occhio benevolo: la considerava una presenza beneaugurante per l'arrivo di quel figlio che non era ancora riuscita a dare a suo marito.

A un certo punto Severa aveva smesso di tirarsi dietro Gentilina. Un po' perché, confermandosi anno dopo anno la sua sterilità, la presenza di Gentilina aveva cominciato a intristire la signora Vittoria, un po' perché, essendo grandicella, la ragazza le era più utile in casa.

Gentilina era riapparsa sulla scena di casa Arrigoni nel 1928. Severa, acciaccata, aveva proposto ai padroni di considerarla come la sua naturale sostituta. Le aveva insegnato tutto quello che sapeva, dalla casseula agli gnocchi di zucca, dal pollo in gelatina al minestrone con la codega.

La signora Vittoria aveva detto subito sì. La visione di una donna bell'e fatta non le procurava alcun deliquio. Quintiliano s'era accodato alla decisione della moglie, approvando incondizionatamente qualche giorno più tardi, dopo aver constatato l'eguale bontà del minestrone.

A metà del 1929, Gentilina aveva dovuto confessare a Severa di essere incinta. Severa, per quanto anchilosata, l'aveva prima di tutto riempita di sberle. Poi aveva voluto sapere. La risposta l'aveva lasciata di stucco: fosse stato qualche popolano il colpevole, sapeva bene come trattare la faccenda. Ma c'erano di mezzo i signori della villa, bisognava andarci piano.

Quintiliano Arrigoni, nel frattempo, era stato nominato Cavaliere del Regno.

Severa l'aveva voluto incontrare per discutere della faccenda. Quando l'anziana cuoca aveva terminato di parlare, l'Arrigoni s'era illuminato di un largo sorriso.

«Sono un uomo d'onore», aveva risposto. «Non fuggo davanti alle mie responsabilità.»

Severa aveva ringraziato il cielo. S'era aspettata dinieghi, aveva trovato un sorriso. Evidentemente, aveva pensato, il Cavaliere del Regno era felice di aver dimostrato anche solo a sé stesso di poter generare: la secca era sua moglie, non lui.

Tuttavia, da quella donna onesta che era, Severa aveva fatto notare che, secondo la confessione estorta a Gentilina, anche il del Dossi poteva essere indiziato.

«Lo escludo», aveva reagito con veemenza Quintiliano. «Nella maniera più assoluta.»

La pulce, però, gli era rimasta nell'orecchio. Alla prima occasione aveva voluto indagare.

Una sera, dopo cena, restato a tavola solo col comasco, aveva assunto un atteggiamento confidenziale e, passo dopo passo, aveva tirato il del Dossi sull'argomento delle donne per giungere infine a parlare di Gentilina.

«Quelle di classe», aveva detto Quintiliano, «sono a volte sin troppo sfiziose. Di tanto in tanto una popolana ci vuole.»

«Anche loro hanno dei pregi», aveva sentenziato il del Dossi.

«Una come Gentilina», l'aveva provocato l'Arrigoni, «tu, te la porteresti a letto?»

Il del Dossi, ingobbendosi verso di lui e mettendogli una mano sul braccio, aveva risposto:

«Se ti confessassi d'averlo già fatto?»

Quintiliano s'era imporporato.

«Dici sul serio?» aveva chiesto, tenendo a freno il tono della voce.

«E ti pare che scherzi?»

All'Arrigoni erano scappati i cavalli. S'era alzato di scatto, ribaltando la sedia.

«In casa mia?» aveva gridato.

L'altro l'aveva guardato, paralizzato dal repentino cambiamento.

«Fuori di qua!»

«Ma...» aveva tentato di obiettare il comasco.

«Fuori! Vigliacco! Approfittatore!»

L'aveva estromesso da casa, nonostante fosse già notte.

«Non farti mai più rivedere qui», gli aveva gridato dal cancello del giardino.

Il giorno seguente, Quintiliano aveva voluto rivedere Severa. L'aveva tranquillizzata.

«Non ci sono dubbi», aveva detto. «Il padre sono io. Ho parlato col del Dossi e abbiamo chiarito la cosa.»

Come poteva ben capire, aveva poi aggiunto, lui non poteva riconoscere il nascituro. Ma né lei né Gentilina avrebbero dovuto preoccuparsi: con discrezione, avrebbe pensato lui a tutte le necessità. Quale che fosse il sesso, al bambino non sarebbe mancato nulla.

Severa, commossa, aveva promesso che sia lei sia la nipote sarebbero state due tombe.

«Se sarà femmina si chiamerà Cristina, come mia madre», aveva ordinato l'Arrigoni. «Se maschio gli metteremo il nome di mio padre, Giuseppe.»

«Speriamo che sia maschio», aveva detto Severa.

Maschio era stato.

# 3

Quando, nel 1930, il bambino nacque, Quintiliano aveva già dato più di una dimostrazione di non aver parlato a vanvera: teneva fede alla parola.

Soprattutto, aveva brigato e tramato al fine di trovare un marito per Gentilina, cosa che infine era riuscito a fare con la fondamentale collaborazione del prevosto, don Giuseppe Arrigoni.

Il giovane si chiamava Federico e pure lui faceva Arrigoni di cognome. La coincidenza contribuì ad accrescere la felicità di Quintiliano.

Fu, questa, una delle ultime gioie della vita del Cavaliere del Regno. Nel 1932 infatti sua moglie Vittoria morì. Nel 1933 lui patì un infarto. Su consiglio del medico abbandonò il mondo degli affari e, dal 1934, si ritirò a vivere solitario nell'immensa villa di Bellano, vuota di ogni rumore.

Vuoi per la solitudine, vuoi per le precarie condizioni di salute, Quintiliano cominciò a deperire. Seguirono anni infelici. Quintiliano un po' entrava in ospedale un po' stava a casa. Con cautela, il suo medico cominciò a consigliargli di prendere in considerazione l'idea di cambiare: ce n'erano, gli disse, di posti di lusso dove andare, stando in compagnia, accuditi e coccolati come infanti. I soldi non gli mancavano.

«In un ricovero mai», ribatteva Quintiliano.

«Alberghi, sono alberghi», correggeva il dottore.

Quintiliano tenne duro, nonostante il diabete che si palesò nel corso del 1939, per tutta la durata della guerra.

Nessuno poteva sapere che a mantenerlo saldo in quella decisione era il pensiero di provvedere, come da parola data, alle necessità del piccolo Giuseppe, che rimase orfano di padre il 10 luglio 1941, durante la battaglia di Punta Stilo. L'incrociatore sui cui Federico Arrigoni era imbarcato venne affondato, di lui non si seppe più nulla.

Alla fine della guerra, però, non ci fu santo che tenne. Quei cinque anni appena trascorsi avevano contato doppio per la salute di Quintiliano.

«Un infarto, il diabete, la gastrite, la pressione alta, le amnesie, la sordità», elencò il dottore. «Ce n'è abbastanza per un trattato di medicina interna. Vi volete convincere ad accettare il mio consiglio?»

Sfiancato, l'Arrigoni capitolò. All'inizio del 1946 e a settantacinque anni di età entrava presso la residenza Villa Magnolia di Cernobbio accompagnato dal notaio bellanese Carmine Anfuso, che il giorno prima aveva ottenuto la procura per badare all'amministrazione dei suoi beni.

# 4

A metà del 1946, a sedici anni appena compiuti, Giuseppe Arrigoni entrò al cotonificio Cantoni con la qualifica di operaio semplice.

Gentilina benedì l'assunzione. Partito Quintiliano, infatti, la pacchia era finita. Altro che istruzione: bisognava pensare alla pagnotta e fare la serva le era sempre più pesante.

Giuseppe era la sua assicurazione sul futuro. Si sentì tranquilla sapendo che il ragazzo aveva un posto fisso e portava a casa la paga tutti i mesi.

Semmai, a metterla in angustie, era la mancanza di una figura maschile cui il ragazzo, in un'età così fragile, potesse guardare come esempio.

Quindi ringraziò il cielo per l'irruzione che nella vita di Giuseppe fece a un certo punto Guido Rozzi, detto Guidino, operaio meccanico del cotonificio: avendo bisogno di un apprendista, aveva sottratto il Giuseppe alla torcitura e l'aveva messo sotto la sua ala.

La scuola di Guidino fu quanto mai efficace. Al punto che Gentilina, così come ne aveva benedetta la comparsa, arrivò a maledirne la presenza.

Il Rozzi era un ex partigiano, comunista fino alla radice dei capelli. Sin dal primo giorno di lavoro impose al ragazzo un decalogo assai singolare.

«Ricordati», spiegò, «che un vero uomo è prima di tutto un comunista. Bestemmia, beve e fuma. Non si fa comandare da nessuno e tromba le donne che gli piacciono.»

L'Arrigoni rimase affascinato dall'esuberante codice.

Il Guidino, che era un maestro a tutto tondo, dopo aver enunciato la teoria, spinse subito l'allievo alla pratica.

Nel giro di un paio di mesi Giuseppe Arrigoni bestemmiava, fumava, frequentava le osterie e mandava a dar via il culo chiunque gli chiedesse qualcosa se solo sospettava che la richiesta velasse un ordine.

Per quanto concerneva le donne e la politica, Guidino la prese un po' più alla larga.

Circa le donne, l'ex partigiano pensò che sarebbe stata buona cosa guidare l'allievo nelle prime esperienze e l'aveva indirizzato verso certe slandrette di sua conoscenza che lavoravano al cotonificio.

«La vedi quella lì?» diceva, indicandola. «Non ne avrà a male.»

Significava che la ragazza in questione non avrebbe protestato se il Giuseppe le avesse mollato qualche pacca sul sedere, indirizzato qualche pesante allusione oppure proposto senza troppi preamboli un appuntamento.

Imparata la tecnica, il Giuseppe cominciò a metterci del suo: poiché era un bel ragazzo, alto, capelli neri e occhi azzurri, non fece fatica a colpire dove voleva.

Con la politica Guidino ci andò ancora più cauto.

La politica era una cosa seria e, da buon maestro, doveva trasmettere al ragazzo che diventare comunisti non era come bersi qualche bicchiere di vino all'osteria o trombarsi una sgarzolina del cotone.

Cominciò col raccontargli le sue avventure in montagna durante la guerra di liberazione.

Abile affabulatore, riuscì a penetrare con quei racconti nella fantasia di Giuseppe tanto che questi, la sera, durante la cena, le ripeteva per la meraviglia di sua madre. Com'era possibile, si chiedeva Gentilina, che tante cose, sparatorie, ruberie, assalti, agguati, fossero successe sulle montagne alle spalle di Bellano senza che lei ne avesse mai avuta notizia?

Il primo tentativo per saggiare la disponibilità del ragazzo a percorrere la via della fede comunista, Guidino lo fece quando il PCI lanciò la campagna del «Prestito per la democrazia», per autofinanziare la propria campagna elettorale.

Prima di proporre a Giuseppe di sottoscrivere un paio di cartelle, Guidino predicò qualche giorno sullo sfruttamento delle masse: masse che non erano entità astratte, ma uomini come loro, operai e operaie del cotonificio che per una miseria di stipendio si facevano un culo così, mentre i padroni del vapore passavano il tempo contando i soldi. I comunisti invece pensavano che la ricchezza andasse equamente divisa.

«Ma finché comanderanno i padroni», disse, «tu sarai sempre operaio.»

Per comandare bisognava vincere le elezioni, per vincere le elezioni bisognava fare una grande campagna elettorale. Servivano soldi, per manifesti, volantini, comizi e quant'altro.

Giuseppe sottoscrisse due cartelle da mille lire che capitarono sotto gli occhi del prevosto durante il giro delle benedizioni natalizie. Il sacerdote chiese di chi fossero, poi scosse la testa. A Gentilina fece notare ciò che era stampigliato sulle cartelle.

«L'importo di questa cartella sarà rimborsato alla pari senza interessi entro il 31 dicembre 1949 al sottoscrittore o ai suoi eredi legittimi o testamentari.»

«Le banche, anche se sono dei padroni, almeno gli interessi te li danno», commentò.

«Una volta vinte le elezioni ci saranno interessi per tutti», rispose Giuseppe a sua madre che gli aveva ribadito l'obiezione del sacerdote.

La scuola di partito vera e propria, con doposcuola, cominciò nel corso dei primi mesi del 1947, nel clima arroventato che contraddistinse l'inizio della guerra fredda.

Nell'aprile del 1947 l'Arrigoni, per la prima volta, seguì il Guidino a Lecco per assistere a una delle misteriose riunioni coi compagni di cui il Rozzi gli aveva sempre dato ampi resoconti che però lo lasciavano insoddisfatto.

Fu un'esperienza iniziatica per il giovane che, nella sala di riunione della sezione, sentì parlare della dottrina Truman.

Tornando a casa, il Rozzi gli chiese se gli era piaciuto. Giuseppe rispose con una bestemmia entusiastica.

Da quel momento in avanti Guidino non perse un colpo. I tempi, d'altronde, si dimostrarono favorevoli, gli argomenti non mancavano: il piano Marshall, la caccia alle streghe, la bomba atomica, gli scioperi in Inghilterra, la guerriglia dei filocomunisti in Grecia, Molotov, Dimitrov, Tito e Hoxa. E poi il trattato di pace da cui l'Italia era uscita mutilata, i risarcimenti e i danni di guerra da pagare a URSS, Jugoslavia, Grecia, Etiopia, Albania, Stati Uniti e Gran Bretagna, la costituzione del MSI, il nuovo partito di Saragat, il PSLI, i cui iscritti Nenni aveva definito pisellini, il viaggio di De Gasperi in America e infine il varo della costituzione con l'inspiegabile accordo tra comunisti e democristiani per l'approvazione dell'articolo 7 che riconosceva la validità dei Patti Lateranensi.

Alla fine del 1947 Giuseppe Arrigoni era pronto per entrare nelle fila del PCI. Lo fece, orgogliosamente presentato dal suo indiscusso maestro compagno Guido Rozzi, pochi giorni prima di Natale.

Gentilina lo disse in confessione al signor prevosto.

«Vedremo fino a quando durerà», rispose, imperturbabile, il sacerdote.

# 5

Iscritto al PCI, Giuseppe si fece crescere un paio di baffetti che gli diedero un'aria assassina.

«Mi ricordi uno che era in montagna con me», commentò Guidino. «Un osso veh! Non ci pensava due volte a sparare.»

Anche lui, rifletté Giuseppe, sarebbe stato così se avesse avuto la fortuna di stare in montagna: nessuna pietà contro i nemici del partito. E, a proposito di partito, l'Arrigoni cominciò a tampinare il Guidino perché fondassero anche a Bellano una sezione del PCI.

«Dopo le elezioni», gli impose il Rozzi.

«Perché?»

«Perché saranno una sorta di censimento. Vuoi mettere essere una delle prime sezioni d'Italia fondate dopo la vittoria elettorale?»

«Sono d'accordo», ribatté il Giuseppe, «ma dobbiamo ancora vincere.»

Guidino si oscurò in viso.

«Compagno», disse, «la fede nella vittoria finale è la prima virtù di ogni buon comunista.»

L'Arrigoni incassò anche quella lezione.

«Diamoci da fare allora.»

In quanto a quello né l'uno né l'altro si risparmiarono. Fecero un gran lavoro, distribuendo volantini e opuscoli, appiccicando manifesti a Bellano, Varenna, Dervio. Una notte, a Introzzo, in Valvarrone, parteciparono a una rissa che li fece sentire martiri della rivoluzione.

I due attivisti, non trovando spazio per affiggere i manifesti, decisero di farlo coprendo l'annuncio di morte di Beniamino Pandiani. Un figlio del defunto li notò. Li diffidò dal dare corso all'idea. Guidino e Giuseppe, pensando di essere due contro uno, se ne infischiarono. L'altro, allora, chiamò a rinforzo i fratelli.

Si fossero dati la pena di leggere l'annuncio funebre, Guido e Giuseppe avrebbero scoperto che l'ottantaquattrenne defunto aveva avuto dodici figli, di cui otto maschi. Boscaioli per giunta. Si presero una bella sbronza di sberle e ringraziarono il cielo che gli otto avevano solo voluto giocare, rinunciando a far loro del male seriamente.

La sera del 17 aprile 1948, Guidino e Giuseppe tirarono mezzanotte alla trattoria del Ponte, parlando solo di politica. A un certo punto l'oste Pierino, stufo raso di quei discorsi, li cacciò fuori.

Nella notturna solitudine di via Cavour i due si salutarono, dandosi appuntamento per l'indomani.

«Vota anche per me», disse Giuseppe al Guidino.

Anche se fosse stato possibile, il Fronte avrebbe comunque perso le elezioni.

48,5 per cento la DC, solo il 31 per il Fronte. 305 seggi contro 183.

Com'era possibile? C'era stato qualche imbroglio?

Giuseppe passò in uno stupito silenzio il giorno della proclamazione dei risultati. A sua madre, che gli chiese ragione del mutismo, rispose che non parlava con chi votava il partito dei preti.

Stava sulle spine. Dalla sera della vigilia non aveva più visto il Guidino. Al lavoro non era arrivato, a casa non c'era. Anche sua madre dalla sera della domenica non lo vedeva. Comunque, aveva spiegato, s'era abituata a quel modo di fare del figlio, ci aveva fatto il callo quand'era stato in montagna.

Non si preoccupasse nemmeno lui: tempo uno o due giorni, sarebbe ricomparso, con qualche nuova idea balzana nella testa.

Guidino ricomparve a metà di quella settimana ma in testa non aveva più niente, secondo quanto dichiarò ai carabinieri Giorgio Melesi, pescatore di fiume che, la mattina del 22 aprile, rinvenne il corpo privo di vita di Guido Rozzi incastrato in una roggia del torrente Pioverna, il cranio fracassato e vuoto di ogni materia, il resto del corpo maciullato.

L'indagine che i militari condussero appurò che il Rozzi, dopo aver appreso della sconfitta elettorale, s'era dato a girare per osterie. Segnalazioni sulla sua presenza erano arrivate da Dervio, Dorio, Corenno Plinio, Perledo, Cestaglia, Bologna e Gittana.

L'ultima tappa di quel calvario era stata il crotto di Biosio dove Guidino era approdato, malconcio e ubriaco, nel tardo pomeriggio di martedì, esigendo da bere. Il gestore del crotto aveva tentato di farlo ragionare ma non c'era stato verso. Gli era venuta allora l'idea di chiamare qualcuno che lo riaccompagnasse a casa, per non farlo ritornare a Bellano in quello stato e con la bicicletta. Era bastato un momento di distrazione e il Guidino, lasciati i soldi sul tavolo, era sparito.

Le ricerche dei carabinieri permisero infine di ritrovare la bicicletta, incastrata tra gli arbusti dello strapiombo a valle della strada che scende a Bellano, all'altezza della località Crep.

Giuseppe Arrigoni pianse, appresa la notizia. Lo consolò il pensiero dell'impressione che avrebbero suscitato a Bellano i funerali civili del suo amico e maestro, con la banda che suonava *O partigiano* e le bandiere rosse che sventolavano al vento.

La mamma di Guidino gli tolse anche quella consolazione.

«Adesso che è di nuovo tutto mio deve ricominciare a ubbidirmi. Al cimitero ci andrà come dico io.»

«Padroni dappertutto», pensò Giuseppe, «anche dopo morti.»

# 6

Per la seconda volta l'Arrigoni si sentì orfano. Visse mesi difficili. La direzione del cotonificio l'aveva rimesso alle linee dei reparti, il nuovo meccanico non voleva assistenti tra i piedi. Ci si mise, infine, la federazione lecchese, respingendo a più riprese la sua richiesta di aprire a Bellano una sezione del PCI per intitolarla alla memoria di Guido Rozzi.

Le ragioni erano precise: Bellano era una piazza debole e non c'era una persona carismatica che potesse guidare una sezione.

Giuseppe non volle darsi per vinto. Per dimostrare ai compagni di Lecco che a Bellano una sezione comunista ci poteva stare, si mise in testa di presentare una petizione.

Per raccogliere le firme prese dapprima a girare per le varie linee del cotonificio, abbandonando spesso il posto di lavoro. Il suo caporeparto l'aveva infine avvisato: non tollerava defezioni, fosse scappato un'altra volta l'avrebbe denunciato alla direzione.

L'Arrigoni si piazzò allora nel cortile del cotonificio, aspettando i colleghi operai tra un cambio di turno e l'altro. Intervenne la direzione: entro le mura del cotonificio non si tollerava alcuna attività sovversiva.

Testardo, Giuseppe piazzò un banchetto, formato da quattro cassette della frutta su cui aveva inchiodato i fogli della petizione, di lato al cancello dello stabilimento: lo lasciava lì quando entrava, ritirandolo all'uscita.

Dopo una settimana aveva raccolto cinque firme illeggibili e un veemente contraddittorio tra i sostenitori di Coppi e quelli di Bartali: era partito tutto da un semplice W COPPI cui era seguita la risposta W BARTALI. I suoi colleghi avevano poi scritto di tutto.

Fu giocoforza abbandonare l'impresa che comunque uno scopo l'aveva ottenuto: Giuseppe Arrigoni divenne un sorvegliato speciale che la direzione teneva particolarmente d'occhio.

Il prevosto avvisò Gentilina che il figliolo era nel mirino e che, per il bene suo e del posto di lavoro, sarebbe stata opportuna una bella calmata.

Ne aveva avuto notizia, il sacerdote, nel corso di una cena natalizia presso la casa del sindaco Canzani cui avevano preso parte, oltre al direttore del cotonificio, anche il maresciallo dei carabinieri e l'ingegner Carlo Maria Perdicane.

Proprio quest'ultimo, quando erano cascati a parlare dei capipopolo che sobillavano le masse e mettevano strane idee in testa agli operai, aveva chiarito quali metodi usava per liberarsene: multe per ogni ritardo anche minimo, nessuna pietà, sorveglianza stretta, incarichi tra i più rognosi.

«Li faccio lavorare al freddo d'inverno e al caldo d'estate. Durano poco generalmente.»

Al minimo sgarro poi, via, un bel calcio in culo e tanto piacere.

Gentilina lo disse a suo figlio. Per tutta risposta il giovanotto, subito dopo l'Epifania, si licenziò.

Il 1950 e il 1951 furono un rosario di lavori presi e lasciati: apprendista muratore, fabbro, elettricista, imbianchino. Garzone di macelleria, portantino all'ospedale, aiuto carrozziere, benzinaio.

A fare le spese di quella girandola fu Gentilina che, per tirare avanti la baracca, riprese a fare la serva.

La donna viveva in un costante stato di disperazione.

Ne era testimone il prevosto che settimanalmente riceveva in confessione i suoi sfoghi. Non poteva fare altro che consigliare pazienza, cristiana rassegnazione, speranza. Ma anche lui la vedeva nera.

Quando, nel novembre del 1951, sempre in confessione, la donna gli comunicò che il figlio stava per partire, aggregato alla federazione comunista di Lecco, alla volta del Polesine allagato, il prete non riuscì a trattenere un'esclamazione di disappunto.

Nessuna preghiera o ragionamento valsero a convincere Giuseppe affinché desistesse dal suo progetto.

Partì. Stette via oltre due mesi, senza far avere notizie di sé. Al ritorno si trovò al cospetto di sua madre ammalata.

Reni, disse il dottore.

Il prevosto lo affrontò.

«Adesso», chiese a muso duro, «con cosa camperete? Con gli interessi del prestito per la democrazia?»

L'Arrigoni lo guardò storto ma non lo rimbeccò.

«In qualche modo faremo», disse.

«Come, bestia che non sei altro?» insisté il prete.

«Ditemelo voi», ribatté l'Arrigoni, sfidandolo.

Il prevosto glielo disse: aveva in mano un dono del cielo e glielo offriva anche se non se lo meritava. Lo faceva solo per quella povera donna di sua madre.

«Sarebbe, 'sto dono del cielo?» chiese Giuseppe.

Era un posto di battellotto, chiarì il prete, resistendo alla voglia di prenderlo a sberle.

«A terra o in acqua?»

«In acqua», rispose don Giuseppe triturando le parole «Se era a terra invece non andava bene?»

Giuseppe sorvolò sull'ironia. Due settimane dopo cominciò.

Per tutto il 1952 navigò sulla rotta Bellagio-Como, due viaggi al giorno. Per tornare a casa, scaricato a Bellagio, gli toccava prendere un altro battello, andare a Varenna e poi, in treno o a piedi, raggiungeva finalmente Bellano. Una vocina gli aveva spesso consigliato di mandare sulla forca anche quel lavoro. Le aveva resistito, sapendo che intorno a sé aveva fatto terra bruciata.

Quando, ai primi del 1953, Gentilina Signorelli morì, la vocina sparì del tutto. D'ora in avanti, per campare Giuseppe doveva contare solo su di sé.

Nel febbraio di quell'anno, dopo l'ennesima richiesta, l'Arrigoni venne accontentato, approdò alla linee dell'alto lago.

Fu nel mese di settembre che, sul battello, incontrò la seconda figlia dell'ingegner Perdicane, Maria Grazia.

# 7

Il dottor Aurelio Tornabuoni era a Bellano da poco più di tre mesi.

C'era arrivato, fresco vincitore della condotta medica che comprendeva anche il comune di Vendrogno, il 7 giugno 1953. Aveva trentotto anni e aveva fatto subito capire di che pasta era fatto.

L'Italia era appena andata al voto per le elezioni politiche in un'atmosfera tesa per colpa della legge, truffa, secondo i partiti di sinistra, premio di maggioranza per quelli di centro, che avrebbe consegnato la maggioranza assoluta a quel o a quei partiti affratellati che avessero superato il cinquanta per cento dei consensi elettorali.

Il Tornabuoni aveva votato ad Albinea, suo comune d'origine in provincia di Reggio Emilia, poi se n'era venuto a Bellano.

Il clima politico che aveva trovato in riva al lago era ben diverso da quello che aveva lasciato in Emilia Romagna.

L'aveva capito il lunedì mattina, facendo il rituale giro di presentazione.

Prevosto, poteva andare anche bene. Ma sindaco, segretario comunale, i colleghi dell'ospedale Umberto I, il farmacista, il direttore didattico, tutti erano della compagnia del biancofiore.

E tutti, parlando con lui del più e del meno, e inevitabilmente cascando sul tema elettorale e sulla snervante attesa dei risultati, vivevano nella fiduciosa attesa della vittoria che avrebbe premiato De Gasperi e soci.

Martedì 9 giugno era trascorso senza che niente fosse trapelato circa l'esito della consultazione. Mercoledì la radio aveva annunciato che il premio di maggioranza era scattato. Significava che i partiti di centro avevano superato il 50% e si sarebbero seduti in parlamento con la maggioranza assoluta.

Ma giovedì mattina, era arrivata, sempre via radio, la smentita: per un pugno di voti, trentamila all'incirca, la coalizione di centro non aveva goduto del premio.

Il dottor Tornabuoni era al lavoro, presso il suo nuovo ambulatorio messogli a disposizione dall'amministrazione comunale. A comunicargli la novità era stato il messo comunale Troilo, che si trovava lì in qualità di paziente, per via di certe emorroidi.

«Bene», aveva commentato il dottore, facendo anche il gesto dell'ombrello.

Il Troilo era rimasto di stucco.

«Ma lei dottore è comunista?» aveva chiesto.

«Perché, lei no?» era stata la risposta.

Dirlo a Troilo era stato meglio che fare una pubblica dichiarazione di fede. In pochi giorni il dottore aveva avuto la pubblicità che cercava.

Avere un medico condotto comunista non era certo quello che si poteva definire un bell'affare.

Così avevano pensato, una volta informati, sindaco, giunta e gran parte del consiglio comunale, con l'eccezione del monarchico ragionier Stettino e del socialista Amintore Denti.

Per il primo era una vera disgrazia e aveva disposto che, qualora avesse avuto bisogno di visite e medicinali si sarebbe recato a Varenna, dal dottor Sala, di solida tradizione fascista.

Il secondo aveva sospeso il giudizio dopo che Pietro

Nenni aveva annunciato che il suo partito era disponibile ad aperture a sinistra.

«Non v'è dubbio», aveva affermato il prevosto, «che un uomo siffatto dispone di un certo potere, vista la posizione che occupa. Quindi potrebbe influenzare le menti più deboli o più giovani.»

«Fosse almeno una bestia», aveva chiosato il direttore didattico, «invece gira già la voce che sia piuttosto in gamba.»

Dopo un paio di settimane in riva al lago, il dottor Tornabuoni cominciava ad avvertire una sola nostalgia, quella dell'agone politico.

Possibile, si chiese, che in quel paese non ci fossero suoi compagni di fede?

La lettura dei risultati elettorali esposti all'Albo Pretorio gli era stata di conforto.

Ce n'erano di comunisti a Bellano: al Senato 163 avevano votato falce e martello, alla Camera erano stati 152. Certo, in confronto ai 1282 che alla Camera e ai 1205 che al Senato avevano votato Libertas, sembravano pochi. Tuttavia c'erano.

Forse, aveva ragionato, si ricordavano di essere compagni solo al momento di votare e per il resto del tempo vivacchiavano, aspettando il radioso avvenire.

Bisognava andarli a cercare, stanarli.

Era stato quello che il dottor Tornabuoni si era proposto di fare. Era pienamente consapevole che da quel paese non se ne sarebbe mai più andato e voleva aggiungere, agli ottimi motivi che l'avevano convinto ad accettare la condotta, motivi altrettanto validi per continuare a restarci con soddisfazione.

# 8

Sulle rive del lago di Como Aurelio Tornabuoni c'era venuto volentieri per due buone ragioni.

La prima era la titolarità della condotta. Dopo anni passati a correre di qua e di là, a coprire posti vacanti che gli erano sempre sfuggiti per qualche punto, l'avvenire, adesso, era assicurato.

La seconda era che, con la scusa del lavoro, era riuscito a liberarsi di una ormai stanca relazione adulterina che gli aveva impegnato, e in fondo sottratto, gli anni della gioventù.

Quando la relazione era iniziata la donna era al culmine della maturità. Il dottorino s'era gettato tra le sue braccia con la certezza di essere stato baciato dalla fortuna. Non s'era accorto, piuttosto, che, mentre passava le giornate a infrattarsi con la pettoruta virago, il tempo correva. Se n'era reso conto bruscamente, e tardivamente, quando s'era trovato tra le mani un'amante afflitta dai malanni della menopausa.

Tutti i treni erano ormai partiti. Lui era rimasto in stazione, solo.

Non che il pensiero di restare scapolo gli fosse di peso. Il Tornabuoni aveva anzi intravisto in quella condizione uno stato di grazia che molti malmaritati gli avrebbero invidiato.

S'erano fatte pesanti, però, le pretese e le attenzioni di quella donna che sfioriva di mese in mese.

La condotta di Bellano era capitata a fagiolo.

Durante uno degli ultimi convegni amorosi aveva comunicato all'amante la decisione di accettare e partire. Lei aveva pianto, minacciato, supplicato, ricattato.

«Basta», aveva ribadito lui.

Basta era stato. Solo dopo l'arrivo a Bellano aveva cominciato a tirare il fiato.

Per tre settimane il Tornabuoni aveva vissuto alla locanda dell'Orrido. L'aveva lasciata dopo aver trovato, in via Martiri, un appartamentino che faceva al caso suo. Da quel momento aveva preso anche a consumare pranzo e cena presso il Circolo dei Lavoratori, in via Manzoni, dopo aver fatto un contratto con l'oste Rinaldo, scandalizzando il gestore del ristorante Il Cavallino che, per dieci anni, aveva servito il predecessore del Tornabuoni quand'era rimasto vedovo.

D'altronde il dottor Tornabuoni voleva conoscere i comunisti bellanesi e s'era giustamente convinto che per raggiungere lo scopo avrebbe dovuto frequentare i loro luoghi: il Circolo gli era sembrato uno di questi.

Nel volgere di un paio di mesi era riuscito nell'intento. Ne aveva conosciuti, nome e cognome, buona parte. Con alcuni era entrato in confidenza. Con questi aveva parlato del progetto di aprire a Bellano una sezione del PCI.

«Alla memoria di Guido Rozzi.»

A uscirsene con quella frase, la sera in cui il Tornabuoni aveva illustrato l'idea della sezione, era stato Giuseppe Arrigoni, uno dei fidi.

Il ragazzo aveva palle, niente peli sulla lingua. Al dottore era piaciuto subito.

## 9

Ospitata in un locale al pianoterra, nella corte degli Adamoli, al numero 72 di via Manzoni, la sezione bellanese del PCI, intitolata alla memoria di Guido Rozzi, venne inaugurata alle ore diciotto di mercoledì 11 febbraio 1954.

Il prevosto ebbe da dire sulla data, anniversario dei Patti Lateranensi, e sull'orario, che coincideva con quello della messa serale.

Aveva ragione circa la data, la scelta dell'11 febbraio era un chiaro messaggio di laicità e indipendenza voluto dal Tornabuoni, torto nel secondo caso. Da due settimane infatti sia il caffè dell'Imbarcadero che il bar Roma s'erano dotati di apparecchio televisivo e la sera traboccavano di clienti, qualunque fosse la trasmissione. Discutendo della serata inaugurale parecchi compagni avevano fatto presente il fatto, lasciando intendere di non essere alieni dal fascino della novità. Il Tornabuoni, fissando l'ora, non aveva voluto correre rischi, al vernissage li voleva tutti presenti.

Verso le sette, alla soglia della sezione appena inaugurata, si presentò una donna.

Beghina, diagnosticò a vista il dottore: grembiale scuro, scialle marrone, in testa un foulard che nascondeva una crocchia di capelli. Non si schiodò dalla porta come se temesse, entrando, di infettarsi. Richiamò l'attenzione del dottore con un cenno. All'orecchio gli disse che c'era una persona che stava male e aveva bisogno di lui.

«È la figlia dell'ingegner Perdicane», aggiunse, con l'intento di aumentare la gravità della cosa.

L'ingegnere era uno dei bellanesi più facoltosi, proprietario della Perdicane Catene che produceva catene da neve e le esportava in tutto il mondo. La ditta aveva sede legale e stabilimento a Valmadrera, uffici commerciali a Berlino, Manchester, Zurigo, agenti di commercio sparsi in tutta Europa.

Figlio di un tipografo cremonese e di una levatrice mantovana, il Perdicane s'era fatto da sé, rischiando sempre del suo. La vita gli aveva sempre dato ragione. Nella sua azienda, tutto, dagli affari più grossi al licenziamento dell'ultimo degli operai passava per le sue mani. Scherzando, gli operai dicevano che anche per nevicare Nostro Signore chiedeva licenza all'ingegnere.

Era approdato a Bellano negli anni Venti dopo aver sposato Maria Pia Lanzinetti, figlia unica di notaio, che in dote gli aveva portato una splendida villa a lago, La Montagnetta, sita in località Bogino. I due sposini l'avevano abitata da subito.

Avevano messo al mondo due figli. Due femmine, Grazia e Maria Grazia: le due Grazie le appellavano i sicofanti.

Cruccio assoluto dell'ingegnere era non essere riuscito ad avere un erede maschio. Sino alla soglia dei cinquant'anni aveva assediato la moglie con perniciosa continuità. Poi, riflettendo che sarebbe stata pura follia perseverare, s'era arreso. Da allora s'era posto di fronte a quelle due figlie come se fossero uno di quegli affari che per tutta la vita aveva condotto in porto con successo. Non gli importava di unire il suo a un altro capitale grazie a qualche bel matrimonio.

Voleva evitare fregature però, impedire che qualche manigoldo o schienadritta gli si infilasse in casa.

«Di fronte al mal di pancia e alle coliche renali siamo tutti uguali», sentenziò il Tornabuoni.

Conosceva appena di vista il Perdicane, ma la prosopopea della vecchia gliel'aveva già reso antipatico.

«Cos'ha?» chiese bruscamente.

Mal di pancia, appunto.

«Viene a vederla o no?» chiese seccamente la donna.

Senza rispondere il dottore s'avviò.

Era la seconda figlia, Maria Grazia, a stare male. Da due o tre giorni era perseguitata dal mal di pancia. Aveva resistito, senza dir niente. Quella sera aveva dovuto arrendersi.

Il Tornabuoni entrò nella sua stanza portando con sé una folata di freddo. Chiese ai presenti di essere lasciato solo, borbottò un saluto. Maria Grazia gli rispose con uno sbattere di palpebre, parlare le costava fatica. Il dottore guardò quegli occhi di un azzurro luminoso e si confuse. Tossì, cominciò a visitarla.

Quando terminò disse all'ingegnere che bisognava portare la ragazza in ospedale.

«È un'appendicite, piuttosto avanti. Va operata immediatamente.»

Il Perdicane ubbidì. Gli piacque la sicurezza con cui il dottore aveva parlato. Maria Grazia venne immediatamente trasferita all'ospedale Umberto I, il dottor Tornabuoni la seguì.

Nella saletta del pronto soccorso l'ingegnere chiese del professor Canzani.

«Il professore non c'è», rispose suor Erminia.

C'era il suo assistente, dottor Rivarini, che venne immediatamente svegliato dall'energica suora e chiamato al capezzale di Maria Grazia.

«Mi sembra una colica addominale», concluse questi.

Il Perdicane interrogò con lo sguardo il dottor Tornabuoni. A sua volta questi guardò il collega e scosse la testa.

«È un'appendicite», ribadì.

Il Rivarini si scocciò.

«Non ci sono segni di appendicite. È una colica. La borsa calda, un antispastico e tutto va a posto. Gliela faccia lei suora l'iniezione.»

Suor Erminia non si mosse, percepiva tensione.

«Allora?» sbottò l'ingegnere.

Il Tornabuoni sbuffò.

«È un'appendicite», ripeté. «Retrocecale. Per questo non ci sono i segni classici. Ma va operata subito, se non vogliamo rischiare una peritonite.»

«Io non apro la pancia di una giovane solo perché qualcuno vuole giocare al chirurgo», affermò, sarcastico, il Rivarini.

Fu il Perdicane ad arrabbiarsi a quel punto.

«Qui c'è di mezzo la pelle di mia figlia», disse guardando solo suor Erminia. «Alfredo dov'è?»

Alfredo era il professor Canzani. Se ne stava a casa bello tranquillo. Reso edotto di quello che stava capitando non perse tempo. Un quarto d'ora più tardi era anche lui nella saletta del pronto soccorso. Visitò a sua volta Maria Grazia. Al termine sollevò la testa verso suor Erminia.

«Faccia preparare subito la sala operatoria», disse.

«Sta tranquillo», comunicò all'ingegnere, «per un pelo, ma siamo ancora in tempo a evitare guai.»

Quindi si girò a guardare l'assistente.

«Domattina alle nove la voglio nel mio studio.»

Infine guardò il Tornabuoni. Gli diede la mano.

«Bravo», disse.

## 10

Politica a parte, Aurelio Tornabuoni aveva cominciato presto ad avere altri buoni motivi per sentire che sulle rive del lago di Como aveva trovato una seconda patria.

Il posto era bello, il paese vivace, la gente cordiale. Come dottore era stimato, come scapolo corteggiato.

Due donne, sino ad allora, gli avevano fatto intuire, più di altre, possibili sviluppi. Bastava che lui volesse.

Una era la figlia del droghiere Stamini, bionda, alta, pettoruta. Tipo teutonico, col solo sguardo aveva gelato più di uno spasimante. Quando i suoi occhi, in drogheria o in piazza, incrociavano quelli del dottore, la musica però era diversa.

L'altra era la nipote del notaio Anfuso. Dal nonno aveva ereditato i tratti meridionali: mora, occhi di fuoco, sembrava trattenuta dai vestiti.

Tra le due il dottore esitava: un giorno era per una, il giorno dopo per l'altra.

Dopo l'irruzione nella sua vita di Maria Grazia Perdicane, al dottore parve di vederle sotto una nuova luce: linfatica la prima, troppo gonfia di ormoni la seconda.

Solo la Perdicane univa in sé tutte le virtù: bellezza, classe, misura.

La degenza in ospedale di Maria Grazia durò quasi un mese. Il dottor Tornabuoni passò a trovarla tutti i giorni, domeniche comprese. Scrupolo professionale. Ma c'era dell'altro. Il viso della ragazza, per esempio, il suo profilo angolato e severo.

E la voce. Un po' roca. Una voce che sapeva dare ordini secchi ma anche mormorare chissà quali parole nell'attimo dell'amore.

Una notte il Tornabuoni se la sognò. Maria Grazia era tra le sue braccia, in reggiseno e mutandine, a cavalcioni sopra di lui. Si svegliò appena in tempo e capì: quella donna aveva scatenato in lui la tempesta della passione.

Pure l'ingegner Perdicane stava vivendo un momento di affettuoso trasporto: l'oggetto era il dottor Tornabuoni.

L'abilità con cui aveva salvato la pelle a sua figlia gliel'aveva reso simpatico al punto che in lui s'era fatta strada la fantasia di averlo per genero. Di mezzo c'era il fatto che era comunista, per di più segretario della neonata sezione bellanese.

Una sera, a fine cena, davanti alla moglie, sbottò con una frase che concludeva un interiore ragionamento.

«Ma chi glielo farà fare alla gente di essere comunista?»

La moglie chiese spiegazioni.

«Dico, un dottore», spiegò lui, «il dottor Tornabuoni. Cosa gli manca? Perché? Perché deve essere comunista?»

La donna non seppe rispondere, né il Perdicane se l'aspettava.

A metà marzo Maria Grazia venne dimessa.

L'ultimo giorno di degenza, durante l'ennesima visita del dottore, la ragazza si decise a fare una domanda che da un po' le pizzicava sulla lingua.

«Lei dottore fa così con tutti i suoi ammalati?»

Il Tornabuoni si sentì ghiacciare lo stomaco.

«Cioè?»

«Li va a trovare tutti i giorni, domeniche comprese?»

«Quando mi sembra il caso, sì», rispose andandosene subito.

Era domenica mattina. L'aria era frizzante. Sulla soglia dell'ospedale il Tornabuoni guardò la giornata festiva che lo aspettava per quello che era: un bidone vuoto, come tutte le altre. Con una differenza: mentre, sino ad allora, l'aveva riempito con la politica e il partito, quella volta sarebbe stato diverso.

Altre questioni chiedevano strada, esigevano risposte.

Il dottore non perse tempo, cominciò subito.

Cos'aveva voluto dire Maria Grazia con quella frase? C'era, forse, dell'ironia?

Non gli era parso. Ma poteva.

Se c'era, voleva dire che la ragazza aveva intuito qualcosa e lo prendeva in giro.

Se non c'era, la faccenda cambiava aspetto. Poteva essere un invito a osare di più, a esporsi. Maria Grazia forse aveva voluto gettargli un amo proprio nel giorno delle dimissioni. Come dire: adesso che non hai più la scusa dell'ospedale datti da fare.

Il ragionamento filava liscio. Fatta salva la faccenda dell'ironia.

Che fare?

I minuti di quella domenica furono ore. Il dottore li trascorse solo, in casa, a spaccare il capello in quattro.

All'imbrunire si trovò davanti allo specchio del bagno, si lavò la faccia, come per ripulire la mente dalle migliaia di parole che la ingolfavano. Sollevando il viso dal lavandino si guardò. Gocce d'acqua gli rigavano il volto, come lacrime.

«M'ama non m'ama», mormorò.

Seriamente.

## 11

Maria Grazia era il maschio che suo padre non aveva avuto. Stesso carattere. Inflessibile, cocciuta.

Alla prima occasione, quando s'era trattato di iscriverla alla scuola superiore, l'aveva dimostrato. Aveva voluto l'istituto per ragionieri anziché il liceo che tutti si aspettavano.

«In una scuola pubblica», aveva aggiunto con un tono che non ammetteva repliche.

Unica donna in una classe di trentadue elementi, s'era diplomata col massimo dei voti, bagnando il naso a tutti.

L'ingegnere suo padre se n'era inorgoglito. A mo' di premio le aveva preparato un bel posto di lavoro presso l'ufficio ragioneria di Valmadrera.

«Grazie», era stata la risposta della ragazza, «ma preferisco fare esperienza altrove.»

«Dove?» aveva chiesto l'ingegnere, mortificato.

«Sto vagliando un paio di offerte.»

Una era quella di Lodovico Ghirardi, delle officine Ghirardi di Bellano.

Maria Grazia l'aveva scartata quasi subito, tenendo conto che avrebbe messo in cattiva luce suo padre se la gente l'avesse vista lavorare in paese. Il vecchio voleva tenerselo buono e non poteva escludere che il Ghirardi le avesse fatto apposta quell'offerta, per potersi vantare che dava lavoro alla figlia dell'ingegnere.

L'altra era quella della Cost.To.Meina, una camiceria

di proprietà italiana per la parte dei soci Costelli e Tognini e svizzera per quella di Herbert Meina. Partita qualche anno prima come un semplice laboratorio di paese, la camiceria era arrivata al punto di dover lavorare anche di notte. Le finestre illuminate del capannone, che sorgeva a Santa Maria Rezzonico, si potevano comodamente vedere dalla riva di Bellano sino alle prime luci dell'alba, se non c'era foschia sul lago.

Maria Grazia aveva scelto questa seconda offerta.

L'ingegnere, conscio, ormai, di quale fosse la pasta della figlia, non aveva obiettato. Considerata la lontananza del posto, le aveva messo a disposizione macchina e autista per andare e tornare.

«Non è necessario», aveva detto Maria Grazia, «Prenderò il battello.»

Sul battello, in prua, la faccia al vento, lo sguardo perso verso la costa di Morcate, Maria Grazia aveva visto per la prima volta Giuseppe Arrigoni. La prima ad innamorarsi era stata lei.

Aveva incassato senza batter ciglio la botta di quel colpo di fulmine, sicura che avrebbe ottenuto quello che voleva.

# 12

L'Arrigoni era stato schiscio per tutta la durata della degenza di Maria Grazia.

Con la complicità di un infermiere muto (per davvero, a causa di una bomba che in tempo di guerra, sul fronte albanese, gli era scoppiata a non più di venti metri) la ragazza gli aveva scritto di starsene buono. Conosceva suo padre e le lingue viperine che si aggiravano in ospedale: per far digerire all'ingegnere uno come il Giuseppe avrebbe dovuto agire con molta cautela. Chiacchiere e pettegolezzi non le facevano gioco.

Uscita, Maria Grazia si rese subito conto che altre difficoltà si erano aggiunte.

Suo padre, un giorno sì e uno no, cominciò a dire di essere malato. Niente di serio.

Anzi, niente di niente. Balle, mali immaginari: la schiena, il collo, le ginocchia. Storie buone per far correre il dottor Tornabuoni e farlo, spesso, come se fosse un caso, incontrare con lei.

Di frequente quelle visite finivano con loro tre a chiacchierare nel salotto della villa.

Il Perdicane a parlare di sé e della sua attività, il Tornabuoni a fingere di ascoltare e a sogguardare Maria Grazia, Maria Grazia a desiderare la fine di quegli incontri insulsi che, volta dopo volta, le avevano confermato che il dottor Tornabuoni non le piaceva.

Dopo l'ennesima visita e l'ennesimo, stucchevole siparietto, la ragazza decise di agire. Tergiversare ancora era pericoloso. Un piano d'azione l'aveva in testa, da un po'.

Ne parlò, dapprima, con l'Arrigoni. Fu una sera. Maria Grazia uscì di casa dicendo che aveva un appuntamento. Dal sorriso che illuminò il viso di suo padre comprese quale fosse la segreta speranza del vecchio.

Il Giuseppe la stava aspettando all'altezza della galleria delle Tre Madonne. Il posto si chiamava così perché sul muro a lato dell'ingresso della galleria che segnava il confine tra il comune di Bellano e quello di Perledo, era dipinta un'edicola sacra, un trittico di Madonne. Era il luogo ideale per smorosare ma anche per parlare lontani da occhi e orecchie indiscreti.

Sotto lo sguardo delle Tre Madonne, Maria Grazia parlò ininterrottamente per dieci minuti.

Bisognava mettersi in testa due cose, chiarì: primo, suo padre non avrebbe mai acconsentito alle sue nozze con un comunista, secondo, a lei non conveniva farselo nemico. Non ne aveva nemmeno la volontà. Il suo futuro era nella ditta del genitore, solo in quell'ottica stava facendo quel po' di gavetta, avanti e indietro da Rezzonico. In ditta voleva entrare da padrona, con le idee chiare, pronta a dirigere, non a subire ordini.

Il vecchio andava quindi convinto coi fatti e non con le parole.

«*I bal i fan minga broeu*», era una delle massime preferite dell'ingegnere.

Giuseppe cominciò a capire l'antifona.

Quando Maria Grazia ebbe finito di esporre la sua idea chiese, sarcastico:

«Quindi secondo te dovrei dimettermi dal partito?»

«No», rispose seccamente la ragazza.

«Volevo ben dire.»

«Ti devi far espellere.»

L'Arrigoni rimase a bocca aperta.

«La dimissione è un gesto da ruffiano. Sembreresti

un paggio di corte che vuole ingraziarsi il padrone. L'espulsione invece è un atto maschio, sa di guerra e di botte.»

Giuseppe sogghignò.

«Ma io ho la mia dignità», ribatté.

«Le mie condizioni non si discutono», troncò la ragazza.

«Farò una figura di merda davanti al paese.»

«Vuoi sposarmi sì o no?»

«Sì, ma...»

«Nessun ma.»

«E che cazzo!»

«E neanche parolacce, per favore. Non mi piacciono.»

## 13

Due sere dopo le parole di Maria Grazia il dottor Tornabuoni volle parlare a quattr'occhi con l'Arrigoni.

La scena politica italiana era infiammata dalla questione di Trieste che si faceva scottante settimana dopo settimana. Incomprensibile anche, soprattutto per molti compagni della base che non sapevano più cosa pensare. Togliatti sembrava essersi rimangiate le prime dichiarazioni circa la necessità di cedere la città giuliana alla Jugoslavia. Tito invece, dopo i fatti del 1948 che l'avevano opposto al Cominform, pareva strizzare l'occhio agli americani.

Al proposito la federazione di Lecco propose un ciclo di lezioni sull'intera faccenda, una sorta di corso di formazione per attivisti. Il Tornabuoni pensò di nominare l'Arrigoni in rappresentanza della sezione bellanese.

Quella sera glielo disse.

«Dopodiché ti manderemo in giro per il lago a tenere conferenze», aggiunse con un mezzo sorriso.

Giuseppe si sentì gelare.

«Perché proprio io?» chiese.

«Abbiamo bisogno di compagni di provata fede», fu l'agghiacciante risposta del segretario. «Senza contare che i quadri futuri cominciano a formarsi proprio così. O vuoi restare per tutta la vita un semplice iscritto?»

Il giorno dopo Giuseppe raccontò la cosa a Maria Grazia. Balbettava, tant'era agitato.

«Fatti espellere», ribatté lei, spietata. «E un po' in fretta. Non deve sembrare una cosa studiata per l'occasione.»

L'Arrigoni ci perse il sonno. Nel giro di una settimana divenne smorto come un filetto di merluzzo. Non si sarebbe mai deciso a compiere il passo fatale se il destino, nella persona del Tornabuoni, che infine gli comunicò la data di inizio del corso, non gli avesse dato una spinta.

Accadde ai primi di maggio, una sera, in sezione. C'erano un altro paio di iscritti. Alla comunicazione l'Arrigoni diventò trasparente. L'occhio clinico del dottore lo notò.

«Ma cos'hai, stai poco bene?»

«Ti dovrei parlare», sussurrò.

«Problemi di salute?»

Giuseppe fece così così con la mano. Era infatti certo che perdurando quella situazione si sarebbe ammalato per davvero prima o poi, di stomaco o cuore.

«Allora?» chiese il dottore quando rimasero soli.

Il Tornabuoni stava armeggiando con la chiave nella serratura della porta. Giuseppe approfittò del fatto che gli dava le spalle: si sarebbe almeno risparmiato lo strazio di sostenere lo sguardo duro, penetrante del segretario.

«Dovresti farmi una cortesia», disse.

«Due, se posso.»

«Mi dovresti espellere dal partito.»

Il Tornabuoni si girò lentamente, lo fissò. Non mostrò emozione, sorpresa.

Il viso era di marmo. Terribile. L'Arrigoni tremò.

«Per quale motivo?» chiese il dottore, gelido.

Giuseppe rispose con un'alzata di spalle.

«Affari personali», bofonchiò.

# 14

«Il comunismo è disciplina.»

La risposta del dottor Tornabuoni era stata un colpo di mitraglia, una sberla in piena faccia.

La faccia però non era quella di Giuseppe ma quella di Maria Grazia Perdicane.

«Disciplina, eh?» commentò la ragazza nell'apprendere l'esito della richiesta.

La questione, adesso, riguardava loro due. Ma era dura. Il dottore era un osso e, per quanto lei studiasse alternative, quel caso, l'espulsione dal partito, continuava a sembrarle il viatico migliore per far digerire a suo padre il Giuseppe.

I giorni passavano, il pensiero divenne ossessione. Maria Grazia non era abituata a farsi mettere nel sacco. S'innervosì, divenne cupa. Avanti di quel passo c'era il rischio che ne facesse una malattia. Invece, verso metà maggio, fu il Giuseppe ad ammalarsi.

Febbre, un po' di stanchezza, dolori muscolari, qualche puntino rosso qua e là sulla pelle.

«Ti pare il caso di ammalarti di morbillo alla tua età?» scherzò Maria Grazia.

«Non è morbillo», ribatté Giuseppe.

«Ah sì? Sei forse un dottore?» ironizzò lei.

«No. Ma mi è già capitato un paio di volte. Soprattutto quando sono stanco oppure preoccupato.»

«E allora fatti visitare», propose lei.

«È proprio il momento giusto per capitargli tra le grinfie», sorrise Giuseppe, riferendosi al Tornabuoni.

«Non c'è solo lui a questo mondo», sentenziò Maria Grazia.

«Passerà. Qualche aspirina e un po' di pazienza e di qui a qualche giorno non avrò più niente», tagliò corto l'Arrigoni.

In effetti fu così. Non passava, invece, il malumore di Maria Grazia. Infine, Giuseppe le propose una drastica soluzione. Stavano tornando, in battello, verso Bellano. L'Arrigoni dichiarò che lui era disposto a non tener conto di niente e di nessuno.

«Sposiamoci, e succeda quello che deve», affermò.

Maria Grazia, pragmatica, rigettò l'idea.

«Così io dovrei andare avanti tutta la vita a fare la spola tra Rezzonico e Bellano e tu il battellotto», disse.

«E il postino del partito», aggiunse, poco dopo, una volta scesi dal battello.

Si riferiva al fatto che la posta della sezione bellanese, per accordo verbale tra il postino e l'Arrigoni, veniva lasciata all'imbarcadero. Alla sera Giuseppe la ritirava e la portava in sezione.

Quella sera ce n'era parecchia. Due pacchi di volantini e opuscoli («La questione di Trieste», sospirò Giuseppe), lettere, giornali. Maria Grazia si offrì di dargli una mano.

«Se lo sapesse mio padre che faccio parte della volante rossa», sorrise.

Poi si divisero la posta. Fu a quel punto che la ragazza cambiò tono.

«Passi per quella del tuo partito», disse sventolando un paio di buste. «Ma devi fare il postino anche per il tuo segretario?»

Giuseppe guardò le due buste che la ragazza aveva pinzato, indirizzate al dottor Tornabuoni.

«Dài», disse, smorzando i toni. «È per comodità, del

postino soprattutto. Che, tra l'altro, non può sapere che io e il dottore siamo un po' in guerra.»

Guerra: fu quella parola.

Se Giuseppe non l'avesse pronunciata, Maria Grazia forse non avrebbe notato niente. Invece, la mente così risvegliata, tornò a guardare una delle due buste. Qualcosa in lei si mise a lavorare. Per prudenza non disse niente al Giuseppe.

Ma quella busta le scivolò in tasca, senza che il giovanotto si accorgesse di alcunché.

# 15

Grazia Perdicane, la prima figlia dell'ingegnere, era quello che sembrava: una principessina.

Cresciuta nel clima di agiatezza familiare, s'era ben presto convinta di essere nata per una vita comoda: vacanze, cene, acquisti, ordini alla servitù.

A Bellano ci si sarebbe potuta perdere, tanto poco la conosceva. Ci aveva fatto giusto l'asilo, e mica tanto anche di quello, poiché lamentando fittizi mal di pancia che inquietavano la madre era riuscita a scamparlo. Lecco, poi, era diventata la sua patria adottiva: elementari e medie presso le suore di Santa Maria Ausiliatrice di Olate e il severissimo liceo Alessandro Manzoni. Il Perdicane, a quel punto, aveva detto stop. Non serviva a una donna andare troppo in là con gli studi, a rischio di sopravanzare in scienza e cultura il futuro marito.

Grazia, la cui propensione agli studi era inferiore a quanto le piaceva far credere, aveva incassato senza proteste la decisione paterna. In cambio ne aveva avuto due viaggi, uno in Francia e uno in Inghilterra, dai quali era tornata quanto mai aristocratica.

Il marito era saltato fuori dalla cerchia di amici lecchesi che non aveva mai smesso di frequentare: un ingegnere senza età e senza lampi, proveniente da una famiglia che sulla vergella aveva costruito una fortuna almeno pari a quella del Perdicane. Si chiamava Mario ed era una testa quadra che era piaciuta subito al Perdicane padre, perché non parlava d'altro che di lavoro.

Relazioni, amicizie, vacanze, cene, dopo le nozze, erano diventate appannaggio di Grazia che aveva portato nella vita dell'ingegnere suo marito un po' di colore, guadagnandosi in breve, negli ambienti che contavano, la fama di amabile padrona di casa.

Fu a lei che l'ingegner Perdicane si rivolse per organizzare un pranzo in villa, in occasione del suo sessantottesimo compleanno che cadeva la domenica 7 giugno.

Grazia giudicò subito strana la richiesta. Suo padre aveva sempre snobbato onomastici, compleanni e anniversari. Dubitò che, sotto, ci fosse altro. Ne parlò al telefono con Maria Grazia, le lesse l'elenco degli invitati.

Oltre al sindaco, al maresciallo, al prevosto e a un paio di colleghi, amici del vecchio, c'era anche il dottor Tornabuoni.

Maria Grazia tremò al pensiero. Quel pranzo non era che una manovra del vecchio. Ciò significava che il Perdicane si stava intestardendo nel progetto. C'era il rischio che padre e figlia arrivassero a uno scontro frontale. L'esito avrebbe penalizzato soprattutto lei.

Facendo buon viso a cattiva sorte, Maria Grazia deglutì l'amaro boccone.

La domenica del compleanno sedette al tavolo a fianco del dottore. Riuscì a essere formalmente ineccepibile. Rispose alle domande del Tornabuoni, sorrise ai suoi sorrisi, ignorò le occhiate curiose e allusive che ogni tanto gli ospiti scoccavano verso loro due.

A un certo punto Grazia, con un gesto del capo, le fece intendere che doveva parlare con lei.

«C'è qualcosa tra voi due?» le chiese, felina.

Maria Grazia le avrebbe mollato una sberla.

Tornò al tavolo in tempo per cogliere i termini di una discussione che s'era appena avviata: suo padre s'era messo a parlare di guerra col prevosto ma non erano d'accordo su chi avesse abbattuto Italo Balbo nei cieli d'Africa, se la contraerea inglese o quella italiana, per ordine dello stesso Mussolini.

Rispetto a poco prima il Tornabuoni era paonazzo in viso. Maria Grazia lo notò. Pensò che fosse colpa del vino. Il suo bicchiere, invece, era ancora pieno.

«Bisognerebbe chiedere al maestro Crispini», disse, per troncare, il maresciallo.

«E chi sarebbe?» chiese il Tornabuoni che non vedeva l'ora di cambiare discorso.

Glielo spiegarono, per sua disgrazia.

# 16

Maria Grazia non dormì quella notte. Pensò al maestro Fiorentino Crispini.

Forse da lui poteva venire l'aiuto che cercava.

La casa del maestro stava nel vecchio nucleo di Bellano, in via Novareno.

Era un appartamento di non più di ottanta metri quadrati che il maestro abitava con la moglie Diomira, donna che, all'età di settantasette anni, sembrava uno dei numerosissimi cimeli di guerra che il marito era andato collezionando sin da quando era ragazzo. Dall'epoca delle nozze Diomira non aveva mai più rinnovato il suo guardaroba. Così, vestita con abiti fuori moda da oltre cinquant'anni, la si poteva prendere per un reperto storico, con la differenza che rispetto agli altri era animato.

Fiorentino Crispini era un esperto di guerre e battaglie. La sua fama andava ben oltre i confini del paese. Veniva spesso consultato da storici, locali e non, che chiedevano chiarimenti, date, riferimenti bibliografici. Dalle Termopili alla seconda guerra mondiale, non c'era guerra o battaglia che lo trovasse impreparato.

Pareti, vetrine, ripiani di mobili, in casa Crispini erano occupati da oggetti di ogni tipo: elmetti, gagliardetti, stracci di bandiere, pugnali, maschere antigas, proiettili, frammenti di bombe, borracce, gavette, spalline e mostrine: tutto ciò che nella sua lunga vita Fiorentino avesse avuto sottomano e mostrato qualche attinenza con la guerra, se l'era portato a casa. Non c'era fronte che non avesse visitato tornando a casa con le tasche piene di bossoli, frammenti, ferraglie.

La moglie Diomira non aveva mai protestato. Era lei che manteneva in ordine l'arsenale domestico.

Come tutti gli studiosi di un'unica materia il maestro Crispini era un po' noioso, prolisso. Lo era diventato di più con l'età, aveva ottant'anni, e dopo che la scuola l'aveva mandato in pensione. Ogni occasione era buona per sfornare sui due piedi una conferenza erudita.

Ai visitatori della sua casa il maestro imponeva una visita guidata. Era l'equivalente del biglietto d'ingresso, un dazio che costava un'ora di tempo, perché il maestro amava raccontare vita morte e miracoli dei pezzi più pregiati.

Il giorno dopo il pranzo di compleanno, Maria Grazia si presentò a casa del maestro Crispini. Gentile, il maestro l'accolse e la guidò alla visita.

La ragazza non mostrò insofferenza o fretta. Davanti a un cappello d'alpino e a una baionetta spuntata anzi, notando che il maestro tirava via, pose domande. Fiorentino Crispini s'illuminò.

Infine il maestro la fece accomodare in un salottino reso cupo e microscopico dai pesanti tendaggi che oscuravano le finestre. Non c'era ombra di cimelio nel locale. Accatastati su una precaria libreria che percorreva il perimetro della stanza c'erano libri: una serie infinita, la conoscenza alla quale il maestro s'era abbeverato lungo la vita. Erano, naturalmente, libri di guerra.

«In cosa posso esservi utile?» chiese il maestro.

Usava ancora il voi, secondo la moda antica. Anche tra moglie e marito, Maria Grazia notò, usavano quel pronome.

Nel momento di porre la domanda Maria Grazia si sentì tremare.

«Maestro», chiese, «Bur Scibis ha a che fare con qualche guerra?»

La risposta del maestro ebbe un primo tempo squisitamente mimico. Un'espressione di stupore, come di chi ha appena ascoltato una castroneria senza pari, gli si disegnò sul viso.

Maria Grazia si sentì agghiacciare: cos'aveva mai detto?

«Bur Scibis», mormorò il maestro.

Sembrava che stesse assaporando una caramella.

## 17

Il repentino cambiamento umorale di Maria Grazia dopo l'incontro col maestro Crispini non poteva sfuggire all'Arrigoni. Notandolo, il giovanotto si innervosì pure.

Che cazzo, ragionò sottovoce. Sino al giorno prima era un deprofundis. Adesso sembrava un fringuello in brocca. Cos'era successo?

Glielo chiese.

Maria Grazia era rinata nella casa del maestro. Alla curiosità di Giuseppe mise un freno.

«Fra una settimana te lo dirò», rispose.

Tanto aveva chiesto il Crispini per evadere la sua richiesta.

La settimana passò. La ricerca aveva dato esiti soddisfacenti. Ma non tanto da soddisfare un palato fino come quello del maestro.

«Ci siamo quasi», comunicò, «mi basta un'altra settimana.»

Maria Grazia cosa poteva fare?

«Va bene», disse.

Non bastò. Passata anche quella:

«Ho scritto a certi miei corrispondenti», disse il maestro. «A Roma. Attendo notizie definitive. Delle vere chicche. Vedrete!»

«Fra quanto?» chiese Maria Grazia.

«Una settimana.»

«Ancora?» sospirò lei.

«Ancora», sbuffò Giuseppe.

Maria Grazia si strinse nelle spalle.

«Non dipende da me», disse.

«Nemmeno da me» sottolineò il maestro Crispini quando, allo scadere della terza settimana, la risposta da Roma non era ancora arrivata. «È colpa delle poste. La lettera da Roma è partita. A giorni dovrebbe essere qui.»

Uno, due, tre. La mattina del terzo giorno la lettera arrivò. Presa visione delle notizie che conteneva, il maestro Crispini andò in sollucchero. Trepidante come un bambino, attese il ritorno di Maria Grazia da Rezzonico.

Quando la udì suonare alla porta si affacciò alla finestra e, a mo' di saluto, sventolò la busta.

## 18

«Bur Scibis», aveva detto il maestro Crispini facendola accomodare nel suo tenebroso studio e continuando a sventolare la lettera.

Si erano seduti, uno di fronte all'altra, sogguardandosi per un po'.

«Gioventù balda, sprezzante del pericolo, animata dal solo amor di patria. Che lasciò gli studi universitari per accorrere al richiamo d'Italia!»

Maria Grazia aveva temuto che il maestro volesse divagare o chiedere altre dilazioni.

La delusione le si era evidentemente dipinta in viso perché il Crispini s'era riscosso.

«Non vi inquietate», aveva detto, «non sto farneticando. Sto parlando piuttosto della GUF, la Gioventù Universitaria Fascista. Quella che andò a costituire i battaglioni di volontari che combatterono in Africa. Segnatamente del battaglione "Curtatone-Montanara" che si accampò a Bur Scibis il 31 dicembre 1935. È da lì che comincia la sua marcia. 29 aprile 1936, forzano lo sbarramento trincerato di Bullaleh. 30 aprile 1936, la marcia continua ed entrano tra i primi a Dagabur. 6 maggio, l'avanzata continua, occupata Giggiga. Si ricongiungono con altre avanguardie alle porte di Harar, vi entrano ma proseguono la marcia su Dire Daua. Il 9 maggio sono in Dire Daua e il 12 maggio 1936 trenta allievi ufficiali del Curtatone presentano, in Addis Abeba, le armi al maresciallo Badoglio, durante la grandiosa parata della vittoria. Il 2 luglio, infine, rientrati in patria, i legionari sfilano a Roma rendendo omaggio al Milite Ignoto e al capo del governo.»

A Maria Grazia quel carosello di date e nomi esotici aveva detto ben poco. Era stata lì per dirlo. Il maestro l'aveva fermata con un gesto della mano.

«Il soggetto che mi avete segnalato», aveva detto, «faceva parte del battaglione. Sottotenente, quarta compagnia. Medaglia d'argento.»

Solo in quel momento alla ragazza la verità s'era rivelata.

«Quindi», aveva chiesto, «i combattenti di questi... insomma, questi universitari erano tutti fascisti?»

«La gagliarda gioventù...» aveva preso a canticchiare il maestro.

«Come?»

«I migliori. I fedeli. Quelli che non avrebbero mai tradito. La spina dorsale del regime!»

«Ed è pure una medaglia d'argento?» aveva chiesto lei.

Il maestro Crispini aveva sventolato la lettera e ne aveva tratto un foglio.

«Comandante di una compagnia inviata in rinforzo a un battaglione», aveva letto, «per rioccupare una posizione raggiunta dall'avversario, impavido alla testa dei suoi uomini, sotto intenso fuoco li trascinava in un travolgente vittorioso contrassalto che permetteva di rioccupare di slancio la posizione perduta.»

Il silenzio era calato nel salottino. Il maestro, gli occhi lucidi, era sembrato astrarsi nella contemplazione di un abbagliante orizzonte africano e della gagliarda gioventù che stava combattendo.

Nella mente di Maria Grazia aveva preso corpo un'idea: il dottor Tornabuoni andava colpito e affondato. Ci fosse stata la ricorrenza giusta... L'aveva chiesto al maestro. C'era, eccome.

# 19

I giorni come grani di un rosario, ognuno una penitenza. Così fu per Maria Grazia Perdicane quel mese di luglio.

Il dottor Tornabuoni si stava facendo sempre più audace. Il pranzo di compleanno del vecchio l'aveva introdotto in casa. Da allora era stato a far visita, senza bisogno d'invito, già tre volte, l'ultima con un fascio di fiori. Fin troppo evidente che stava preparando il terreno per l'offensiva finale.

Sull'altro fronte Giuseppe stava ai suoi ordini: lontano dalla sezione, evitava i vecchi compagni, non le faceva domande. Ma, non sapendo cos'avesse in testa, scalpitava.

Il 29 luglio, giorno in cui lei aveva stabilito di colpire e affondare il dottore, si faceva desiderare.

Infine, arrivò.

La sera del 28, Maria Grazia parlò con Giuseppe.

«Domani sera», disse, «devo uscire.»

«Per fare cosa?» chiese lui.

«Affari nostri», rispose Maria Grazia.

Fu tutto.

La sera successiva Maria Grazia Perdicane si presentò alla porta del dottor Tornabuoni vestita di tutto punto, profumata, sorridente.

Era una serata di discrete suggestioni. C'era vento, i profili delle montagne erano netti contro il cielo profondo, puntinato da miriadi di stelle. Cielo favorevole ai languori, soprattutto degli innamorati.

Il Tornabuoni aveva cenato da un pezzo. Stava cercando il passo giusto verso la notte con in mano un libro. Quando, alla porta, vide la ragazza si sentì come se fosse nudo, benché non si fosse ancora tolto nemmeno la cravatta.

La guardò senza riuscire a parlare. Una strizza alla bocca dello stomaco lo avvertì che stava per succedere qualcosa. Cedendo alla suggestione della serata indulse al sentimento. Maria Grazia, sulla soglia di casa, era un'ombra, un ritaglio più nero del nero che aveva alle spalle. Aveva scelto quel buio per portargli un messaggio di luce. Lui non sarebbe stato capace di tanto.

«Posso?» chiese la ragazza.

Lui tacque, timoroso di rovinare l'incanto che il lago, la notte di vento, il cielo fittamente stellato, quella donna alla sua porta avevano creato. Si fece da parte. Solo allora notò che Maria Grazia aveva con sé una borsa. Si offrì di liberarla dal peso, lei lo scusò.

«Faccio io», disse.

Dalla borsa estrasse una bottiglia di spumante e due bicchieri: il dottor Tornabuoni li riconobbe per averli già visti nella sala da pranzo dell'ingegner Perdicane.

«Dovremo brindare», disse Maria Grazia.

Nell'animo del dottore calò uno sfiancato languore: fu sul punto di ringraziare Maria Grazia per tutta la sofferenza che gli aveva inferto in vista del premio finale.

«A noi due?» chiese.

Maria Grazia stappò lo spumante.

«A due cose piuttosto», fu la risposta.

Un campanello d'allarme suonò allora nella testa del Tornabuoni.

«Vale a dire?»

«Non vorrei che ti fosse passato di mente l'anniversario di compleanno del Duce.»

La risposta del Tornabuoni fu un silenzio.

Maria Grazia capì di aver colpito la pancia della nave. Sparò subito il secondo siluro.

«In secondo luogo voglio brindare alla salute del mio futuro marito. Tu dovresti conoscerlo, è uno che a giorni verrà espulso dal partito.»

Poi raccontò quello che sapeva.

## 20

«Il postino si è dimenticato di consegnarti questa», aveva detto Maria Grazia prima di andarsene. Solo allora aveva tirato fuori dalla borsetta una busta e l'aveva lasciata sul tavolo.

Al Tornabuoni era bastato uno sguardo, l'intestazione parlava da sola: un fascio littorio dorato contornato da un ramo d'alloro. Sotto, la scritta "Comitato nazionale Bur Scibis-Arditi d'Italia".

«Che cazzo!» imprecò quando restò solo. Poi aprì la busta e lesse la lettera:

«Carissimo, il prossimo ottobre saranno vent'anni ormai.

Vent'anni fa, in quei giorni, ci presentavamo a Tivoli per dare inizio alla nostra fulgida avventura. Ciascuno di noi l'ha continuata idealmente in quest'arco di tempo, ma si è fatta l'ora di dare voce e corpo a quello spirito prima che si disperda.

Così ti proponiamo di aderire al comitato nazionale "Bur Scibis" contribuendo affinché noi si possa comunicare tramite una rivista e ricordare i nostri caduti creando un sacrario.

Ti scriviamo certi che una medaglia d'argento come te servirà da esempio per tutti coloro che non hanno mai dimenticato il battaglione universitario Curtatone-Montanara.

Vent'anni fa sul campo hai dato l'esempio.
Fallo anche oggi!

Il segretario nazionale, Dino.
Il Cappellano Militare, don Filippo.»

Che cazzo gli era venuto in mente!

Appallottolò la lettera. Poi la fece a pezzettini. Infine la buttò nel cesso. Che almeno non finisse nelle mani di qualche altro.

Due sere dopo compilò il verbale di radiazione dal partito di Giuseppe Arrigoni.

Motivazione, deviazionismo.

Maria Grazia si sposò nel dicembre di quell'anno. Prima di cedere, l'ingegner Perdicane pose condizioni.

Primo, matrimonio lontano da Bellano. I due si sposarono a Vendrogno.

Secondo, gli sposini dovevano andare ad abitare a Pontida, dove lui aveva appena rilevato un fallimento: un capannone, per impiantare una nuova linea di produzione, con annessa palazzina.

Maria Grazia e Giuseppe ubbidirono. Si staccarono progressivamente da Bellano. Ci tornarono sempre meno, per poche ore e restando confinati nella villa.

Nessuno, in paese, li vide più. Nemmeno il dottore, cui lo smacco subito confermò che era nato per il celibato. A farlo star bene ci pensavano la politica ed effimere avventure.

# 21

La mattina di domenica 7 maggio 1967 un torpedone stracarico di operai e operaie del cotonificio Cantoni di Bellano partì, alle cinque del mattino, dal piazzale della chiesa di san Nazzaro e Celso diretto alla volta di Occhiobello, in pieno Polesine.

La gita era stata organizzata dal sindacato. Era la prima volta che dei bellanesi tornavano da quelle parti dopo la tragica alluvione del 1951.

Gran parte dei partecipanti alla scampagnata proseguì sul torpedone il sonno interrotto e per un paio d'ore dopo la partenza si poteva sentire volare una mosca.

All'altezza di Mantova cominciarono a girare i primi fiaschi di vino e i panini imbottiti con la bologna, presero vita canti e scherzi. Quando il gruppo fece il suo ingresso in Occhiobello il morale era alto. L'afa gravava già, pesante, sulle case del paese.

Eraldo Bonomi era della partita. Anche lui operaio del cotonificio ma, tra tutti, l'unico a non essere iscritto alla sezione bellanese del PCI. Simpatizzava per il PSIUP. Essendo giovanotto svelto e di buon comando, la sezione bellanese lo teneva in conto di elemento prezioso. Della sezione l'Eraldo seguiva le riunioni, appoggiava le iniziative e subiva le direttive. Bisognava lasciarlo stare sulla sua simpatia politica.

I compagni di Occhiobello avevano predisposto un'accoglienza coi fiocchi: ricevimento in sezione e gita turistico-conoscitiva per aziende agricole, cooperative, cantine sociali. Queste ultime, coi gratuiti assaggi di vini bianchi e rossi, mossi fermi e spumeggianti, mantennero alto il morale della truppa. Tanto che, di ritorno in paese per il pranzo, l'intera compagnia cantava a squarciagola *Bandiera Rossa* e *Bella ciao*.

Il sole a perpendicolo cominciava a dare fastidio. Non c'era il beneficio della breva a mitigare il calore spietato, l'appiccicosa umidità. Gran parte dei bellanesi era sudata, rossa in viso. Quasi tutti frugavano intorno con gli occhi alla ricerca di angoli ombrosi dove trovare un po' di refrigerio e sbollire la mezza ciucca.

Era l'ora di pranzo però. Non si poteva certo dire ai compagni di Occhiobello che la cosa più gradita sarebbe stata un sonnellino ristoratore.

Facendo buon viso a cattiva sorte, canticchiando, ma alcuni francamente mugugnando contro quel clima infame che ostacolava la traspirazione, il gruppo dei bellanesi raggiunse l'osteria delle Due Rive, dove li aspettava una lunga serie di specialità locali.

## 22

L'osteria delle Due Rive era una fattoria riconvertita in ristorante. Stava fuori dal paese, in campagna. Se pure, osservarono alcuni tra i bellanesi, si poteva chiamare campagna quella distesa a perdita d'occhio, senza un gradino da salire, una terrazza di terra, un filare di viti.

La proprietaria signora Leacle aveva fatto predisporre, in quella che era stata l'aia, una tavolata a ferro di cavallo, all'ombra di un semicerchio di pioppi. Discussioni nacquero su chi dovesse occupare i due posti estremi. Si stabilì infine che a un capo sedesse il segretario locale, tal Malsani. All'altro, dopo un tira e molla, venne fatto sedere l'Eraldo Bonomi, quale unico rappresentante dei compagni psiuppini e in vece del segretario bellanese, dottor Aurelio Tornabuoni, che alla gita non aveva preso parte.

L'Eraldo venne così a trovarsi isolato dai suoi compaesani. Contornato dagli ospiti invece, che tentarono di avviare con lui una qualche conversazione.

Dopo la sfilata dei primi piatti e qualche altra bottiglia di vino, vedendo che il dialogo languiva, i compagni di Occhiobello lasciarono perdere e cominciarono a contarsela tra di loro, in un dialetto perlopiù incomprensibile alle orecchie del Bonomi.

L'Eraldo non se la prese, stava bene anche così. Ogni tanto, per dare segni di vita, alzava il calice e brindava all'indirizzo del suo corrispondente seduto all'estremo opposto. Del vino però assaggiava appena qualche goccia. Voleva mantenersi lucido.

Già da un po', infatti, aveva notato che la trattora, affacciandosi alla soglia del locale per controllare se tutto procedeva bene, sembrava puntarlo. Più passava il tempo più la donna si faceva sulla porta e guardava con insistenza nella sua direzione.

«Chissà», pensava l'Eraldo e intanto alzava il calice.

Il resto della compagnia aveva intanto avuto ragione dell'afa e dell'umidità. Tutti i commensali avevano aggredito con ammirevole entusiasmo ogni portata e non si contavano più le bottiglie di lambrusco che venivano diligentemente posate a terra, tutte insieme, per il finale «appello dei cadaveri».

Quando giunse in tavola una portata di anguille marinate e l'ennesima occhiata scoccò tra Leacle e l'Eraldo, questi, come un giocatore di poker, decise che era ora di andare a vedere.

Si alzò, chiese licenza ai suoi compagni di tavola, con la scusa di un bisogno impellente. Gli risposero, ridendo, che era tutto merito del vino genuino.

«Una bella pisciata ed è tutto finito.»

Rise anche l'Eraldo, e s'avviò.

La trattora era sparita dall'uscio. Il Bonomi si inoltrò nel locale che fungeva anche da bar. Grazie ai muri spessi della vecchia fattoria all'interno c'era una gradevole temperatura. Pochi clienti, impegnati in una partita a carte, occupavano qualche tavolino. Non alzarono nemmeno gli occhi sullo straniero.

Eraldo si appressò al bancone e scrutò verso la cucina.

«Banco!» gridò uno dei giocatori per avvisare la padrona che c'era un cliente da servire.

La trattora uscì dalla cucina. Vedendo il Bonomi si illuminò.

# 23

Leacle aveva cinquantatré anni ma era difficile darglieli. Aveva una bellezza senza trucchi.

L'età, semmai, si palesava per certe macchie bianche che aveva sul collo e per le sopracciglia rade, quasi assenti, come se le avesse rasate.

Nel vedersela così vicina l'Eraldo si turbò ancora di più.

Il Bonomi aveva una conoscenza superficiale dell'universo femminile. Numericamente rispettabile, ma alla qualità non aveva mai badato. Le donne che sino ad allora aveva bordeggiato erano alcune compagne di lavoro al cotonificio. Le quali, secondo i casi, gli avevano elargito le proprie grazie o le proprie sberle, in risposta alle sue avance e alle sue mani lunghe. Non aveva mai cercato altra soddisfazione oltre a quelle dell'istinto. Con la trattora così vicina percepì di essersi sempre sbagliato.

«Voi siete di Bellano?» chiese la donna.

Quel voi, eco di un'antica cortesia, mise ancora più in difficoltà il giovane.

«Posso esserle utile in qualcosa?» pigolò.

Leacle accennò di sì. Senza aggiungere, per buona grazia, che lui o un altro faceva lo stesso, purché fosse di Bellano.

Propose al Bonomi di accomodarsi nella cucina, dove avrebbero parlato con più comodo. L'Eraldo la seguì.

Nell'aria della cucina i fumi dei primi e dei secondi s'erano mischiati in un aroma unico e indefinibile, su cui predominava l'odor di vaniglia che infarciva i cotechini.

Le mucose nasali del Bonomi si ubriacarono di quel profumo. Una ragazza stava lavando piatti e pentole, dava loro le spalle. Eraldo s'immaginò che quell'effluvio provenisse dalle ascelle della sconosciuta, sognò baci e carezze che avevano quel sapore.

Pensò la trattora a distoglierlo dal sogno.

«Lo conoscete un certo Arrigoni Giuseppe?» gli chiese.

# 24

Ce ne fosse stato uno solo a Bellano. Lì per lì all'Eraldo ne vennero in mente almeno sette o otto.

A cominciare dal prevosto vecchio, come lo chiamava la gente, don Giuseppe, parroco di Bellano sino al 1963. Dopo la collocazione a riposo era rimasto in paese, lasciando la canonica e trasferendosi in due stanzette nella casa del coadiutore. Continuava a dir messa, alle sette del mattino, e nonostante l'orario, la chiesa era sempre affollata, cosa che non aveva mancato di suscitare un po' di gelosia da parte del parroco nuovo.

Arrigoni Giuseppe era anche il nuovo messo comunale. Detto Edera, perché era del partito repubblicano e durante le campagne elettorali, oltre ai certificati, distribuiva anche volantini di propaganda del PRI. Per le elezioni del 1960 la sezione comunista bellanese aveva scritto a sindaco e segretario, stigmatizzando il comportamento del messo. L'Arrigoni aveva ricevuto una bella strigliata ma il risultato era stato che dalle cassette postali la propaganda comunista aveva cominciato a sparire.

Anche il Pep della Pina era Arrigoni Giuseppe. Gestiva, da che l'Eraldo si ricordava, il Crotto del Bogino assieme alla Pina appunto, che era sua moglie.

Nessuno sapeva quanti anni avesse lui e quanti lei. Se gli avventori del crotto gli chiedevano quale fosse la sua età il Pep rispondeva che tra lui e la Pina ne facevano

154. Era permaloso su quel fatto: se qualcuno si azzardava a insistere, lui passava a chiedere se era andato lì per impicciarsi dei fatti altrui o per mangiare i formaggini vecchi per i quali il Crotto del Bogino andava famoso. Era successo anche che, a qualche importuno che aveva insistito oltre il lecito, il Pep aveva risposto che le cucine erano chiuse e la strada per tornare a casa era la stessa fatta per venire fin lì.

Si chiamava Arrigoni Giuseppe il capostazione, pur se ben pochi ci avrebbero creduto. A sentirlo parlare sembrava infatti un meridionale, di quelli coriacei. Anche a guardarlo l'impressione si confermava: piccolo, grassottello, scuro di carnagione, l'eterna sigaretta in bocca. Veniva da Primaluna invece ma aveva sposato una siciliana di Donnafugata che nel corso degli anni gli aveva riempito la casa di parenti: la mamma anziana, due fratelli impiegati in ferrovia, una sorella che s'era appiccicata alla casa, infine nipoti e cugini che s'erano dispersi su tutto il lago e lungo la Valsassina facendo lavori tra i più vari ma che si ritrovavano spesso nell'appartamento che il capostazione aveva in comodato gratuito dalle ferrovie dello Stato. Volente o nolente, il capostazione aveva dovuto imparare il siciliano poiché, per intendersi, non c'era altro mezzo.

Anche il Circolo dei Lavoratori con annesso gioco delle bocce era gestito da un paio d'anni da un Arrigoni Giuseppe. Addirittura figlio di Arrigoni Giuseppe, il quale gli aveva tramandato non solo nome e mestiere ma anche il segreto del famosissimo «manduria rinforzato», un vino che veniva spacciato solo ai clienti più affezionati, frutto di una segretissima mistura.

Un altro Arrigoni Giuseppe era un trentacinquenne, melanconico figlio di mamma, sempre lindo come un bebè, che non aveva mai fatto un cazzo in vita sua e campava al servizio dell'anziana genitrice che, morta, gli avrebbe lasciato di che vivere di rendita. La vecchia infatti possedeva a Bellano sette o otto appartamenti oltre a due ambienti affittati a pubblici esercizi.

La donna faceva Balbiani di cognome e amava la prosopopea. Menava vanto di essere una diretta discendente di Antonio Balbiani, l'illustre storico che aveva scritto una gustosissima *Guida al lago di Como e alle sue valli* e a cui Bellano aveva intitolato una via nel vecchio nucleo del paese. A dimostrazione che sangue d'artista scorreva nelle sue vene, la vecchia indicava l'indole contemplativa del figliolo Giuseppe, che si peritava di scrivere poesiole in rima, dedicate alla mamma che era la sua cassaforte.

C'erano poi due altri Arrigoni Giuseppe che lavoravano al cotonificio Cantoni. Uno al reparto torcitura: l'Eraldo lo conosceva sin troppo bene perché aveva tentato di circuire la di lui segaligna sorella Ester, attratto dall'incredibile paio di tette della ragazza, una sorta di oasi in mezzo al deserto del restante scheletro. Lei aveva recalcitrato e il giorno dopo il fallito attacco, nel cesso del cotonificio, il Bonomi s'era trovato faccia a faccia con l'Arrigoni fratello che gli aveva quasi staccato un orecchio, avvisandolo che un'altra volta gliel'avrebbe fatto mangiare e cagare.

L'altro Arrigoni Giuseppe era invece un tontolotto che la direzione del cotonificio aveva assunto per pietà, dietro richiesta del prevosto. Stava in magazzino, passava il tempo guardando gli altri che lavoravano con una mano sempre infilata nel didietro dei pantaloni. Di tanto in tanto gli altri magazzinieri dicevano che era arrivato il momento che anche lui si guadagnasse lo stipendio e lo sottoponevano a scherzi atroci, come mandarlo in giro senza pantaloni e mutande o infilarlo a forza nei cessi femminili quando c'era dentro qualche ruffiana del prete.

# 25

«Gliene interessa uno in particolare?» chiese l'Eraldo.

Non era nemmeno sicuro di esserseli ricordati tutti. Gli Arrigoni, a Bellano, erano come i Vitali, i Denti, i Vergottini, i Nogara, le foglie di un albero.

La trattora carezzò con lo sguardo la ragazza che dava loro le spalle.

«Quella è sua figlia», disse d'un fiato, a voce bassa.

L'Eraldo s'imbarazzò, arrossì.

«Di chi?» chiese tanto per dire qualcosa.

«Di Arrigoni Giuseppe, di Bellano», rispose Leacle.

E che cazzo, pensò il Bonomi. Gliene aveva appena elencati una decina almeno. Senza contare quelli che poteva aver dimenticato.

«Sua figlia?» disse, sempre più imbarazzato «Ma in che senso?»

Leacle sorrise, comprensiva.

«Ci siamo conosciuti qui nel '51, l'anno dell'alluvione», spiegò. «Lei è del '52.»

L'Eraldo cominciò a fare conti mentre dalla tavolata si levavano canti. Canti di montagna però, *La mamma è morta* e *La leggenda della Grigna,* segno che vino a nostalgia erano giunti a un buon livello.

Non sapeva cosa dire.

Cosa c'entrava lui se un Arrigoni Giuseppe di Bellano aveva una figlia in quelle lande. Il mondo era pieno di bastardelli e cornuti. Se quella pensava di metterlo di mezzo, aveva sbagliato indirizzo: era un mestiere da preti e lui coi preti non spartiva niente.

Doveva cavarsi dalle balle con una scusa qualsiasi.

Stava per aprire la bocca quando sulla soglia della porta di servizio della cucina ci fu un'apparizione. Tale gli parve. Bionda, scollata, con addosso un abito leggero, giallo, colore del sole. Sembrava caduta dal cielo. A riprova di ciò spostò verso di lui una nuvola che profumava di acqua piovana. L'odore di cannella svanì all'istante.

«Chi è?» chiese l'Eraldo con un groppo in gola.

«La mia maggiore», rispose, «Elena.»

«E io devo partiiireee...», cantavano fuori, nell'aia.

Gli spilli di quelle parole si piantarono nel cuore innamorato, da poco più di un minuto, di Eraldo Bonomi.

## 26

Sul pullman che riportava verso casa la combriccola l'Eraldo andò a scegliersi un posto in fondo, per starsene tranquillo e pensare. Rifiutò più volte il fiasco del vino, si negò agli ultimi cori.

Finalmente la stanchezza ebbe la meglio. Attorno alle otto di sera il silenzio, interrotto da qualche rutto e dal bisbiglio delle ragazze, le uniche sobrie, che chiacchieravano dei fatti loro, calò all'interno del torpedone.

Per il Bonomi venne il momento di fare il punto della situazione. Non era semplice: nel greve silenzio che si era creato, l'immagine di quella ragazza, Elena, ricomparve con forza.

I profumi di campagna che pian piano svanivano nell'aria del torpedone per lasciare posto a quelli industriali dell'autostrada, sembrarono al giovane una musica densa di nostalgia. Il Bonomi sentì che si stava allontanando dal baricentro della sua vita anziché, come avrebbe dovuto essere, avvicinarsi.

Il pensiero del rientro a Bellano, il lunedì, la ripresa del lavoro, le solite cose da fare e facce da vedere finirono per deprimerlo del tutto.

Perché si sentisse così, l'Eraldo non se l'era ancora confessato. Lo fece all'altezza di Palazzolo, quando nel buio della notte incipiente intravide svanire un campo di granturco. S'era innamorato, colpito in pieno occipite da un colpo di fulmine preciso e devastante. Dirselo gli valse qualche istante di requie.

Lunedì mattina, all'avvio del turno dalle sei a mezzogiorno, il Bonomi aveva gli occhi pesti dopo una notte insonne ma le idee chiare.

Doveva dir grazie alla trattora se, anziché piangere su un amore perduto, si sentiva rinato.

Cosa volesse da lui quella donna, non gli interessava. Gli aveva offerto il destro di ritornare da quelle parti. Si trattava di raccogliere qualche informazione su questo Arrigoni Giuseppe.

Non era difficile. La trattora aveva detto che la ragazza era nata nel 1952 e lei l'aveva avuta da un Arrigoni che era calato sin lì per dare una mano e portare aiuti agli alluvionati.

Nel 1952 Eraldo aveva dodici anni ed era ben lontano dall'occuparsi di politica. Non aveva alcun ricordo dell'alluvione del Polesine né dei bellanesi che erano corsi in aiuto di quelle popolazioni.

Ma, per quelle cose, c'erano i vecchi del partito oppure gli archivi della sezione.

# 27

Il compagno Benito Vitali teneva accesa la luce del radioso avvenire stando in sezione tutte le sere, domenica esclusa, per un'oretta.

A dispetto di quel nome, conseguenza del suo anno di nascita, 1936, e dell'essere stato generato da due fascistissimi genitori, il Benito era uno dei più scalmanati della sezione bellanese.

La sede, rispetto al 1954, non era cambiata granché. Al sobrio arredamento s'erano aggiunti un armadio che fungeva da archivio di sezione e qualche sedia. Alle pareti c'erano manifesti delle politiche del 28 aprile 1963 e una riproduzione del quadro di Guttuso sui funerali di Palmiro Togliatti.

Lunedì sera, vedendo entrare il Bonomi, Benito sollevò appena lo sguardo dalle pagine dell'«Unità» e, prima di salutare, prese un appunto su un blocchetto. Era seduto alla scrivania del segretario, si allenava.

«Uè Bonomi», disse, a mo' di saluto.

Eraldo rispose con un cenno del capo.

«Che cazzo fai Benito?»

Quel filomena di nome se lo sarebbe mangiato il Vitali. Cambiarlo non poteva a meno di spendere stipendi in avvocati e marche da bollo. Però ogni volta che lo chiamavano soffriva, gli giravano i coglioni.

«I cazzi miei», rispose, piccato.

«Cioè?» chiese l'Eraldo.

«Prendo appunti.»
Il Bonomi sedette.
«Di cosa?»
«Quella vacca!» rispose Benito.
«Quale?»
«Svetlana. La figlia di Stalin.»
«Cos'ha fatto?»
Il Vitali lo guardò malamente.
Non ne aveva fatte abbastanza? Porca troia! Non solo aveva chiesto asilo politico agli USA, s'era fatta portare in giro per mezzo mondo, India, Italia, Svizzera. Non solo aveva sputato in faccia a suo padre e a tutta l'Internazionale Comunista! Adesso buttava fuori anche un libro di memorie.
«E be'?» chiese l'Eraldo.
Cosa te ne frega, voleva dire.
«Compagno», comunicò il Benito, «fra un anno ci sono le elezioni.»
L'Eraldo restò interdetto. Da quella mattina non riusciva più a ragionare su tempi lunghi. Aveva giusto una settimana per ritornare laggiù.
Benito equivocò sul suo impaccio.
«Ecco», disse, «tutti così, nessuno ci pensa. Poi quando arrivano siete impreparati, non sapete cosa rispondere alle calunnie e si fanno le belle figure. Quando poi la propaganda ha in mano argomenti come questo!»
«Quale?»
«Ma questo! Le memorie di Svetlana Stalin, la sua fuga dall'Unione Sovietica! Ma dove sei con la testa Bonomi, sulla luna?»
No, avrebbe voluto rispondere l'Eraldo. Era in pieno Polesine e non gliene fregava niente della fuga dall'URSS della figlia di Stalin, della propaganda e delle elezioni.
«Cosa risponderesti tu a uno del biancofiore che ti sbatte in faccia questo argomento?» chiese il Benito.

Eraldo stava per chiedere quale argomento, si frenò in tempo.

«Ecco, vedi? Siete tutti così. Dei cucù. Per fortuna che ci sono quelli come me che invece si preparano, studiano e non si fanno prendere di sorpresa. E vi salvano il culo.»

Perché Stalin era Stalin, spiegò Benito, e la sua grandezza non si discuteva. Come non si discuteva il fatto che in Russia non c'erano sfruttatori e sfruttati.

«Tutti uguali», sottolineò il Vitali.

«Ma quella s'era messa in testa che, per il fatto di essere figlia di tanto padre, aveva diritto a chissà quali privilegi. Non voleva capire che anche lei era una come tutte le altre.»

«E questo probabilmente non è riuscita a digerirlo.»

«Niente di meglio, allora, che andare a piangere tra le braccia degli americani e raccontare peste e corna del papà e dell'Unione Sovietica, tanto...»

Benito si bloccò.

«Tanto?» chiese l'Eraldo.

Tanto nessuno poteva andare a controllare, stava per dire il Benito.

«Tanto a quelli», riprese, «più gliele racconti grosse più sono contenti. Hai capito?»

L'Eraldo accennò di sì: che palle, aveva capito. Tra i due calò il silenzio.

«Va bene», disse il Vitali avvisato, dalla dirlindana che suonava, che erano le dieci meno dieci, «anche stasera è ora di chiudere.»

L'Eraldo ruppe gli indugi.

«Ascolta», disse.

Benito lo guardò senza parlare.

«Avevo bisogno di sapere qualcosa del Giuseppe Arrigoni.»

«Ce ne fosse uno solo.»

«Lo so», tagliò corto il Bonomi «Ma voglio dire quello che una volta era dei nostri.»

«Ah», mormorò il Benito, «quel topo di fogna.»

«C'era anche lui coi compagni che nel '51 sono andati in Polesine?»

«Ma se nel '51 non c'era neanche la sezione qui a Bellano», sbottò Benito. «E poi io avevo sedici anni.»

«D'accordo, ma magari sai qualcosa.»

«So che si è sposato la figlia del Perdicane e adesso abita a Pontida o giù di lì.»

«Tutto qua?»

«Ma che cazzo vuoi sapere?»

«Nell'archivio non ci sarà qualche cosa?» chiese il Bonomi.

Il Vitali serrò le palpebre.

«La chiave dell'armadio ce l'ha il segretario. Lo si può aprire solo in sua presenza», dettò come se stesse recitando un articolo di regolamento «Ma come mai ti interessa tanto 'sto Arrigoni?»

Nemmeno sotto tortura l'Eraldo avrebbe ammesso che stava indagando per amore.

«Va be'», disse, «se non sai niente, come non detto.»

## 28

Il Bonomi abitava coi genitori, in via Boldoni, nel vecchio nucleo del paese, angolo via Gavazzi. Una casa con una finestra vistalago e una vistamontagna.

Domenica mattina si svegliò alle quattro e uscì. Ai suoi, la sera precedente, aveva detto che sarebbe andato in montagna, in Grigna per la precisione. Aveva anche detto che non sarebbe tornato tanto presto. Quindi non lo aspettassero alzati.

Alle quattro e trenta bussò alla porta di Angelo Crimini, detto Cuba, anche lui operaio del cotonificio, pugile dilettante. Il Cuba si stava preparando per andare a pescare. L'Eraldo gli lasciò l'inutile zaino col quale era uscito e prese in consegna la chiave della Vespa del Crimini.

«Ricordati che la frizione slitta un po' e il freno davanti è meglio non usarlo», raccomandò il Cuba.

L'Eraldo disse che aveva capito.

«E ricordati che quando esce la riserva è meglio fare benzina così il fondo si mischia e non si sporca il motore. A parte che, per andare e tornare da Milano, quella che c'è basta e avanza.»

«Sta' tranquillo Cuba», borbottò l'Eraldo. Poi, salutato l'amico, saltò in groppa alla Vespa, mise in moto e partì sotto lo sguardo del Cuba che non capiva perché il socio se ne partisse così presto: anche ad andare adagio, a Milano sarebbe arrivato che era ancora buio.

Aggredendo le prime curve della statale 36 il Bonomi non riuscì a reprimere un sorriso di contentezza. Raccontando le balle giuste stava volando, alla rispettabile velocità di 60 chilometri all'ora, alla volta di Occhiobello, senza che alcuno ne avesse il minimo sospetto.

Aveva fatto il conto di impiegare quattro ore per arrivarci, dopo cinque era lì.

La soddisfazione per l'impresa compiuta gli allargò i polmoni, come fosse ossigeno.

Durò sino al momento in cui Eraldo appoggiò i gomiti al bancone dell'osteria delle Due Rive e rivide Leacle.

Il respiro allora gli si troncò. Dell'Arrigoni non aveva scoperto granché. Potevano bastare quelle due balle che aveva messo assieme per incantare la Leacle? O, forse, non era meglio toglierselo dalle balle? Tanto, il suo servizio, dandogli la scusa per ritornare, l'aveva fatto. E la Leacle, come avrebbe fatto a scoprire che era una bugia?

Riconosciutolo, la trattora lo salutò amabilmente.

«Sono venuto per via di quell'Arrigoni Giuseppe», buttò lì d'istinto l'Eraldo.

Leacle si fece seria, attenta. All'Eraldo sembrò che invecchiasse tutto a un tratto.

«L'avete visto?» chiese.

L'Eraldo fece cenno di no.

«Mi dispiace di doverglielo dire ma è morto», mentì con voce fonda. «Qualche anno fa, in montagna, mentre cercava funghi. Non hanno neanche trovato il cadavere.»

Il viso di Leacle si oscurò. Si imbruttì, come se avesse tolto una maschera.

L'Eraldo restò di stucco.

Cos'aveva mai detto?

«Era sposato?» chiese Leacle.

«No», si affrettò a rispondere il Bonomi. «Viveva ancora coi genitori.»

Leacle sospirò. Tornava, piano piano, quella di prima.

«Vi siete disturbato a venire fin qui...» mormorò.
L'Eraldo disse che non doveva preoccuparsi, l'aveva fatto volentieri.
«Posso almeno offrirvi il pranzo?»
La partita di Eraldo Bonomi stava per cominciare.

## 29

Mezzanotte suonò. Prima al campanile della prepositurale di Bellano, trenta secondi dopo al campanile del Santuario di Lezzeno. I due campanili non erano mai andati d'accordo.

«Io vado», disse Gaspare Bonomi.

Nel buio della camera da letto si levò in risposta la voce della moglie.

«Dove?»

Erano tutti e due sveglissimi, pronti a percepire ogni più piccolo rumore che segnalasse il ritorno del figlio. L'avevano atteso alzati fino alle dieci di sera, poi a letto, insonni, in un crescendo di agitazione.

L'uomo non rispose. Si alzò, cominciò a vestirsi.

«Dov'è che vai a cercarlo?» ripeté la donna. «In Grigna?»

L'uomo sacramentò a mezza voce.

«Dovunque sia», rispose. «E lo riporto a casa a calci nel culo.»

«Ma non gli sarà successo qualcosa?»

«Le disgrazie sono le prime cose che vieni a sapere», assicurò Gaspare. «Comunque qualcosa gli succede. Promesso.»

L'uomo uscì dalla camera da letto e si avviò per scendere in contrada. Nemmeno lui sapeva cosa fare. Ma a letto non resisteva più. Rimandò ogni decisione, si avviò per le scale. A metà discesa sentì suonare il campanello.

Si fermò. Un respiro di sollievo gli gonfiò il torace. In un amen la moglie gli fu alle spalle.

«Perché ha suonato?» chiese la donna.

Gaspare ricacciò in gola la soddisfazione, riprese la ghigna del burbero.

«Il signorino ha dimenticato anche le chiavi di casa. Tanto la servitù è sempre pronta», tuonò.

«Dài Gaspare», lo blandì la donna.

«Dai un corno!»

Un nuovo squillo troncò il diverbio.

«Abbiamo fretta eh?» disse l'uomo.

«Sarà stanco», suggerì la donna.

Gaspare si mosse, infilò le chiavi nel portone.

«Disgraziato», gridò con quanto fiato aveva in gola.

Aprì. Si trovò davanti il viso assonnato del maresciallo dei carabinieri Massimino Pezzati.

«A chi?» chiese questi.

## 30

Dopo aver vagabondato in Occhiobello e dintorni per un paio d'ore, interrogandosi su come fare a rivedere e agganciare quella ragazza, Eraldo era tornato per il pranzo.

Tranne una coppia di attempati pescatori, quella domenica all'osteria delle Due Rive non c'erano altri avventori. Il Bonomi s'era seduto al tavolo, solo. Di lì a un po' Leacle era uscita per servire i due. Aveva preso anche la sua ordinazione. Ma, anziché la trattora, era stata Elena a portargli la pietanza.

La sorpresa gli aveva paralizzato la lingua. Posato il piatto sul tavolo, la ragazza s'era trattenuta, anche lei in silenzio. L'occasione, era stato il pensiero del Bonomi, era irripetibile.

Avevano contemporaneamente aperto entrambi la bocca per parlare. S'erano interrotti, avevano riso.

«Prego», aveva detto lei.

«No, no», aveva ribattuto lui, «Dimmi tu.»

Elena aveva sorriso.

«Mi dirai che sono curiosa. Ma tu non eri nella compagnia che è stata qui domenica scorsa?»

L'Eraldo s'era lusingato.

«Sì, da Bellano.»

«Ecco», aveva detto lei, «sul lago di...»

«Como.»

«Ah! E cosa fai di bello lassù?»

Già, si era chiesto lui: cosa faceva di bello?

«Siediti che te lo racconto.»

Elena s'era seduta. L'Eraldo aveva cominciato a raccontare, sparando una balla dietro l'altra.

Ormai faceva il caporeparto al cotonificio Cantoni. Contava, entro la fine anno, di avere la promozione ufficiale. Che voleva dire, tra l'altro, anche un bel salto di stipendio. Comunque continuava a guardarsi in giro. Non gli sarebbe spiaciuto un lavoro più d'intelletto.

«I soldi non sono tutto nella vita», aveva affermato.

Stava bene di suo? aveva chiesto Elena.

Eraldo aveva avuto solo un attimo di incertezza, poi era ripartito.

Abbastanza, come chi possiede una casetta tutta sua, vistalago e vistamontagna, la libertà di spendere qualche soldo nei divertimenti, la possibilità di andarsene in giro qua e là...

«Con la moto?» aveva chiesto Elena.

D'estate, non aveva esitato il Bonomi. D'estate con la moto, perché è bello sentirsi l'aria in faccia. D'inverno la macchina era sicuramente meglio per andare a ballare o al cinema o magari farsi un giro in Svizzera.

Elena aveva sospirato.

«Se sapessi qui quando c'è la nebbia», aveva detto.

L'Eraldo aveva riso. Aveva cominciato a sentirsi padrone della situazione.

Nebbia sul lago non ce n'era mai. Aveva raccontato che l'unica volta in cui era calata su Bellano, il battello anziché attraccare al molo aveva centrato in pieno il muro a lato della piazza Grossi. Sul lago c'era sempre sole, bel tempo, cielo azzurro. Tutte cose che tenevano alto il morale anziché immusonirlo come la pioggia, il freddo, la nebbia.

Era andato avanti così sino alle quattro del pomeriggio. A quell'ora, guardando l'orologio, s'era picchiato una manata sulla coscia e affermato che era tempo di ritornare.

Peccato, aveva sospirato Elena.
Nel cuore dell'Eraldo era scoppiata la rivoluzione.
«Posso sempre tornare», aveva detto.
«Quando?» aveva chiesto lei.
«Anche domenica prossima.»
«Con la macchina, così ce ne andiamo a fare un bel giro. La moto mi fa un po' paura.»
«Certo», aveva risposto lui senza esitazioni.
Avrebbe voluto salutare la trattora prima di partire.
«Lascia perdere», aveva detto Elena. «Ci penso io.»
S'era avvicinato alla Vespa accompagnato da lei. Una volta in sella Elena gli aveva teso la mano.
«Ciao, a domenica allora», aveva detto.
La moto, in quell'istante, s'era inclinata di lato. Le facce dei due s'erano trovate vicine. Era scoccato un bacio. Difficile dire chi avesse preso l'iniziativa.
L'Eraldo non aveva capito più niente. Aveva tentato di partire con la terza inserita. Quando s'era calmato aveva finalmente ingranato la prima ma, dimenticando l'avvertimento del Cuba sulla frizione che slittava, era partito con una mezza impennata.
«Alè!» aveva gridato al colmo dell'entusiasmo.

## 31

I carabinieri l'avevano fermato all'altezza di Gromlongo.

Il Gaspare sgranò gli occhi. Non aveva mai sentito una località con quel nome lungo i sentieri che salivano e scendevano dalla Grigna.

Il maresciallo Pezzati restituì all'uomo lo stesso sguardo stupito. Ci faceva o era scemo davvero?

«Gromlongo», disse, «provincia di Bergamo. Sulla statale che da Bergamo porta a Lecco, per la precisione.»

Gaspare si voltò a guardare la moglie che, impietrita, ascoltava il maresciallo.

«Ma non era andato in Grigna?» chiese.

«Con la Vespa?» s'inserì il maresciallo.

«Ma che Vespa?» gemette la donna.

«La Vespa a bordo della quale vostro figlio è stato fermato all'altezza di Gromlongo», spiegò, didattico, il sottufficiale.

«Ma se non ha nemmeno la patente», disse Gaspare.

«Appunto», concluse il maresciallo.

L'avevano fermato per un normale controllo. Quando i carabinieri della stazione di Caprino Bergamasco gli avevano chiesto la patente, l'Eraldo aveva fatto la faccia del pesce persico. Aveva confessato di esserne sprovvisto. Così era scattato l'arresto.

«Arrestato?» chiesero all'unisono marito e moglie.

Il maresciallo ebbe un sussulto.

«Signori miei», sorrise, «vostro figlio se ne va in giro

senza patente, ce ne rendiamo conto? E poi c'è la flagranza del reato. Più di così!»

Il tocco dell'una si insinuò tra le parole del maresciallo, interrompendole.

Gaspare, prima di porre la domanda che aveva sul gozzo, attese che il campanile di Lezzeno rispondesse. Furono trenta secondi eterni.

«E adesso?» chiese.

Il carabiniere si spazientì: erano gnucchi quei due.

«Se vi ho detto che è stato arrestato...»

«È in galera?» singultò la donna.

«La chiami come meglio crede», rispose il maresciallo. «È in istato di arresto. Domani verrà processato. La Vespa è sotto sequestro.»

Il Gaspare stava per fare una nuova domanda. Il Pezzati allungò un braccio, la mano aperta, per fermarlo.

«Del fatto è competente la Procura di Pontida. Il comando di là mi ha avvisato un'oretta fa. Ho ritenuto opportuno aggiornarvi nonostante fosse tardi.»

La donna cominciò a piangere. Gaspare voleva fare altre domande. Il maresciallo lo intuì ma non vedeva l'ora di beccare il letto. Tra l'altro, in quella specie di atrio, c'era una puzza di piscia di gatto che toglieva il respiro. Girò i tacchi per andarsene.

«Cosa dobbiamo fare adesso?» chiese il vecchio, bloccando la fuga del carabiniere.

«In che senso?»

«Non so... ci vorrà l'avvocato...»

Il maresciallo gonfiò le gote, sbuffò.

«Macché avvocato, soldi buttati al cesso, lasciate perdere. La cosa farà il suo corso. Dopodomani al massimo vostro figlio sarà a casa.»

I singhiozzi della donna si interruppero all'istante.

«Come, dopodomani?» chiese.

Il maresciallo rise per non piangere: a questi due, pensò, glielo puoi mettere nel culo e farti anche pagare.

«Ma cosa volete, che lo mandino ai lavori forzati in Siberia? Si beccherà tre, quattro mesi con la condizionale, una bella multa e morta lì. È incensurato, e la pena di morte in Italia non c'è più da un pezzo.»

La donna ebbe un mezzo sorriso. Al maresciallo non piacque: non voleva pensasse che la legge fosse come una commedia della Filodrammatica.

«C'è mica tanto da ridere», avvisò. «Perché alla prossima che fa paga anche questa.»

La donna ridivenne seria. Il Gaspare raddrizzò la schiena per quanto poteva.

«Non ci sarà una prossima volta», disse. «Glielo posso garantire.»

## 32

Anche d'estate in via Paolo Boldoni si sbarbellava. Colpa dei montivi mattutini che scendendo a valle si incanalavano nelle contrade e soprattutto in quella.

Alle cinque del mattino, un'ora prima dell'inizio del turno, il Cuba aveva rotto gli indugi ed era filato sotto casa del Bonomi.

Adesso aveva la pelle d'oca davanti al portone: era uscito di casa in maglietta perché poi, al lavoro, avrebbe avuto caldo e si sarebbe tolta anche quella, esibendo i muscoli da pugile dilettante con già due incontri vinti alle spalle.

Dovette insistere parecchio al campanello per tirar fuori dai sogni i due Bonomi.

Si svegliò prima la donna. Vide buio, pensò di aver sognato il suono del campanello.

«Avrò avuto un incubo», mormorò.

«Che cosa?» bofonchiò Gaspare.

«Niente», disse lei. «Ho sognato che suonavano alla porta.»

«No», ribatté lui. «Hanno suonato per davvero.»

Un nuovo trillo confermò che non si trattava di un sogno. Gaspare cacciò le gambe fuori dal letto, si avvicinò alla finestra, scostò appena le persiane, sbirciò in contrada. Vide il Cuba che saltellava come se fosse sul ring e si fregava le braccia. Lo guardò suonare per l'ennesima volta.

«Ma chi è?» chiese la donna.

Gaspare tornò verso il letto camminando sulla punta dei piedi.

«È uno che lavora con lui», spiegò. «Non lo so come si chiama, è quello che fa il pugile.»

«Cercherà l'Eraldo?» domandò la donna. «Magari erano d'accordo di andare assieme al lavoro.»

Il campanello suonò nuovamente.

«Cosa gli dico?» chiese l'uomo.

«La verità no di certo.»

«Allora gli devo raccontare una balla.»

«Fa' finta di non sapere niente», consigliò lei.

«Eraldo!» venne dalla contrada. Il Cuba si stava innervosendo. Gaspare ritornò alla finestra della camera e spalancò gli scuri. Una sottile striscia di luce cominciava a rischiarare la conca di Menaggio.

Il Cuba vedendo il vecchio salutò con la mano.

«Cercavo l'Eraldo», spiegò.

«Non c'è», rispose prontamente Gaspare.

Il giovane restò interdetto per qualche secondo ma la mimica del viso denunciò che gli stavano girando i coglioni.

«Come non c'è?» chiese. «Dov'è?»

«Non lo sappiamo», rispose serio il Gaspare.

«E la mia Vespa?» gridò il Cuba.

«Sequestrata», gli spiegò il maresciallo Pezzati alle dodici e venti.

L'aveva atteso a fine turno, al cancello del cotonificio.

Il Cuba si sentì come quando prendeva qualche cazzotto che non si aspettava. Quella moto non aveva nemmeno un anno di vita. E, in quanto alle rinunce che gli era costata, avrebbe potuto numerarle una per una.

«Vuol dire che...» balbettò.

«Vuol dire», spiegò il maresciallo, «che prima di tutto non si presta la moto a uno che non ha la patente.»

«Già. Ma chi lo sapeva», disse il Cuba.

«La legge non ammette ignoranza.»

«Io a quello gli spacco la testa», disse il giovanotto.

«Bravo. Così in galera ci vai tu. Ricordati che sei un pugile e se dai una sberla a uno è come se lo prendessi a colpi di badile.»

Il Cuba strinse i pugni.

«Molto bene», ironizzò. «Così me la piglio nel gobbo.»

«Chi te l'ha detto? La moto te la restituiscono», spiegò il maresciallo.

Il sorriso ricomparve sul viso del Cuba, scoprendo la dentiera orfana di un premolare perso durante un incontro di allenamento.

«Quando?» chiese.

Il maresciallo mise le mani avanti a indicare che non bisognava avere fretta.

«Dopo il processo. Si paga la multa, si fa domanda di dissequestro del mezzo e il gioco è fatto.»

Al Cuba il sorriso sfiorì.

«La multa?»

«Cosa c'è di strano?» disse il maresciallo. «Vuoi che ti diano una medaglia dopo una bigolata del genere?»

«Ma la devo pagare io la multa?»

Il maresciallo fece spallucce.

«Questi non sono affari miei. Vedetevela fra voi due.»

I bicipiti del Cuba si contrassero. Il maresciallo se ne avvide.

«Dammi retta però», disse. «Tieni a posto le mani.»

# 33

Lunedì sera il Cuba passeggiò su e giù per via Manzoni per una buona mezz'ora, era inquieto.

Quando suonarono le nove ruppe gli indugi. Si diede un destro sul torace e partì.

Nella sede bellanese del PCI non c'era mai stato. Non gliene fregava niente di quelli. Non era nemmeno iscritto al sindacato. D'altronde, se voleva parlare in privato col dottor Tornabuoni, quello era il posto giusto.

La porta della sezione era aperta. Al tavolo c'erano il dottore e il Benito Vitali. Il Cuba si fece sulla soglia, occupandola per intero. Bussò, delicatamente.

«Chi è?»

«Io», rispose il Cuba.

«Io non è un nome», fece notare il dottore.

Eccolo, pensò il Cuba. Per quello aveva tanto passeggiato prima di decidersi. Il Tornabuoni lo metteva in difficoltà. I suoi gesti parchi, la parlata brusca, lo sguardo diretto dei suoi occhi neri. Ti sentivi nudo davanti a lui.

Pure, il Cuba sapeva che il dottore era l'unico che potesse dargli una mano. Lui, se si fosse trovato faccia a faccia col Bonomi, non avrebbe resistito alla voglia di dargli quattro sganassoni.

«Io», rispose. «Il Cuba.»

«È quello che fa il pugile», sussurrò Benito. «Non è iscritto da nessuna parte ma pare che voti il MSI. Dicono che ogni tanto rubacchi.»

Il Tornabuoni non staccò gli occhi dalla porta.
«Cosa vuole?»
«Bisognerà chiederlo a lui», suggerì il Vitali.
Il Cuba era inchiodato sull'ingresso.
«Cosa c'è?» tuonò il Tornabuoni.
«Devo chiedere una cosa.»
«È un segreto?»
Il Cuba sollevò le spalle. Non era un segreto ma si capiva che lo voleva dire a uno solo dei due.
«Di chi hai bisogno Cuba?» chiese Benito. «Di me o del dottore?»
«Del dottore.»
Il Tornabuoni girò appena la testa verso il Vitali.
«Finisci un po'», disse.
«E tu», rivolto al Cuba, «aspetta lì un momento.»
Il pugile fece dietrofront. Si mise a passeggiare sull'acciottolato della corte. Il Benito riprese il filo della relazione: balle di sezione, conti, programmi.
«Poi c'è un'altra cosa, ma non so se ti interessa», disse.
«Tu dimmela che poi giudico io», affermò il Tornabuoni.
Benito gli raccontò della visita dell'Eraldo Bonomi, del suo interesse per un certo Arrigoni Giuseppe.
«Voleva anche andare a guardare nell'archivio di sezione.»
Lo sguardo del dottore si incupì.
«Quando?»
«Lunedì scorso.»
«E me lo dici adesso.»
«Sono due settimane che non ti si vede qui.»
Il Tornabuoni non ribatté.
«Era così importante?» chiese Benito.
«Va' avanti», disse il dottore.
«Niente, tutto qui. Io gli ho detto che l'archivio lo si può aprire solo in presenza del segretario.»
«Dov'è finito quello che mi voleva parlare?» chiese.

«Cuba», gridò il Vitali.
Il Cuba, le mani in tasca, entrò in sezione.
«Allora?» disse il Tornabuoni.
Il Cuba guardò Benito. Bastò lo sguardo del Tornabuoni. Il Vitali si alzò e se ne andò senza salutare. Quando il dottore lo trattava così gli veniva voglia di mandare tutti a dar via il culo.

## 34

Fosse stato uno di chiesa avrebbe messo di mezzo il prevosto, esordì il Cuba.

Aveva la bocca asciutta, non riusciva a sostenere lo sguardo del dottore.

Visto che invece era uno dei loro aveva pensato di chiedere a lui.

«Ma di chi stai parlando?» interruppe il Tornabuoni.

«Dell'Eraldo Bonomi», chiarì il Cuba.

Fu un attimo. Ma la mimica imperturbabile del dottore ebbe un cedimento.

«Cosa c'entra il Bonomi?» chiese.

«È di lui che le volevo parlare.»

Il Bonomi, pensò il dottore: nel giro di un quarto d'ora gli era capitato tra i piedi già due volte.

«Va' avanti», disse.

«È per via della Vespa.»

«Che Vespa?» chiese il dottore.

«Lei non sa niente di quello che è successo?» si meravigliò il Cuba.

«Niente», rispose il Tornabuoni.

Il Cuba si incassò nelle spalle. Cercò di organizzare un discorso breve e chiaro. Il dottore gli rovinò i piani.

«Se taci continuerò a non saperlo», disse, caustico.

Il Cuba cominciò a sudare.

«Be', ecco», esordì, «settimana scorsa l'Eraldo mi aveva chiesto se gli prestavo la Vespa per andare a Milano domenica, cioè ieri...»

Si zittì. Ecco cosa voleva dire non essere capaci di parlare. Lui con quattro cazzotti avrebbe sistemato la questione. Ma le multe andavano pagate in lire, le istanze di dissequestro scritte in italiano corretto.

Riprese a parlare. Perse e riprese il filo del discorso. A un certo punto il Tornabuoni ne ebbe l'anima piena, lo interruppe.

«Ma si può sapere cosa c'entro io?» chiese.

Il Cuba sparò la richiesta: poteva intercedere per conto suo presso l'Eraldo affinché pagasse sveltamente la multa dando modo ai carabinieri di Pontida di restituire la Vespa al legittimo proprietario?

La fronte del dottore si corrugò.

«I carabinieri di dove?»

Il tono spaventò il Cuba.

«Pontida», ripeté, a bassa voce.

«Cosa c'entrano i carabinieri di Pontida se il Bonomi ti ha chiesto la Vespa per andare a Milano?»

L'osservazione del dottore colpì il Cuba. Era vero, non ci aveva pensato.

«Io non so niente», disse. «A me ha detto che doveva andare a Milano.»

Il Tornabuoni tacque. Il Cuba non sapeva più che pesci prendere: salutare e andarsene, stare lì e aspettare. Sembrava che il dottore fosse sulla luna.

## 35

Martedì sera l'aria era profumata. Le acacie fiorite spremevano un liquoroso odore di primavera.

Il dottore aprì la finestra che dava su piazza Boldoni e annusò. Non abitava più nell'appartamentino di via Martiri, stava sopra al ristorante Cavallino. Non aveva aumentato i metri quadrati ma ci aveva guadagnato in vista: il molo, il lungolago, il giardinetto del ristorante.

Dalla sera prima, dopo il colloquio col Cuba, non faceva che rigirare nella testa lo stesso dubbio.

Possibile che dopo tredici anni potesse saltar fuori ancora quella storia? D'altra parte, si chiedeva, cosa diavolo era andato a fare il Bonomi dalle parti di Pontida? E perché si era interessato dell'Arrigoni Giuseppe?

Solo l'Eraldo poteva dirlo e lui avrebbe fatto bene a scambiarci quattro parole non appena fosse tornato a casa.

In politica non si poteva mai sapere e, alla luce di quei fatti, poteva darsi che qualcuno, usando il Bonomi, intendesse farlo inciampare nella corsa alla poltrona di segretario della federazione provinciale, che poteva essere sua di lì a tre mesi: la storia del suo eroismo a Bur Scibis sarebbe calzata a pennello per metterlo in disgrazia.

Ma chi?

A un certo punto il Tornabuoni chiuse, con un gesto rabbioso, la finestra. Non bastava quella grana. Ci si metteva anche il profumo dell'aria, così femminile, languido. Buono per far sdilinquire gli innamorati.

Tredici anni, ma sembrava ieri.

Scacciò il pensiero, tornò al lato pratico della faccenda.

Poteva anche esserci dietro la mano dell'Arrigoni che finalmente riusciva a vendicarsi di lui. Perché no? Il carattere non gli mancava, era sempre stato uno tosto.

Oppure Maria Grazia: anche a lei il carattere non faceva difetto.

Oppure...

All'ennesimo oppure il Tornabuoni si addormentò.

## 36

Gaspare Bonomi gli si fece incontro mercoledì mattina, mentre stava uscendo di casa. Aveva l'espressione supplice.

Non erano ancora le otto, il Tornabuoni aveva un viso truce.

«Be'?» chiese visto che il vecchio non si decideva a parlare.

Il Gaspare, esitando, parlò. L'Eraldo era arrivato a casa durante la notte, con l'ultimo treno. Li aveva a malapena salutati, poi s'era chiuso in camera. Quella mattina non aveva voluto alzarsi per andare al lavoro. Aveva gridato di lasciarlo in pace, che voleva licenziarsi, che era capace di farne una grossa.

«Cose che si dicono...» commentò il dottore.

Il Gaspare aveva gli occhi umidi.

«Lei dottore non verrebbe a dargli un'occhiata?» chiese.

Il Tornabuoni acconsentì. Ne aveva anche lui di cose da chiedere all'Eraldo.

«Faccio colazione e arrivo.»

Nemmeno l'avviso che sarebbe arrivato il dottore convinse l'Eraldo ad aprire la porta.

Il Tornabuoni gli chiese una sola volta di farlo entrare in camera. Poi, senza indugi, diede una spallata alla porta sotto lo sguardo esterrefatto del vecchio Bonomi, scardinandola. Il vecchio approvò con un gesto del capo e deglutì: peccato per la serratura.

L'Eraldo, al rumore della spallata, si mise a sedere sul letto.

«Allora, lavativo?» disse il dottore.

«Allora, cosa?» chiese l'Eraldo. Guardò il Tornabuoni e, alle sue spalle, il genitore.

«Cosa significano queste scene? Che colpa ne hanno i tuoi se tu vai in giro a fare l'asino senza patente?»

«Non gli abbiamo neanche detto niente noi», bofonchiò Gaspare.

«Non è quello, te l'ho già detto!» scattò il giovanotto.

«Cos'è allora?» piagnucolò il vecchio.

«Niente!» gridò l'Eraldo.

«Calma eh», intervenne il Tornabuoni. «Forse è meglio se parliamo a quattr'occhi.»

Si girò verso il Gaspare e gli fece cenno di uscire. Restato solo col giovane, si sedette sul letto.

«Allora?» chiese.

Eraldo chinò il capo.

«Cosa sono 'ste storie?»

«Quali storie?»

Il dottore guardò diritto in viso l'Eraldo: questi tenne un paio di secondi poi abbassò lo sguardo. Nessuno resisteva a quell'occhiata.

«Cosa sei andato a fare dalle parti di Pontida?»

«Io?»

«Hanno arrestato me a Pontida?»

«Ci passavo per caso», confessò l'Eraldo.

Il dottore ebbe un singulto. Gli capitava quando si sentiva preso per il culo.

«Di' un po', furbetto, non è che per caso a Pontida ti è capitato di incontrare un certo Arrigoni Giuseppe?» chiese.

La reazione del Bonomi fu immediata: gli diventarono rosse fin le orecchie. Il dottore, gentilmente, mise due dita sotto il mento del giovanotto e lo obbligò a guardarlo.

«Va là che stai andando a fuoco. Cosa c'è? Sei imbarazzato?»

L'Eraldo taceva.

«Allora? Com'è che ti interessa tanto 'sto Arrigoni?»

«Non so nemmeno chi è», disse il Bonomi.

«Ah no? E allora perché sei andato in giro a fare domande sul suo conto?»

«Io?»

Il dottore fece un gesto di insofferenza.

«Adesso basta eh!» scoppiò.

Usò un tono duro. Alle orecchie dell'Eraldo suonò spietato. Ma non l'avrebbe minimamente impressionato se, in quell'istante, non si fosse sentito perso, sconfitto, solo.

Troppe cose gli erano successe nell'arco di una settimana. A cominciare da quel colpo di fulmine che l'aveva intronato completamente. Poi l'incidente coi carabinieri, il fermo, il processo, la multa, i due mesi con la condizionale. Infine l'idea che Elena fosse lontana, lontanissima, irraggiungibile. L'Eraldo si sentiva invaso dalla malinconia. I suoi volevano sapere perché e percome, il dottore gli chiedeva di Pontida...

La misura era colma. Le spalle dell'Eraldo cominciarono a sussultare, infine il giovanotto si arrese alle lacrime.

Il Tornabuoni non se l'aspettava. Si era preparato per un interrogatorio staliniano e quello si metteva a piangere.

«Ma cosa c'è?» chiese.

L'Eraldo sollevò verso di lui il viso marezzato. Le lacrime scorrevano copiose. Ma furono i singhiozzi a disorientare il Tornabuoni: singhiozzi veri, disperati.

Paterno, il dottore passò un braccio attorno alle spalle del Bonomi.

«Dimmelo, Eraldo. Qualunque cosa ti sia successa troveremo il modo di sistemarla.»

Fu quel tono a convincere l'Eraldo a parlare.

## 37

Il Gaspare s'era appena spostato. Aveva origliato. Aveva percepito singhiozzi e spezzoni di frasi. Aveva sentito parlare di un figlio o di una figlia.

Gli sembrò allora di aver capito tutto.

«Ostia», disse tra sé, «l'ha fatta grossa!»

Partì alla volta della cucina. A sua moglie lo doveva dire lui.

La vecchia accolse la rivelazione con una serie di versi che giunsero sin nella camera dell'Eraldo. Gridò tanto che il dottore corse in cucina per vedere cosa stava succedendo.

«Gliel'ho detto», spiegò il Gaspare.

«Che cosa?» chiese il dottore.

Il Bonomi, anziché parlare, agitò la mano destra a descrivere un semicerchio davanti all'addome poi, aiutandosi con la sinistra, mimò il gesto di chi culla un bambino. Infine alzò le spalle.

«A me non mi importa mica», disse. «L'età ce l'ha, il lavoro anche. Affari suoi.»

«Che figura», piagnucolò la donna.

«Figura di che cosa?» s'incazzò il Gaspare. «Son cose naturali. *Anca la tò sorèla...*»

«*Làsa stà la me sorèla*!» s'impermalì la moglie.

«Va be', va be'...»

«Figure non ce n'è», troncò il Tornabuoni.

Poteva darsi, spiegò, che di lì a un po' avrebbero dovuto ninnare davvero un infante ma per intanto era ancora tutto nel mondo delle intenzioni. Una sola cosa era certa. L'Eraldo s'era preso una scuffia della madonna per una di Occhiobello.

Il Gaspare cacciò fuori gli occhi, sua moglie si mise le mani in croce sul petto.

«Occhiobello?» dissero all'unisono.

«Anche se è un po' fuori mano», assicurò il dottore, «è pur sempre in Italia.»

Comunque, se ne stessero tranquilli. Domenica prossima sarebbe andato lui a vedere, insieme all'Eraldo. Si sarebbe reso conto.

Poi avrebbe riferito a loro due.

Sul volto della donna comparve un'espressione di grazia.

«Bravo dottore», disse il vecchio. «Noi ci fidiamo di lei.»

## 38

«Le dirai che sono tuo zio», disse il dottor Tornabuoni all'Eraldo mentre finiva di fasciargli una caviglia. «Così» aggiunse, indicando l'articolazione bloccata, «hai la scusa per dire che non potevi guidare.»

Erano le sei di domenica mattina.

In piazza Boldoni i merli erano in primavera sparata e non ci sarebbe stato alcun bisogno di puntare la sveglia per alzarsi all'alba, tant'era il chiasso che facevano. L'Eraldo non aveva chiuso occhio quella notte e alle quattro e mezza, nonostante l'accordo col dottore fosse di svegliarlo suonando il campanello alle cinque e trenta, era già in piazza. Aveva tirato l'ora chiacchierando coi pescatori che rientravano dalla notte trascorsa sul lago.

Alle sei e un quarto la seicento blu del Tornabuoni, inghiottita dalla galleria delle Tre Madonne, lasciava il territorio del comune di Bellano.

Quando ne riuscì, di ritorno a casa, erano le undici passate.

L'Eraldo, vinto dall'aria confidenziale che il dottore aveva mantenuto per tutta la giornata, non aveva fatto altro che parlare della ragazza e dei suoi progetti per il futuro.

«Se mi dice sì, nel giro di un paio di mesi la sposo», aveva affermato all'altezza di Mandello del Lario.

«Calma», aveva suggerito il dottore.

Ma l'Eraldo, ormai, era lanciato. Poco prima di lasciare la trattoria aveva consegnato alla Elena una lettera chiusa facendole promettere che l'avrebbe aperta solo quando loro due fossero lontani. Conteneva una richiesta di matrimonio: le chiedeva di rispondere solo se era sì. Altrimenti meglio il silenzio.

Il Bonomi era talmente preso da quei suoi progetti che non notò, passando davanti alla villa dei Perdicane, la camionetta dei carabinieri, nonostante occupasse quasi tutta la corsia opposta. Al dottor Tornabuoni non sfuggì invece. Giunto in piazza Boldoni parcheggiò l'auto e si congedò dall'Eraldo.

Anziché andare a casa, entrò al ristorante del Cavallino. Il gestore se ne stava appoggiato al bancone, le mani a pugno sotto il mento. Come vide il dottore cambiò posizione.

«L'hanno trovato?» chiese.

«Chi?»

Il gestore aggrottò la fronte: possibile che il Tornabuoni non sapesse niente?

«Sono stato via tutta la gionata», disse il dottore. «Torno adesso.»

«L'ingegner Perdicane», spiegò quello «È sparito, dalle prime ore di questo pomeriggio. Non si trova più.»

L'ingegnere aveva ormai ottantun anni. Un paio di mesi prima il giardiniere gli aveva chiesto il permesso di usare la rivetta di proprietà della villa per pescare gli agoni.

Il Perdicane dapprima s'era fatto spiegare come funzionava quella pesca: aveva fin voluto sapere come si preparava la riva affinché i pesci la prediligessero per deporre le uova. Infine aveva negato il permesso. A pescare gli agoni ci sarebbe andato lui.

L'aveva detto anche in casa. Sua moglie gli aveva chiesto se fosse impazzito.

L'ingegnere aveva sorriso e compreso che doveva prepararsi in segreto.

Quella domenica pomeriggio la moglie era salita al

Santuario di Lezzeno per la festa dei malati, organizzata dall'Unitalsi. Rimasto solo in casa con Graziella, aveva deciso di partire coi lavori. Era sceso al lago verso le due con tanto di stivaloni a tutta coscia.

Alle sei, quando la moglie aveva fatto ritorno, non era ancora risalito. La donna era scesa a cercarlo. Non l'aveva trovato. Sulla riva c'erano un secchio pieno di geretta, un martello, una cazzuola. Appoggiati su uno spuntone di roccia gli occhiali.

Era salita di corsa in casa. Con le lacrime agli occhi aveva chiamato carabinieri e vigili del fuoco.

# 39

Le ricerche dell'ingegnere proseguirono per una settimana. Poi anche i vigili del fuoco del nucleo sommozzatori abbandonarono. Un fiocco nero comparve sul cancello della villa.

La domenica successiva la famiglia Perdicane fece celebrare una messa in memoria dello scomparso. Il prevosto acconsentì a farlo alle dieci, l'ora della messa grande. Sapeva quello che sarebbe accaduto. L'intero paese si riversò in chiesa.

Nel primo banco, ricoperto di panno nero, c'era la famiglia Perdicane: la vedova, Grazia con l'ingegnere lecchese, Maria Grazia.

Il dottor Tornabuoni era confuso tra la folla che assisteva alla messa. Anche lui, come tanti, aveva fatto l'appello: nel banco mancava il Giuseppe Arrigoni.

Poco prima dell'*Ite missa est* il dottore si fece largo tra la folla e uscì. L'Eraldo lo stava aspettando, seminascosto sotto il portico delle ex scuole di Santa Marta. Gli si fece incontro con la testa incassata tra le spalle, come se non volesse farsi notare. Anche lui, in piazza della chiesa, si sentiva un po' estraneo.

«Ti ho cercato dappertutto...» esordì il Bonomi, zittendosi immediatamente.

Per recitare bene la parte di zio e nipote, la domenica prima, l'Eraldo s'era abituato a dargli del tu. Adesso gli era uscito spontaneamente.

«Visto che ti sei abituato continua», disse il Tornabuoni.
Ma l'Eraldo tornò immediatamente al lei.
«Avevo bisogno di parlarle», disse con un certo fare di segretezza.
«Dimmi.»
Il Bonomi cacciò una mano in tasca, ne estrasse una busta.
«È arrivata», comunicò.
«Allora è tutto a posto», commentò il dottore.
L'Eraldo fece no con la testa.
«Non l'ho ancora aperta», spiegò.
«Ma se eravate d'accordo che t'avrebbe scritto solo se accettava?»
L'Eraldo strinse le labbra a culo di gallina.
«Si sa mai come sono fatte le donne.»
«E allora? Io cosa c'entro?»
Il Bonomi s'ingobbì.
«Lei dottore mi aveva... ecco, aveva detto che mi dava una mano coi miei. A convincerli, no?»
«Ma chi la sposa? Tu o tuo padre?»
«Mi servono convinti», dichiarò l'Eraldo. «Se mi sposo dove vado ad abitare? Chi ce li ha i soldi per mettere su una casa? Per un po' dovrò stare con loro. Capirà, se non sono convinti, che bella vita.»
La messa era finita. La gente cominciava a uscire di chiesa. Il Tornabuoni non aveva nessuna voglia di fare incontri.
«Apri 'sta busta, dài», ordinò seccamente.
«Qui?»
«Se ti ha detto di no cosa ci vengo a fare dai tuoi?»
L'Eraldo sbiancò e strapazzò la lettera prima di riuscire ad aprirla. Poi un sorriso e un intenso rossore gli stravolsero il viso.
«Ha detto...» fece per dire.
«Va bene ho capito, va'», tagliò corto il Tornabuoni «Passerò nel pomeriggio, verso le quattro.»

## 40

L'oste Rinaldo, al Circolo dei Lavoratori, lo aspettò invano quella domenica. Il dottore saltò il pranzo.

La vista di Maria Grazia aveva riaperto antiche ferite. Poi c'era l'impegno di passare a casa dei Bonomi. Non gli dava fastidio, s'era assunto incarichi ben peggiori da che era arrivato a Bellano per medicare situazioni familiari intricate.

Ma non sapeva cosa dire ai due vecchi. Qualcosa non gli quadrava.

Prima di tutto la ragazza, Elena, era bella. Troppo. Una bellezza difficile da governare.

Ma quello era il meno.

Il Bonomi, cieco, non s'era accorto di niente la domenica precedente. Lui sì. Non gli era sfuggito che, appena arrivati nell'aia della trattoria, Elena, aveva dato una sbirciata alla targa della macchina. S'era rinfrescata la memoria. Poi li aveva salutati con un sorriso smagliante.

«Le piace?» gli aveva mormorato l'Eraldo.

«Uno sguardo che parla», aveva ribattuto lui.

«Come?» aveva chiesto il Bonomi.

Non gli aveva risposto: in fin dei conti poteva anche sbagliarsi.

Poi era arrivata la Leacle. L'Eraldo gliene aveva decantata bellezza e simpatia. La bellezza, s'intuiva, c'era stata. Ora stava sfiorendo. Aveva delle belle macchie disposte a collana che certamente non le donavano. Quando li aveva salutati, il Tornabuoni, al sentire la sua voce rauca, aveva avuto un sobbalzo. Tanto che l'Eraldo gli aveva chiesto cosa gli stesse capitando. Infine la trattora s'era tolta il cappello di paglia che le metteva in ombra la fronte e aveva scoperto le sopracciglia rasate. Tre indizi facevano una prova. Ma il dottore non aveva avuto il tempo di assorbire quel nuovo colpo: un altro, l'ennesimo, il più forte di tutti. Era comparsa Bice, la sorellina di Elena. Il ritratto da giovane, la copia esatta dell'Arrigoni Giuseppe: stessi capelli corvini, stessi occhi azzurri, stesso naso affilato.

L'Eraldo non gli aveva mentito. Ma qualcosa continuava a non quadrargli. Per tutta la giornata s'era sentito addosso lo sguardo della Leacle. Dubitava di lui? Aveva capito che non era lo zio dell'Eraldo? O cos'altro?

Durante la settimana che era seguita non aveva fatto altro che frullarsi in testa gli elementi raccolti. Col risultato di aumentare la confusione.

Ci sarebbe voluto tempo, per fare chiarezza. Ma l'Eraldo aveva fretta. E, a giudicare dallo sguardo di Elena, non solo lui.

Ai due vecchi poteva andare a raccontare sospetti e dubbi? Quelli volevano un sì o un no.

Un borborigmo avvisò il dottore che non aveva mangiato niente. Nonostante ferite aperte e problemi in attesa di soluzione lo stomaco voleva la sua parte.

Il Tornabuoni guardò l'orologio. Erano le due. Il Rinaldo a quell'ora era già impegnato a servire quelli delle carte e delle bocce. Più di un panino non gli avrebbe potuto preparare.

Frugò in casa, mise insieme il pranzo: una scatoletta di tonno e pane raffermo. Per fortuna aveva in giro anche una bottiglia di barbera. Si consolò con quella. Poi, steso sul letto, mandò tutti sulla forca e si addormentò.

# 41

## I

Alle quattro e mezza del pomeriggio una scampanellata lunga quanto la sirena del cotonificio attraversò il sonno del dottore.

Il Tornabuoni emerse da un sogno: le tette, quand'erano sode e stavano su per conto loro, della sua antica amante.

Il sole del pomeriggio scaldava la cameretta da scapolo, sul soffitto si intrecciavano giochi di luce. Il dottore li guardò, indolente. Sapeva bene chi s'era attaccato con tanta veemenza al campanello.

«O cristo», sospirò, alzandosi e controllando l'ora.

Aprì il portone poi, con lentezza, cominciò a darsi una sistemata. Si stava lisciando i capelli quando suonarono alla porta.

«Vieni avanti va'», gridò. «La porta è aperta.»

Si lavò i denti, mise due gocce di collirio negli occhi rossi di sonno. Meno male che aveva dormito vestito. Uscì dal bagno, entrò in cucina, dove si aspettava di trovare l'Eraldo. Non c'era nessuno. Afferrò una bottiglia di acqua minerale.

«Eraldo», chiamò prima di bere a canna.

«Sono qui.»

La voce non era quella del Bonomi. L'acqua minerale gli andò di traverso.

Maria Grazia era lì. Per quanto ridicolo gli sembrasse, il Tornabuoni ripensò alla faccia che aveva visto poco prima nello specchio. Per il Bonomi andava fin troppo bene.

Per Maria Grazia?

Le ferite erano aperte, gemevano sangue.

## II

L'Eraldo stava sui carboni ardenti. Seguitava ad andare dal letto alla finestra della camera. Ma era la finestra vistamontagna: la via Boldoni, nella quale avrebbe dovuto apparire il dottore, non si vedeva da lì, a meno di avere un periscopio.

«Che cazzo», smadonnava. «Parola è parola.»

Dal momento in cui il Tornabuoni gli aveva promesso che sarebbe andato dai suoi, l'Eraldo non aveva più avuto un secondo di requie. Lo stomaco gli si era stretto, la bocca asciugata. La voce stessa si era abbassata di un tono.

Rientrato a casa, imboccata via Boldoni, aveva subito capito cosa c'era da mangiare, l'effluvio arrivava sino all'imbocco: stracotto di manzo, un capolavoro di sua madre. L'aveva sempre divorato.

A tavola aveva invece piluccato come una signorina sotto lo sguardo offeso della madre e quello critico del padre.

«*Se ghèt?*» gli aveva chiesto il vecchio dopo il terzo bicchiere di vino.

L'Eraldo il vino non l'aveva nemmeno sfiorato.

«Un po' di mal di testa», aveva risposto.

Con quella scusa s'era rintanato in camera sua a patire, uno per uno, i minuti della lunga attesa.

«Ma non va neanche al circolo?» aveva chiesto la donna a suo marito.

«Domanda a lui», aveva risposto secco secco il vecchio Bonomi versandosi un quarto bicchiere di vino.

«Cosa fai?» aveva chiesto la Fermina. La regola era non più di tre bicchieri per pasto.

Non c'era stata risposta. Al vecchio girava l'elica a vedere sprecata la roba da mangiare o la gente che, come aveva fatto suo figlio, sceglieva qua e là nel piatto.

L'Eraldo intanto, nel suo letto di dolore, saltava per aria a ogni tocco del campanile.

Due e mezza, tre, tre e mezza, quattro. Quattro e mezza.

«Che cazzo!»

## III

«Cosa fai qui?» chiese il dottore dalla cucina.

«Devo parlarti.»

«Di cosa?»

«Cose ne ho tante.»

«Comincia dalla prima.»

«La prima è che torno a Bellano.»

«Perché?»

«Perché adesso che non c'è più mio padre dirigo io l'orchestra. La mamma ha dato a me l'incarico.»

«La seconda», disse il dottore.

«Ma è necessario che continuiamo a parlare da una stanza all'altra?»

«Può darsi.»

«Perché?»

Perché dalla finestra aperta della cucina entrava un denso profumo. Dall'asfalto, dal lago, dai platani si levava un omaggio alla sera incipiente. Non era il profumo forte dell'estate ma la sua incubazione. Annusando, si intuiva ciò che sarebbe stato. Il dottore, per l'ennesima volta, intuiva ciò che avrebbe potuto essere.

«La seconda», ripeté il dottore.

«La seconda è mio marito», disse Maria Grazia.

«Non era in chiesa con te stamattina.»

Fu Maria Grazia a raggiungere il dottore nella cucina.

I due si guardarono per un po'. Fecero il conto dei segni che quegli anni avevano lasciato su di loro. Il Tornabuoni era appena un po' stempiato. Maria Grazia era scavata in viso, il naso sporgeva. Magra. Lo sguardo sempre imperioso.

L'amore faceva la differenza, lui di quella donna era stato innamorato.

«Cosa c'entra tuo marito?» chiese il dottore.

«Mio marito è malato. Quando sarà qui potrebbe aver bisogno di un dottore.»

«Cos'ha?» chiese il Tornabuoni.

## IV

Alle cinque. Non oltre, sissignore.

Alle cinque esatte l'Eraldo sarebbe uscito di casa per andare a suonare il campanello del dottore.

«Che cazzo.»

Per intanto sperava che le cinque del pomeriggio non arrivassero mai. Va bene che il dottore aveva anche fatto la parte dello zio: ma a continuare a rompergli l'anima c'era il rischio che lo mandasse a quel paese. D'altronde gliel'aveva promesso quella mattina stessa.

«Che cazzo.»

Dong.

Le cinque. L'Eraldo s'incupì.

Facile, pensò, che se ne fosse dimenticato. È che di lì a meno di un'ora sua madre sarebbe uscita per andare in chiesa, rosario e messa. Lui voleva che fosse presente anche lei ad ascoltare il dottore. Che intanto, dong!, continuava a non comparire.

Per distrarsi il Bonomi si mise sotto gli occhi la lettera di Elena.

Dong!

Una riga, due parole.
Dong!
«Ti aspetto.» Quanto bastava.
Dong!
L'Eraldo uscì dalla camera da letto quatto quatto.
Suo padre dormicchiava stravaccato su una poltrona di vimini in cucina, accanto alla finestra vistalago.
La madre stava passando al tritatutto lo stracotto.
«Cosa fai?» le chiese il figlio tanto per dire qualcosa.
«I mondeghini no!» ribatté la donna. «Ne è avanzato più di metà.»
«Io vado a fare un giro», disse l'Eraldo.
«E il mal di testa?»
«Così così», rispose il giovanotto cercando di fare la faccia sofferente.

## V

Appena uscito dal portone il profumo della donna, spinto dalla breva, gli giunse alle narici.
Le vide fare un mezzo giro sui tacchi per girarsi e accostare il portone.
La gonna, con un secondo di ritardo, seguì il movimento e tornò a modellarle il sedere.
Con una sventola del genere per le mani ogni ritardo era giustificato, pensò l'Eraldo.
Che fare adesso? si chiese.
Se ne stava lì impalato davanti alla porta di casa, senza riuscire a decidersi. Dopo un paio di minuti apparve finalmente il dottore.
Il Tornabuoni ripensava a quello che Maria Grazia gli aveva detto poco prima.
«Cos'ha?» aveva chiesto lui.
La risposta l'aveva fulminato.
«Una cosa che inizia per esse.»

Non ce n'erano tante di malattie che iniziavano per esse.

L'Eraldo gli fece un cenno di saluto. Sorrise, per la prima volta nel corso del pomeriggio.

«Veniva su dai miei, dottore?» chiese.

Il Tornabuoni non gli rispose.

«Cosa gli dice?» chiese il Bonomi sorridendo.

«Una cosa che inizia per esse», disse il dottore.

«Come sì?» azzardò l'Eraldo.

# 42

Tanta fretta di sposarsi poteva avere una sola spiegazione. Il vecchio Gaspare l'aveva sospettata. Ma i conti che il dottore faceva non tornavano.

Eppure, il Tornabuoni sentiva che il suo occhio clinico non lo ingannava. Lo sguardo di Elena parlava. Bovino, lo definivano da quelle parti.

Una decina di giorni dopo la lettera di Elena, il Bonomi lo informò che il parroco di Occhiobello aveva dato il suo assenso a che la cerimonia religiosa si celebrasse a Bellano.

I preti solitamente non si lasciavano scappare un matrimonio tanto facilmente. Alcuni addirittura, come il prevosto nuovo di Bellano, non tolleravano tali migrazioni. Per ottenere una dispensa bisognava brigare, mettere di mezzo conoscenze.

Il Bonomi da quel dubbio non fu minimamente sfiorato. Era contento che la cosa fosse filata liscia. Così, avrebbe potuto sposarsi civilmente laggiù e poi, con comodo, in chiesa a Bellano, sotto gli occhi e per la gioia dei suoi vecchi.

Sulle ali dell'euforia chiese anche al dottore se gli volesse fare da testimone.

«In chiesa no!» reagì subito il Tornabuoni.

L'Eraldo sorrise: sapeva bene, disse celiando, che lui era allergico al fumo delle candele.

«Giù», spiegò, «in comune.»

Poteva dire di no? In fondo, l'imprimatur a quelle nozze l'aveva dato lui.

L'Eraldo si sposò il 17 luglio 1967 presso il municipio di Occhiobello, testimoni il dottore e il Cuba, col quale aveva ormai fatto pace. Per la sposa Bice e un'amica, Zita.

Al termine della cerimonia il sindaco disse due parole d'augurio.

«Davanti allo stato ora siete marito e moglie», concluse. «Per quanto riguarda la chiesa so che don Giudini vi ha già fatto avere la dispensa per celebrare il matrimonio religioso sul lago, a...»

«Bellano», suggerì l'Eraldo.

«Ecco, appunto. È tutto, auguri e figli maschi.»

Tutti applaudirono, tranne il dottore. Udite le parole del sindaco, qualcosa gli era suonato storto. Tacque.

Ma, subito, non appena giunti all'osteria delle Due Rive per il pranzo, volle fare una verifica. Alla Leacle disse che doveva fare una telefonata, cose di lavoro. Nella cabina, mentre fingeva di telefonare, consultò l'elenco telefonico di Occhiobello: c'era un solo Giudini. Alvise Giudini, proprietario di un'officina con rivendita di macchine agricole. Era lo stesso nome che compariva sulla licenza di esercizio della trattoria, esposta sulla parete a lato della porta del cesso: il Tornabuoni l'aveva notato la prima volta che era stato lì col Bonomi.

«Neanche uno scatto?» gli chiese Leacle.

«Non mi risponde nessuno», ribatté il Tornabuoni.

«Mettetevi a tavola allora.»

«Lei non viene con noi?» chiese il dottore.

«Magari!» ribatté Leacle, dandogli l'impressione che, con quella risposta, volesse significare molto di più.

## 43

Fu solo verso le cinque del pomeriggio che la compagnia decise che era ora di tornare. Il Tornabuoni non ne poteva più. Tirò un bel sospiro e fu il primo a scattare in piedi.

Subito si pose un problema. Caricati i bagagli della sposa sulla Seicento, oltre all'autista c'era posto solo per un passeggero.

«Vuol dire che l'Eraldo andrà su con lui in moto» sbottò la Leacle che sembrava non vedesse l'ora di veder partire la truppa, sua figlia in testa.

Il Tornabuoni s'aspettava qualche protesta dall'Eraldo. Macché. Anzi, il Bonomi accettò con entusiasmo l'idea. Lui fece buon viso a cattiva sorte, pur di andarsene.

Gli dava fastidio l'idea di fare quel viaggio con una sconosciuta. Avrebbe quasi preferito dare la macchina all'Eraldo, se avesse avuto la patente, e fare lui il viaggio in moto col Cuba.

Alle sei erano pronti a partire.

«Andiamo?» gridò il dottore, già seduto al posto di guida.

A tirarla per le lunghe era il Cuba, che aveva intrecciato un fitto dialogo con la sorellina della Elena, esibendo ogni tanto i muscoli di pugile dilettante.

Partì lui, per primo, quando la Elena si sedette in macchina. Il Cuba infatti sembrava intenzionato a non mollare la preda e l'Eraldo gli teneva bordone.

Passata mezz'ora, il timore che la ragazza fosse una querula compagna di viaggio era svanito del tutto. Il dottore avrebbe anzi gradito una certa disposizione alla chiacchiera, perché il suo silenzio, aggiunto al caldo e alla noia di quel pomeriggio, stavano avendo un effetto ipnotico.
Cercò di stimolarla a parlare. Non ottenne che striminziti sì e no.
All'altezza di Castiglione dello Stiviere il Tornabuoni ebbe un colpo di sonno. Elena dormiva già, beata, da un'oretta. La Seicento, anziché seguire una curva, finì dritta in un fosso. Nessuno dei due si fece male. Nemmeno la macchina ebbe danni: s'era adagiata di traverso sul fondo di un fosso. Ci volle più di un'ora perché un trattore arrivasse a rimetterla in strada.
Ripresa la marcia, il dottore volle sincerarsi delle condizioni della sposa.
«Tutto bene?» chiese.
«Un filo di mal di pancia», disse lei.
A Brescia il mal di pancia era insopportabile. Il Tornabuoni notò il pallore della ragazza, l'espressione sofferente.
«Meglio se andiamo in ospedale», disse.
«Passerà», ribatté la ragazza.
Il Tornabuoni non volle sentire ragioni.
Due ore più tardi il medico del pronto soccorso che aveva visitato Elena chiese al Tornabuoni se fosse un parente.
«Zio», rispose lui.
«L'ha perso», comunicò l'altro.
«Perso cosa?»
«Il bambino. Non sapeva che era incinta? Tre mesi, occhio e croce.»
L'Eraldo non c'entrava, fu il calcolo del dottore.
«Posso vederla?»
Glielo permise. Il Tornabuoni andò al letto della ragazza, la guardò senza parlare. Nemmeno lei parlò. Lo sguardo era grigio.

## 44

A Bellano pioveva il giorno in cui Elena uscì dall'ospedale.

Di andarla a prendere s'incaricò il dottor Tornabuoni. L'Eraldo avrebbe voluto accompagnarlo ma il dottore rifiutò. Posto in macchina, quella volta, ne aveva. Ma aveva troppe cose da fare e soprattutto da chiedere alla ragazza, non voleva nessuno tra i piedi.

Per prima cosa dovette brigare affinché sulla dimissione non comparisse niente dell'aborto. Fu fortunato. Il primario ostetrico era anche lui comunista, si accordarono per un'anonima metrorragia da trauma.

La seconda cosa che fece fu di rivelare a Elena chi fosse in realtà: la storiella dello zio aveva fatto il suo tempo. Erano in macchina, appena partiti, quando glielo disse.

«L'avevo intuito», disse lei.

«Anch'io ho intuito delle cose», attaccò lui.

«Cioè?» chiese la ragazza.

«Che non era dell'Eraldo.»

L'affermazione del dottore fece arrossire Elena.

«Chi?»

«Il bambino.»

Lo sguardo della ragazza si fissò sulla linea di mezzeria.

«Lo sanno già?»

«Non lo saprà nessuno», rispose il dottore. «A meno che non glielo dica tu.»

All'orizzonte, la corona delle prealpi lecchesi si stava liberando dal cappuccio di nuvole. Avrebbero trovato bel tempo sul lago.

«Allora?» fece il dottore.

«Suo o di un altro avrebbe fatto lo stesso», disse Elena.

«Intanto lo volevi sbolognare a lui.»

Elena scrollò le spalle.

«Nella trattoria di mia madre non c'è posto per tante persone. Dovevo andarmene. Ho approfittato dell'occasione.»

«Prima di tutto la trattoria non è di tua madre», ribatté il dottore.

Elena arrossì di nuovo.

«Ah no?»

«No. Credo piuttosto che sia di un certo Alvise Giudini, titolare della licenza. Unico Giudini a comparire sull'elenco telefonico visto che il parroco non c'è.»

Elena tacque per un buon minuto.

«Ha l'occhio lungo lei», disse poi.

«E clinico», aggiunse il dottore.

«È suo fratello.»

«Come?»

«Alvise è fratello del parroco.»

«E il figlio?»

«Non avrà pensato che fosse del prete?»

Sua madre, raccontò Elena, era capitata da quelle parti, con lei che aveva sette anni, verso la fine degli anni Quaranta, come lavoratrice stagionale, ed era finita nella fattoria del Giudini: così aveva conosciuto Alvise. Il primo a innamorarsi era stato lui. La Leacle, che fosse innamorata o meno, aveva calcolato che un'occasione del genere per tagliare con la vita raminga che aveva fatto sino ad allora non capitava tutti i giorni. Quindi aveva lasciato fare, accettando di buon grado la corte del Giudini, e non solo quella. Tanto che, a un certo punto, era rimasta incinta. Avrebbero dovuto sposarsi e quando

Alvise ne aveva parlato col fratello prete, costui s'era messo di mezzo, proponendogli un'altra donna: più anziana ma ricca.

Alvise aveva cambiato programma, la Leacle pure. Era convenuto a tutti e due. Il Giudini, infatti, coi soldi della moglie aveva finanziato il progetto di trasformare la fattoria in un ristorantino di campagna e ne aveva data la gestione alla Leacle.

Per anni l'Alvise aveva dormito tra due guanciali, pure la Leacle aveva vissuto tranquilla, sentendosi sistemata per la vita, anche se gli affari della trattoria non prosperavano: il lavoro era discreto nei fine settimana, per gli altri giorni, invece, una pena. Il disastro aveva preso corpo negli anni appena trascorsi. Le campagne si andavano pian piano spopolando, il richiamo delle città le svuotava. Spesso, anche il sabato e la domenica, la Leacle non aveva da servire che due o tre coperti.

Così la moglie di Alvise aveva fatto sentire la sua voce. Teneva una ferrea contabilità, quella donna, e accorgendosi che la trattoria rendeva sempre meno, aveva cominciato a mugugnare. Infine aveva ventilato l'idea di vendere. Leacle era insorta con Alvise: l'aveva minacciato che, alla disperazione, avrebbe rivelato che aveva avuto una figlia da lui, Bice.

Il Tornabuoni, a quel punto della storia, sobbalzò: ma se Bice bastava guardarla per capire che era figlia dell'Arrigoni!

Elena, però, stava continuando a raccontare. Il dottore lasciò correre.

Leacle era disperata: la minaccia non aveva intimorito più di tanto il Giudini. Allora era intervenuta lei, i mezzi non le mancavano. Aveva affrontato sia l'Alvise che il fratello prete.

«Era suo?» interloquì il Tornabuoni.

«Suo o dell'altro non ha più nessuna importanza.»

L'importante era stato che, di fronte a quella gravidanza, i due fratelli si erano trovati in grave imbarazzo. Avevano preso in seria considerazione le sue minacce di scandalo e, in fretta, avevano trovato il modo per salvare la trattoria: stornando soldi dal bilancio dell'officina, quello della trattoria aveva ricominciato a fiorire. Così la moglie del Giudini si era quietata.

Nei patti c'era che lei se ne andasse da lì.

«Così è capitato l'Eraldo», concluse Elena, «e l'ho preso.»

Il dottore aveva altre domande da fare. Tacque però. Ormai erano a Lecco, il cielo sgombro di nuvole.

La ragazza, rifletté, s'era lasciata alle spalle una brutta storia e stava per cominciare una nuova vita. Meglio lasciarla in pace. Quando apparve il lago Elena si rianimò.

«Hai mai visto il lago di Como?» le chiese.

«Non ho mai visto un lago», rispose lei.

Lo guardò sfilare sotto i suoi occhi lungo la statale fino a Bellano.

Forse stava pensando che da quel giorno avrebbe sempre avuto tale spettacolo sotto gli occhi dalla cosiddetta finestra vistalago che il Bonomi le aveva decantato come una delle tante meraviglie che avrebbero allietato la sua nuova vita.

## 45

Il dottor Tornabuoni impose la quarantena dopo l'incidente.

L'Eraldo la prese bene. Elena ancora meglio. Ebbe tutto il comodo di studiare la situazione. Un disastro. Suo marito le aveva raccontato un sacco di balle.

Per cominciare, la sistemazione in casa. Fatiscente. Nella camera da letto l'Eraldo aveva accoppiato al suo, da scapolo, un altro letto a una piazza per creare uno scalcinato matrimoniale.

Le finestre. Da quella vistalago, per vedere una strisciolina d'acqua bisognava avere la struttura di una giraffa. Da quella vistamontagna si godeva, in primo piano, la vista del cesso della casa di fronte. La montagna c'era: svettava, sopra il tetto, la cima del monte Muggio, grande non più di una cacca delle capre che lo frequentavano.

C'era il caso, poi, che lei finisse per fare la serva di casa. I due vecchi non pretendevano niente. Ma la Fermina cominciava a tremare, le cascava tutto dalle mani e se si metteva a cucinare, con in mano un coltello o la mezzaluna, diventava un pericolo pubblico.

Il Gaspare era abituato a essere servito. Non tirava nemmeno lo sciacquone. Era la moglie che lo rincorreva di qua e di là.

Infine, i soldi.

Sul finire di settembre Elena chiese all'Eraldo qualche

lira. L'Eraldo non disse no. Sui due piedi, però, non poteva darle niente. La busta paga l'aveva sempre data in casa, serviva a tenere in asse il bilancio familiare.

«Allora quand'è che avremo i soldi per farci una casa?» obiettò lei.

L'Eraldo balbettò: una casa, spiegò, ce l'avevano già, era quella, tre locali più i servizi.

Sarebbe stata loro.

«Quando?» chiese Elena.

Alla fine della quarantena l'Eraldo scalpitava e ne aveva ben donde. Elena non poté sottrarsi. Si concesse ma pose condizioni, nessun rischio.

Di bambini, spiegò suadente, sarebbe stato meglio parlare quando avessero avuto una casa tutta loro.

Eraldo si arrese alle parole e alle mani di sua moglie.

46

Quel vezzo di prenderlo e finirlo con la manovella a un certo punto fece saltare la mosca al naso all'Eraldo.

Anche perché, al lavoro, era continuamente costretto a mentire.

Nella sua cricca di soci, dopo il calcio, il ciclismo e la politica, il sesso era l'argomento più praticato.

Non passava giorno che l'uno o l'altro raccontasse di quante volte, in che posizione e dove avesse alzato la sera prima. Quelli sposati, soprattutto, dimostravano una creatività senza pari e chi, tra loro, confessava di aver ancora utilizzato la canonica posizione del missionario veniva dileggiato e costretto a pagare il bianco a fine turno.

L'Eraldo non aveva potuto sottrarsi.

Per tener testa all'uditorio, l'Eraldo trasferì nei racconti le sue fantasie. Tornava a casa determinato a metterle in atto.

Ma la mano di sua moglie lo spegneva come al solito.

Un pomeriggio sbottò.

Era appena tornato dal turno dalle sei a mezzogiorno.

Chiese alla Elena quand'è che avrebbero cominciato a stare assieme come un marito e una moglie veri.

«La quarantena è finita da un pezzo», sottolineò.

La risposta della Elena non si fece attendere.

«Quando, come un marito e una moglie veri, avremo una casa nostra. E, tanto per dirla tutta, quando anch'io avrò un lavoro.»

L'Eraldo rimase di stucco.
«Ma se lavoro già io?» protestò.
«Sì. Ma della tua paga non avanza niente.»
L'Eraldo tentò una replica.
Elena non gliela permise.
«Vado al cotonificio», disse.
«Sei matta?»
«Perché? Ci vanno tutti, prendono cani e porci. Cosa mi manca?»
Era quello il punto. Non le mancava niente. Anzi, c'era fin troppo di tutto.
L'Eraldo sapeva bene come andavano le cose. Le sventole come sua moglie erano sempre tampinate, inzigate, chiacchierate, anche se non facevano niente di male.
Con una moglie così al cotonificio, l'Eraldo era sicuro che la sua vita sarebbe diventata un inferno.
«Al cotonificio no», ribadì.
«Anche le donne hanno il diritto di lavorare e di avere una vita propria», dichiarò Elena, ripetendo pari pari una delle tante lezioncine di partito che l'Eraldo le aveva ripetuto.
Spossato, il giovanotto si arrese.
«Al cotonificio no, però», ripetè. «Magari un altro posto, ma lì no. Mi guardo in giro io, vediamo se salta fuori qualcosa di meglio.»
Elena considerò la proposta.
«Ti do una settimana di tempo», rispose. «Poi mi arrangio da sola.»
Tanto, senza dir niente a nessuno, la domanda di assunzione l'aveva già fatta.

## 47

Maria Grazia Perdicane, dopo la scomparsa del padre, aveva impiegato un paio di mesi per riorganizzare vita e nuove mansioni, compreso il trasferimento a Bellano.

Durante quel periodo, per avere piena libertà di movimento, aveva piazzato il marito in una clinica di san Pellegrino.

Ai primi di ottobre era finalmente a posto. Telefonò, una sera, al Tornabuoni.

«Hai chiamato per farmi i complimenti?» scherzò lui.

Da due giorni infatti Aurelio Tornabuoni era il nuovo segretario provinciale del PCI.

«Domani porto a casa mio marito», disse lei.

L'allegria del dottore svanì.

«Puoi passare da me?» chiese la donna.

Il giorno seguente Aurelio Tornabuoni rivide, dopo una decina d'anni, il suo antico sodale.

«Si fa fatica a riconoscerlo eh?» commentò la donna.

Il dottore non disse niente. L'Arrigoni non era che l'ombra del giovanotto che era stato: magro, quasi completamente calvo, pallido. Irriconoscibile.

«Oltre a te», aggiunse Maria Grazia, «mi servirà una persona di fiducia, una specie di infermiera da metter qui, quando io non ci sarò, vale a dire la maggior parte del tempo. Come puoi capire, non posso fidarmi di mia madre. Dopo la morte del papà non è più quella che era. Hai sottomano qualcuno?»

Il dottore promise che ci avrebbe pensato.
«Tu sei a posto?» le chiese sulla soglia della camera.
«Mi sono curata», disse lei. «E faccio regolarmente i controlli. A Bergamo.»
Il Tornabuoni le strinse la mano, lei gliela trattenne.
«Nessuno sa niente», disse Maria Grazia.
Né deve saperlo, fu lì per aggiungere, ma tacque davanti allo sguardo cupo del Tornabuoni.

## 48

L'Eraldo, in ambasce, ragionò per giorni attorno alla richiesta della moglie. Poi, non sapendo che pesci pigliare, finì per rivolgersi ancora al dottor Tornabuoni. Timidamente, gli espose il caso: temeva che, a furia di rompergli l'anima con i suoi problemi, l'avrebbe mandato a quel paese.

Il Tornabuoni, invece, lo stupì.

«Hai fatto bene a rivolgerti a me», disse.

Lo sfogo dell'Eraldo capitava a fagiolo.

Il dottore aveva i minuti contati da che era diventato segretario provinciale. In più s'era appena accollato il compito di sovrintendere e coordinare gli aiuti che la federazione lecchese inviava alle popolazioni del Belice, di recente colpite dal terremoto.

In un colpo solo riuscì a risolvere il problema di Maria Grazia e a togliersi dalle palle il Bonomi che, quando aveva bisogno di qualcosa, diventava noioso.

Elena accettò con entusiasmo la proposta. Si fosse trattato di fare la serva avrebbe rifiutato. L'Eraldo invece le disse che avrebbe fatto l'assistente di un uomo ammalato. La paga era allettante. Inoltre, fece sempre notare il Bonomi, entrava nella casa più ricca ed esclusiva di Bellano.

Circa i suoi compiti, l'Eraldo demandò al dottore l'istruzione della moglie.

«È come avere a che fare con un bambino», spiegò il Tornabuoni.

«Un bambino di trentotto anni?» chiese Elena.

Il dottore allargò le braccia.

«Proprio così. A volte sarà bello tranquillo, altre agitato. Ci saranno giornate in cui non avrai altro da fare che guardarlo e altre in cui gli dovrai correre dietro.»

«Ma», domandò Elena, «in fin dei conti che malattia ha quest'uomo?»

«Una malattia dei nervi», sorvolò il dottore.

«È una cosa che attacca?»

«È da escludere. Nella maniera più assoluta.»

Elena guardò per aria, come cercasse altre domande. Il dottore aveva fretta.

«Posso dire alla Perdicane che accetti?» chiese.

«Perché no?» fu la risposta.

## 49

L'Eraldo fu davvero contento che sua moglie avesse accettato quel posto.

Entusiasta, addirittura.

Tanto che a Elena venne il sospetto che parte di quella gioia non c'entrasse col suo nuovo lavoro.

Per un certo verso era così.

Qualche giorno prima, il Bonomi aveva fatto conoscenza con certo Giorgio Consorziati, della federazione psiuppina di Como. Era stato il dottor Tornabuoni a presentarglielo.

Il Consorziati, nel corso di un giro che, partendo da Lecco, stava toccando tutti i paesi dell'alto lago, aveva esposto al Bonomi e agli altri, rari iscritti o simpatizzanti del partito, la necessità di lavorare intensamente in vista delle elezioni politiche del maggio 1968.

«Il partito deve entrare in parlamento», aveva detto il Consorziati, «e per questo vi si richiede uno sforzo di propaganda, di diffusione di idee e di programmi. Bisogna votare e far votare il PSIUP. Queste elezioni per noi sono fondamentali. Correremo da soli, non possiamo fallire l'obbiettivo. I compagni del PCI lo sanno e, seppure a malincuore, dovranno rinunciare al nostro apporto durante la campagna elettorale.»

Quel discorso aveva infiammato l'animo del Bonomi. Finalmente aveva ricevuto un incarico importante, autonomo.

Ma...

Ma c'era quel mal di testa di sua moglie. Il Bonomi s'era immaginato la reazione se fosse tornato a casa a dirle una cosa del genere. Invece così, quietata la donna, le cose si erano sistemate da sole e l'Eraldo, la coscienza sgombra da rimorsi, avrebbe avuto tutto l'agio di dedicarsi alla sua missione politica.

# 50

Il primo giorno di lavoro Elena trovò Maria Grazia ad attenderla. La Perdicane le fece fare il giro della villa.

Quel primo impatto con l'ambiente inquietò un poco la ragazza. L'atmosfera era lugubre.

Per prima le venne presentata la vedova. Sembrava rimbambita, non spiccicò parola. Maria Grazia, dopo averle spiegato chi fosse Elena e perché se la sarebbe vista girare per casa, non perse altro tempo.

«Fa sempre così», disse. «Lei non si preoccupi, non le darà nessun fastidio.»

Poi la condusse nella camera di suo marito, le presentò l'oggetto del suo lavoro.

«Lo consideri appunto un oggetto», ribadì, «e tutto le verrà più facile. Se lei farà suo questo punto di vista non si meraviglierà della scarsa o nulla collaborazione. Se invece continuerà a pensarlo come un essere umano non passerà giorno senza un buon motivo per arrabbiarsi. Io ci ho messo un po' ma alla fine ci sono riuscita. Guardi che me l'hanno detto i dottori, non mi sono inventata niente.»

Il malato era nel suo letto, rigido come un cadavere, le mani aggrappate alle lenzuola e strette, tanto che le dita erano pallide per lo sforzo.

«Non ce l'ho fatta a metterlo un po' in ordine questa mattina. Non ha voluto», disse la Perdicane.

Aleggiava nell'aria odore di urina.

«Nei giorni in cui non vuole alzarsi se la fa addosso», aggiunse.

Elena fu lì lì per fare una domanda.

«Il resto no», l'anticipò la Perdicane. «Si tiene. Poi magari bisogna fargli un clisterone.»

Quella, spiegò, era la stanza, l'universo di suo marito. Era stata la camera da letto di sua sorella Grazia. Aveva sistemato lì il malato perché il cesso era proprio di fronte. Lei dormiva nella stanza a lato, comunicante con quella. La mamma l'aveva spostata nella sua, in fondo al corridoio.

Elena fece cenno di aver capito.

«Per il pranzo non si deve preoccupare.»

Alle undici e mezza circa, tutti i giorni, arrivava la Colomba Strepeni (la Colomba di Pècc, perché aveva allattato non sapeva più neanche lei quanti bambini) che faceva un'iniezione al marito e poi preparava il pranzo per tutti. Erano sempre le solite cose, riso in bianco, patate a lesso, la frittata: nessuno più in quella casa sapeva cosa fosse l'appetito.

«Lei, se vuole, mentre la Colomba è qui può farsi da mangiare quello che preferisce», disse Maria Grazia.

Elena ringraziò, sorridendo. Pensò che anche a lei, tempo due giorni lì dentro, l'appetito sarebbe scappato.

Alla fine s'era fatto tardi, la Perdicane doveva andare.

Maria Grazia s'avviò per il corridoio e parlando scese al piano di sotto.

«Non le saprei dire cosa fare di preciso», spiegò. «Il comportamento di mio marito è imprevedibile. Può darsi che oggi se ne stia tutto il giorno a letto, tranquillo, e lei non abbia altro da fare che attendere il mio ritorno da Valmadrera. Può darsi di no: per assisterlo ci vuole anche un po' di fantasia, presenza di spirito. Doti che, a quanto mi ha detto il dottor Tornabuoni, a lei non difettano. E, a proposito, se qualcosa non le dovesse quadrare, può sempre chiamare il dottore, ho la sua piena disponibilità. Per quanto la riguarda, spero che non si scoraggi. I primi giorni sono sempre i più duri.»

Parlando, Maria Grazia ed Elena erano arrivate nell'atrio della villa.

Buio, perché non c'erano finestre. Odoroso di cera, freddo. Elena rabbrividì.

«È sempre stato l'angolo più freddo della casa», disse Maria Grazia. «Sembra di essere in un sepolcro.»

Mancava quello a completare il quadro, pensò Elena: che l'anima raminga dell'ingegnere annegato aleggiasse nell'atrio della casa.

# 51

Le parole del Consorziati s'erano stampate nella mente del Bonomi. Ogni volta che ci pensava sentiva una strizza allo stomaco. Per non mancare al compito che s'era assunto decise di muoversi per tempo, organizzarsi. Per prima cosa chiese e ottenne dal dottor Tornabuoni la libertà di utilizzare la sede di via Manzoni per i suoi comodi di attivista psiuppino.

L'Eraldo approfittò largamente della concessione. Andò via via accumulando ogni sorta di materiale propagandistico, manifesti opuscoli volantini, sino a due enormi, ingombranti striscioni che al momento giusto avrebbe steso sulla statale 36.

Quando, con quel materiale, ebbe occupato buona parte del già piccolo locale, il Bonomi aggiunse anche un tavolinetto e una sedia che piazzò di lato alla scrivania del segretario.

A quel punto al Benito Vitali girarono i coglioni.

Il Vitali, di fatto, era in una posizione bastarda. Dacché il dottore era diventato segretario provinciale lui s'era assunto le mansioni di segretario di sezione, presiedendo spesso anche le riunioni. Non aveva l'onore della firma però: per ufficializzare ogni cazzata era pur sempre necessaria l'approvazione del Tornabuoni che restava a tutti gli effetti il segretario della sezione.

Il Tornabuoni aveva ventilato la sua intenzione di dimettersi ma la maggior parte degli iscritti aveva insistito affinché recedesse dalla decisone: era un onore avere quale segretario di sezione il segretario provinciale.

Al Benito era toccato fare buon viso a cattivo gioco. Ma gli era bruciata.

Quando l'Eraldo portò in sezione tavolino e sedia, scoppiò.

«Va'», gli disse bruscamente, «che la sezione non è il *rifugium peccatorum.*»

L'Eraldo se lo filò appena.

«Ho il permesso del dottore», rispose.

«Verificherò», sibilò il Benito.

Aveva verificato e incassato.

Il Bonomi, intanto, non lo fermava più nessuno.

Il Consorziati, in un secondo incontro, aveva tracciato i confini del territorio di sua competenza per la campagna elettorale: da Varenna a Colico, in Valvarrone, in Valsassina sino a Taceno, Primaluna, Cortenova. Era un territorio vastissimo, un impegno immane per un uomo solo. Ma l'Eraldo, anziché scoraggiarsi, trasse forza dalla prospettiva di quell'incredibile mole di lavoro che lo attendeva.

Il comasco, d'altra parte, l'aveva intortato per bene, contandogli la rava e la fava dell'ideale e del premio che attendeva tutti coloro che si sarebbero impegnati per l'affermazione del partito: quale sarebbe stato, il premio, non l'aveva però chiarito.

## 52

In casa Bonomi fu necessario dare una risistemata agli orari della vita in comune. Elena aveva un orario elastico, si sapeva quando usciva ma non quando tornava.

L'Eraldo chiese e ottenne di poter sempre fare il turno dalle sei alle dodici. A mezzogiorno pranzava col Gaspare e la Fermina.

Alla sera i due vecchi cenavano all'ora delle galline, un caffellatte o due pere cotte. L'Eraldo imparò a cavarsela da sé, sfruttando perlopiù gli avanzi di mezzogiorno o sgranocchiando un panino. Poco importava. La sera era dedicata al partito e, se non andava in sezione, si ritirava nella sua camera a studiare certi libri che il Consorziati gli aveva passato.

Fu l'impegno politico a impedire al Bonomi di cogliere i piccoli segni di una lenta metamorfosi che stava interessando sua moglie.

Superata l'impressione dei primi giorni, Elena si era ben adattata al nuovo lavoro: che, tra l'altro, non era niente di che.

Il malato più che qualche giretto al cesso al braccio della sua infermiera non faceva. Il momento più gravoso della giornata era quello del pranzo: nei giorni di buona Elena doveva blandire l'Arrigoni come se fosse un bambino per farlo mangiare, sennò le toccava imboccarlo. Dopo pranzo, il più delle volte si addormentava. Allora, partita anche la Colomba di Pècc, Elena diventava padrona di casa.

I primi tempi non aveva fatto altro che starsene in poltrona ad attendere, annoiandosi a morte, che i minuti e le ore passassero. Poi aveva cominciato a esplorare la villa, una stanza dopo l'altra. Poi un armadio dopo l'altro, un cassetto dopo l'altro, un guardaroba dopo l'altro. Nemmeno i tiretti della scrivania del vecchio Perdicane erano scampati alla sua curiosità. Aveva trovato foto di famiglia, lettere che iniziavano dicendo «Mia diletta», ricordi di viaggi e gite. Ognuno di quegli oggetti aveva un fascino che Elena impiegò un po' a definire. Infine comprese: era quello del superfluo, che solo i ricchi si potevano permettere.

Questione di fortuna, aveva pensato Elena. Nascevi dalla parte sbagliata, o facevi il matrimonio sbagliato, ed eri bell'e fregata...

Nella sfortuna però, lei il suo colpo l'aveva fatto, capitando lì dentro.

E se a un certo punto la fortuna le avesse girato le spalle?

Dopo circa un mese, alla Elena venne la paura che la sua avventura in villa potesse finire. Per rendersi indispensabile, allargò allora il campo delle sue attività. Quando il Giuseppe dormiva, andava a tenere compagnia alla signora, rendendone conto poi, alla sera, a Maria Grazia.

A metà dicembre il destino le diede una mano. Successe che la Colomba di Pècc, tornando dal pollaio era scivolata e s'era distorta una caviglia. Elena, entusiasta, accettò la proposta di Maria Grazia di occuparsi anche del pranzo, sino a che la Colomba non si fosse rimessa. Scaltramente rispolverò l'arte dei fornelli appresa in quel di Occhiobello e preparò certi mangiarini che risvegliarono l'appetito della vedova.

Gli avanzi, la sera, finivano spesso nel piatto di Maria

Grazia. Le quotazioni della Colomba e dei suoi scipiti pietanzini crollarono drasticamente.

Finì che la Colomba venne licenziata.

La sera del giorno in cui ricevette il benservito e se ne andò senza strepiti, mormorando «*Pusè iè sciori pusè iè pitoco*», la Perdicane regalò alla Elena una boccetta di profumo.

Elena se ne mise due gocce mentre tornava a casa, ripensando a tutto quello che la padrona le aveva detto. Governante, l'aveva chiamata, trattandola con molta familiarità, sedute una di fronte all'altra al tavolo di cucina, come due signore, due pari...

Entrata in casa l'accolse la faccia ingrugnita del Gaspare, seduto sulla poltrona di vimini: non si capiva se stesse dormendo o meno. Nell'aria c'era odore di verza, la Fermina aveva fatto la cazzuola. Si sentivano, in sottofondo, le voci alterate dei dirimpettai che litigavano.

Per fortuna suo marito era fuori e sarebbe ritornato, come da biglietto lasciato sul tavolo, tardi.

## 53

Poco prima di Natale, durante la messa domenicale delle sette, al prevosto vecchio venne quasi un infarto.

Da tempo il sacerdote soffriva di angina pectoris. Durante la funzione aveva cominciato ad avvertire il dolore ma aveva tenuto duro. Poi, però, era finito in ospedale.

Infarto evitato per un pelo, disse il professor Canzani.

«Si è fatta l'ora che lei pensi a prendere le cose con più calma», aggiunse.

«Cioè?» chiese il sacerdote.

«Quanti anni ha?»

«Settantadue.»

Il professore sorrise.

«Non esiste la pensione per i preti?»

Il prevosto lo guardò con sufficienza.

«Nell'aldilà», rispose.

«Me l'aspettavo», ribatté il professore. «Tuttavia, finché lei resterà nell'aldiqua e sotto la mia responsabilità, le toccherà osservare certe regole.»

La prima fu «Visite Vietate».

Il professore fece esporre il cartello sulla porta della camera del prevosto. Quindi incaricò suor Sveva, la caposala, di sovrintendere al rispetto del suo ordine.

La religiosa ci si mise di impegno e rinviò a casa, senza fare distinzione, i parrocchiani che già dal primissimo pomeriggio giunsero in reparto per far visita al loro antico pastore.

Maria Grazia, in quelle ore, sdraiata su un divano nel salotto della villa, stava guardando il plumbeo lago che non dava segni di vita. Ogni tanto un battello ne fendeva, senza parere, l'immobilità.

Pensava a quando, su uno di quelli, c'era il Giuseppe.

## 54

Ne aveva affrontati di più duri, pensò suor Sveva giovedì mattina davanti all'elegante giovanotto che, con educazione, stava insistendo da oltre dieci minuti affinché lo lasciasse entrare nella stanza del signor prevosto.

«Non si può», ribadì la suora.

«Le garantisco, sorella, che è una cosa della massima importanza», ripeté il giovane.

«E io le assicuro che non si può. Ordine del professore.»

«Chiederò a lui allora.»

«Come crede», disse sorridendo suor Sveva: figuriamoci, pensò, se il professore avrebbe contravvenuto a un ordine che lui stesso aveva dato.

Dieci minuti più tardi il professor Canzani comparve in reparto, accompagnato dal giovanotto.

Suor Sveva si fece incontro ai due.

«Se qualcuno mi cerca», disse il professore, «sono dal signor prevosto.»

E si infilò nella camera seguito dal giovanotto.

Il prevosto dormicchiava. Aprì appena gli occhi.

«Non ho potuto evitarle questa visita», disse il professore.

«Meno male», sospirò il sacerdote.

«Pare si tratti di cosa seria e che lei sia l'unico in grado di fornire informazioni importanti.»

Il sacerdote si tirò a sedere sul letto.

«Questo signore le spiegherà», aggiunse il Canzani indicando il giovanotto che si appressò al letto.

«Sono Curzio Castronni», si presentò. «Lavoro presso lo studio di mio padre, il notaio Castronni di Como. Se ci siamo permessi di disturbarla, reverendo, è perché riteniamo che solo lei potrà darci informazioni tali da poter fare chiarezza sugli eredi Arrigoni.»

«Arrigoni?» sbottò il prete. «Quale?»

«Quintiliano. Quintiliano Arrigoni signor parroco.»

«Ma non è morto?»

«Morto? No. Forse un po' svanito stante l'età. Capirà, ha novantotto anni.»

«D'accordo», disse il prete. «Ma io cosa c'entro?»

Il giovanotto non domò un mezzo sorriso.

«Reverendo», disse, «abbiamo fatto le nostre indagini prima di permetterci di disturbarla.»

«E allora?»

«Allora, mi chiede? Lei reverendo ricorda bene il citato Quintiliano Arrigoni?»

Il prevosto avrebbe potuto raccontare vita, morte e miracoli dell'Arrigoni in questione. Prima di sbilanciarsi, però, voleva capire la ragione per la quale il notaio Castronni aveva mandato sin lì il figlio.

«Nessuno sa mai tutto di tutti», rispose, misterioso.

Il giovanotto rise.

«Appunto per questo sono qui», disse. «Per confrontare ciò che sappiamo noi con ciò che sa lei. Ho promesso al professore di non stancarla e sarà così. Le chiedo solo di ascoltarmi.»

«Sentiamo» disse il prevosto incrociando le mani sul petto.

## 55

Un anno prima, cominciò a raccontare il Castronni, lo studio di suo padre aveva ricevuto l'incarico di formalizzare la divisione tra i vari eredi del patrimonio di Quintiliano Arrigoni: che, tra beni immobili, compresa la villa di Bellano, e liquidi, era una sostanza non da ridere.

Poco dopo l'Arrigoni s'era ammalato: broncopolmonite. La sua ora sembrava giunta.

Il Quintiliano non era mai stato troppo di chiesa. Intuendo però che il momento del trapasso stava giungendo aveva voluto fare le cose da buon cristiano, confessione e comunione. Subito dopo aveva voluto vedere il notaio e gli aveva svelato una notizia che aveva dell'incredibile: aveva avuto un figlio, nel '29 o nel '30, non l'aveva riconosciuto e l'aveva abbandonato a sé stesso. Ora voleva riparare inserendolo nel testamento. Il notaio, pur allibendo, aveva preso atto della sua volontà. La polmonite, poi, era guarita, l'Arrigoni non era morto. Aveva ripreso la solita vita.

Il notaio aveva dubitato che dietro la sorprendente rivelazione del suo cliente ci potesse essere il consiglio del sacerdote che l'aveva confessato. Interrogato in proposito, il prete s'era trincerato dietro la necessità di rispettare il segreto.

Allora, s'era chiesto il notaio, poteva essere che l'Arrigoni si fosse inventato tutto?

A quell'età, un po' di arteriosclerosi era più che comprensibile. Però aveva voluto indagare.

«E sono venute fuori cose interessanti», disse il giovanotto.

Lo sguardo del prevosto incrociò quello del professor Canzani che se ne stava dietro il Castronni, in piedi, a braccia conserte.

«Davvero?» chiese il vecchio prevosto.

Bisognava partire dal 1919, affermò il Castronni, dai tempi dell'Ar.Ca.Vi., dell'amicizia col del Dossi e dell'ingresso a servizio in casa dell'Arrigoni di Gentilina.

«Questi fatti le risultano, reverendo?»

«È passato tanto di quel tempo», sospirò il prete.

«Guardi un po' qua», disse il giovane, estraendo dalla borsa che aveva con sé un foglio.

«Questa è la copia del certificato di matrimonio di Gentilina.»

Il prevosto accusò il colpo. Fu tentato di mentire, lamentando un po' di dolore. L'avesse fatto, il professore avrebbe immediatamente sospeso l'incontro.

Fu più forte la curiosità.

«Ebbene?»

«Li ha sposati lei.»

«Fa parte dei doveri di un sacerdote.»

Un altro foglio comparve nelle mani del Castronni.

«Questa è una copia dell'atto di nascita di Giuseppe Arrigoni», disse.

Il Canzani non capiva un accidente. Rivolse uno sguardo interrogativo al sacerdote. Questi abbozzò.

«A meno che la natura abbia voluto compiere un miracolo, c'è qualcosa che non quadra. Gentilina e Arrigoni Federico si sposano il 22 novembre 1929.

Giuseppe Arrigoni nasce il 5 febbraio 1930. Tre mesi scarsi di gestazione. Professore, non sembrano anche a lei un po' pochi?»

Il Canzani si strinse nelle spalle.

«Mi chiedo», intervenne il prevosto, «che senso abbia rivangare una storia del genere, simile a tante altre. Insomma, la ragazza commette un errore e il fidanzato, non appena...»

Il sacerdote si interruppe.

«Perché si è fermato signor prevosto?» chiese il giovanotto. «Dica pure. O, se preferisce, lo farò io: non appena il fidanzato finisce di scontare un periodo di detenzione che scade il 10 ottobre 1929.»

Il professor Canzani eresse il capo, cominciava a capire.

Il prevosto lo incassò invece. Sapendo tutto, continuava a non capire.

«Veniamo al dunque», disse, nervoso.

«Ci siamo, reverendo», assicurò il Castronni. «Ci sembrò subito che quello fosse un matrimonio riparatore. Coincide singolarmente con la rottura dell'amicizia tra l'Arrigoni e il del Dossi. E, dalla galera, l'altro Arrigoni non poteva certo ingravidare Gentilina. Riparatore quindi, di guai fatti da altri però. Non le sembra?»

«Se sembra a voi», ribatté il sacerdote.

«Direi che ne siamo certi. E la certezza l'abbiamo avuta quando abbiamo scoperto che questo Federico Arrigoni era il nipote di Arrigoni Euridice che in quegli anni...»

«Che in quegli anni era la mia perpetua!» tagliò corto il sacerdote.

Il giovanotto sorrise.

«Reverendo, gliel'ha procurato lei il marito a Gentilina, sapendo in che condizioni era e per colpa di chi?»

«Perché lo vuole sapere?»

Il Castronni era certo di avere in mano la situazione.

«Reverendo», disse, «ci sono ventitré gruppi familiari in ballo per dividersi l'eredità dell'Arrigoni, dispersi in tutto il mondo, Sud America, Belgio, Inghilterra. Adesso abbiamo questa novità dell'Arrigoni: lei potrebbe essere il testimone chiave. Mi capisce?»

Il vecchio prevosto sospirò.
«I soldi non danno la felicità.»
«Possono contribuire ad alimentarla», ribatté il giovanotto.
«Se lo dice lei.»
Il Castronni non era più sicuro di avere nelle mani il prete.
«Insomma», disse, «questo Arrigoni Giuseppe c'è o non c'è?»
«Chi cerca trova», rispose il prevosto vecchio.
Il Castronni stava per ribattere. Il prevosto, però, si portò una mano al petto. Il Canzani intervenne.
«Cosa c'è», chiese. «Sente dolore?»
Così così fece, con la mano, il prete.
«Giovanotto!» disse il professore con un tono che non ammetteva repliche: voleva dire che la visita, come da accordi, era finita.
«Una sola domanda», disse quello.
Ma il professore fu categorico.
«Per oggi basta», confermò e lo pregò di nuovo di lasciare la stanza.
«Passato il dolore?» chiese poi, rimasto solo.
«Mai avuto», rispose il prete.
Il Canzani sgranò gli occhi.
E allora? voleva dire.
«Non si meravigli», disse il prevosto vecchio. «È che il colloquio cominciava a diventare fastidioso.»
«Ma c'è qualcosa di vero in tutto quello che ho sentito?» chiese il Canzani.
«La questione è un'altra. Perché queste domande non sono state rivolte all'Arrigoni? Che bisogno c'era di intervistare me? Non le pare?»
«Vuol dire...»
«Voglio dire che sento puzza di bruciato», interloquì il sacerdote.
«Anzi», puntualizzò, «di zolfo.»

56

«Non capisco perché dobbiamo continuare a darci del lei. Ormai mi sento come se tu fossi una sorella», le aveva detto la Perdicane la sera prima.

Era toccato a Maria Grazia adesso patire l'ingiustificato timore che Elena l'abbandonasse. Il lavoro la impegnava sempre di più, le vele degli affari erano gonfie.

Se Elena l'avesse piantata in asso, sarebbe stato un bel guaio.

Per tenerla legata, Maria Grazia aveva cominciato a blandirla con qualche regalo: un profumo, una gonna, un paio di orecchini di sofisticata bigiotteria.

La sera prima, infine, le aveva fatto il regalo di quella frase. Per la felicità Elena non aveva dormito.

Nelle prime ore del pomeriggio successivo Elena si sentiva inquieta. Nella villa regnava un silenzio di sonno. Lei non faceva che riandare al suono della voce di Maria Grazia quando, la sera prima, le aveva detto quella frase. Di stare seduta, ad aspettare che le ore passassero, non si sentiva capace. Nella camera di Maria Grazia non era mai entrata. Ci andò quel pomeriggio. Quando aprì il guardaroba la investì un'onda del profumo che Maria Grazia usava. Emozionata, Elena affondò il viso tra i vestiti. L'idea le venne così. Provarsene uno, vestirsi come lei. Le misure, più o meno, corrispondevano. Indossò un tailleurino blu, con la manica corta, che aveva più volte visto addosso alla Perdicane.

Non le donava: la figura di Maria Grazia sembrava perdere slancio con quell'abito.

Su di lei, invece, era tutta un'altra cosa: i capelli, il viso sembravano prendere vita e luce nel contrasto col colore.

Elena si guardò e riguardò, davanti e dietro. Quando, a malincuore, decise di toglierselo, suonò il campanello.

Sbirciò dalla finestra della camera. C'era un uomo al cancello. Alto, elegante, trentacinque anni occhio e croce. Un bel viso aperto, gioviale. Non sembrava uno dei venditori che di tanto in tanto passavano da lì. Il campanello suonò di nuovo. Così com'era Elena corse al portone, si affacciò.

«Sì?» chiese.

L'uomo salutò agitando una mano. Sorrise, una dentatura perfetta.

«La signora Maria Grazia Perdicane?» chiese a voce alta.

Fu un attimo. Perché no?

«Desidera?» disse Elena.

«Dovrei parlarle.»

«Di cosa?»

«Non mi fa entrare?»

Con passo elegante, atletico, l'uomo percorse il vialetto. Giunto davanti al portone allargò le braccia, fece una mezza giravolta su sé stesso, guardò per aria.

«Magnifico», disse. «Lei abita in un paradiso.»

Era solo la fine di gennaio ma la giornata era singolarmente mite. Sembrava che la primavera fosse alle porte. Altro freddo invece si preparava.

«Curzio Castronni», si presentò l'uomo. «Dello studio del notaio Castronni di Como.»

Lo fece accomodare nel salone.

Lui scelse una poltrona. Disinvolto, accavallò le gambe. Senza smettere un istante di parlare. Della bellezza del luogo, della sua vita in città.

Elena ascoltava, rapita. Seduta di fronte a lui, confusa

ed esaltata dagli sguardi dell'uomo che salivano lungo le sue cosce strette nel tailleur, al seno, perdendosi nella gran massa dei capelli.

Approfittò di una pausa del monologo di quello per chiedere se desiderasse qualcosa da bere. L'uomo si levò di scatto dalla poltrona, ispezionò con cura il mobiletto dei liquori.

«Cognac?» disse poi, rivolto a lei.

Elena non disse né si né no. In un amen ebbe in mano anche lei un bicchiere di liquore. Bevve un primo sorso poi un secondo. L'uomo aveva già finito il suo. Insisté perché anche lei bevesse ancora. Non tornò a sedere sulla poltrona, restò in piedi, girandole intorno. Elena cominciava a sentirsi euforica. Bevve ancora un sorso.

«Lo sa», disse lui improvvisamente, «che non mi aspettavo una padrona di casa così affascinante?»

Glielo disse sottovoce, a pochi centimetri dall'orecchio. Elena ebbe un brivido. Allungò le gambe, felice, rilassata.

«S'aspettava una vecchia zitella?» chiese ridendo.

L'uomo si chinò su di lei. Col dorso della mano le diede una carezza sul collo poi si ritrasse.

«Mi scusi», disse. «Ma lei è troppo bella.»

Elena non sapeva che fare. La testa le girava un po'. Si alzò, ebbe una vertigine. Dondolò. L'uomo allora allungò le braccia per sorreggerla. Gli cascò tra le braccia. Per un momento si guardarono. Elena non aveva pensieri. Le mani di lui cominciarono a toccarla.

«Tu non sei la padrona vero?» mormorò lui.

Elena era confusa, il cognac e il fascino di quell'uomo.

«Per qualunque cosa», disse staccandosi, «può rivolgersi al dottor Tornabuoni.»

«Chi è?» chiese lui.

«Un amico della padrona», rispose lei. «Io sono solo la governante.»

«Di' alla signora che ho cose importanti da raccontarle», disse il Castronni. «Devo incontrarla.»

Elena accennò di sì.
«Dille che mi farò vivo.»
Le diede una carezza.
«Magari anche con te.»

# 57

Quella sera il dottor Tornabuoni aveva una riunione informale coi fedelissimi.

Era un pezzo che mancava dalla sezione. Notò con sorpresa il gran casino che vi regnava. Il Benito non mancò di sottolineare che il Bonomi aveva preso la sezione per il magazzino dei cazzi suoi.

«Calma», lo invitò il dottore.

Si informò su come andavano le cose quindi parlò di sé e dei programmi futuri: erano alle viste novità grosse.

Poteva darsi che il partito, appena passate le elezioni, volesse da lui un impegno ancora maggiore. Quale, non volle dirlo. Mormorii di sorpresa, fischi si levarono dalla sala. Il dottore zittì tutti con un gesto della mano.

«In ogni caso», comunicò, «appena passate le elezioni darò le dimissioni, seppur a malincuore, dalla carica di segretario della nostra sezione.»

Spiegò che già nel corso di quella campagna elettorale era stato spesso latitante, aveva demandato troppo, non per cattiva volontà ma per mancanza di tempo.

Al Benito Vitali, che gli sedeva accanto, quel discorso allargò il cuore.

«Ognuno di noi deve servire il partito con piena coscienza dei propri mezzi», proseguì il dottore. Era quella la ragione che lo spingeva a dimettersi.

«La nostra sezione deve avere un segretario a tutto tondo, conscio del suo ruolo, capace e soprattutto disponibile. Quale ero io, senza falsa modestia, sino a qualche tempo fa.»

Largo ai giovani e ai capaci, concluse il Tornabuoni. E nel dire così guardò alla sua sinistra dove stava seduto il Benito, il suo naturale successore.

Alla fine della riunione i due si ritrovarono da soli.

«Ti vogliono fare deputato?» chiese il Vitali.

Il Tornabuoni fece spallucce.

«Non lo so di preciso. Ho notizie di qualche manovra... vedremo alle prossime politiche. Adesso non fa conto di parlarne. Tu, piuttosto.»

«Sì?»

«Non credo di dirti niente di nuovo se ti comunico che proporrò il tuo nome per sostituirmi nella carica. D'altra parte il segretario sei tu di fatto, e da un bel po' di mesi. Qualcosa in contrario?» concluse sorridendo il Tornabuoni.

Benito assunse un'espressione seria.

«Come potrei oppormi alla volontà del partito?» disse.

«Bene», fece il Tornabuoni. «Lasceremo passare le elezioni, dopodiché sistemeremo anche questa. In ogni caso sappi che anche se abbandono la carica sarò sempre a disposizione.»

«Non dubitare compagno», rispose il Vitali, rendendosi conto che era la prima volta che si rivolgeva al dottore appellandolo con quel titolo.

Era notte fatta quando i due si salutarono sulla soglia della sezione. Il dottore si avviò fischiettando verso casa.

Elena gli piombò alle spalle, facendolo sussultare. Il suo viso si scurì.

«Qualcosa non va?» chiese.

## 58

Dopo tre giorni di inutili tentativi per mettersi in contatto telefonico con lo studio del notaio Castronni il dottor Tornabuoni decise di lasciar perdere. Si sarebbero fatti vivi loro.

Senonché, due giorni più tardi, il bellanese notaio Quarenghi chiese al Tornabuoni se gli fosse possibile passare da lui per dare un'occhiata ai suoi polmoni di incallito fumatore.

Fu, per il dottore, l'occasione di chiedere al Quarenghi notizie del collega comasco e per metterlo al corrente dei suoi vani tentativi di avere un abboccamento con lui.

«Non mi meraviglia», spiegò il Quarenghi, «che nessuno le abbia risposto. Lo studio Castronni è stato chiuso circa sei mesi fa.»

«Chiuso?» si meravigliò il Tornabuoni.

«Esattamente. Prima che se lo mangiasse del tutto il figlio Curzio», aggiunse il notaio.

La vicenda del giovane Castronni era nota a tutti nell'ambiente: era sempre stato uno scavezzacollo, aveva mentito sugli esami fino a che il padre se l'era messo in studio, tanto per fargli fare qualcosa.

«Mossa rovinosa», disse il Quarenghi. «Il ragazzo deve aver approfittato delle confidenze di alcuni clienti, tentato dei ricatti.»

Il vecchio Castronni aveva allora deciso di chiudere.

L'età giusta per smettere di lavorare l'aveva. Aveva anche una splendida casa sulla riviera ligure.

«E il giovane?» chiese il dottore.

Il Quarenghi allargò le braccia.

«L'età per cominciare a pensare a sé stesso l'ha superata da un pezzo», rispose. «Si arrangerà.»

Si stava già arrangiando, rifletté il Tornabuoni uscendo dalla casa del notaio: non riusciva a capire, però, cosa c'entrasse Maria Grazia col notaio Castronni. In ogni caso, sentiva puzza di bruciato. Era ora di avvisare la Perdicane.

Lo fece quella stessa sera.

«Ci mancava anche questa», disse lei. «Adesso, secondo te, cosa dovrei fare? Mascherarmi, nascondermi per non farmi trovare da questo individuo?»

Il Tornabuoni ci aveva riflettuto.

«No», rispose, «secondo me ti conviene invece riceverlo.»

«Incontrarlo?»

«Esattamente», confermò lui. «E non da sola.»

«Con te?»

Il Tornabuoni fece no con la testa.

«Ti spiego l'idea che mi è venuta», disse.

## 59

La Leacle si faceva viva due volte al mese con sua figlia. Spediva cartoline postali. Grafia incerta, di chi non è uso alla penna, notizie sempre uguali: tutto filava liscio.

Elena aveva letto con emozione le prime, disorientata dal non riconoscere la madre attraverso quella scrittura elementare. Poi l'emozione era scemata e, di tanto in tanto, s'era anche chiesta se davvero tutto procedesse bene. Non che avesse di che sospettare il contrario. Ma la Leacle era un'abile dissimulatrice, aveva giocato anche lei, per anni, a proposito di suo padre. Aveva vissuto sino a diciotto anni credendolo, come la madre le aveva raccontato, morto in guerra, poco prima che lei nascesse. Invece, il giorno in cui le aveva chiesto come mai non percepisse alcuna pensione o indennizzo che fosse, candidamente Leacle le aveva rivelato la verità: dopo l'8 settembre l'uomo, col qual non era nemmeno sposata, s'era arruolato in una Brigata Nera ed era partito per il Piemonte. Lì aveva disertato, era fuggito in Francia e poi in Belgio, dove aveva messo su famiglia e trovato lavoro come minatore.

Prima o poi, rifletteva Elena, avrebbe dovuto fare una scappata dalle sue parti per sincerarsi che tutto fosse davvero come sua madre scriveva. Ma non era cosa da poco organizzare il viaggio, con un marito senza macchina e senza patente.

E poi, in tutta sincerità, non l'entusiasmava l'idea di tornare a impicciarsi di beghe che credeva di essersi ormai lasciata alle spalle. Lì dov'era cominciava a stare bene.

Il lavoro in villa le dava sempre più soddisfazione: giorno dopo giorno, la Perdicane non perdeva occasione per dimostrarle stima e affetto. L'Eraldo era un altro capitolo.

Col marito le cose andavano così così. Era una vita senza scosse: lui diviso tra il lavoro e il partito, lei tra la villa e i pensieri. Che, spesso, giravano attorno a un'unica considerazione: quel matrimonio era stato un magro affare. Non bisognava, quindi, peggiorare le cose, ad esempio, mettendo al mondo figli.

Elena ci stava attenta. A letto, comandava lei, l'Eraldo l'aveva capita.

E non era sfuggito, al Bonomi, un altro fatto: che a sua moglie faceva bene far tardi sul lavoro. Capitava quasi sempre, infatti, che, le sere in cui la Perdicane, per questo o quell'impegno, chiedeva alla Elena di stare in villa sino al suo ritorno, la donna poi tornava a casa diversa.

Per esempio, prendeva lei l'iniziativa, lo svegliava, cose così.

L'Eraldo, capita l'antifona, aveva cominciato a benedire il cielo ogniqualvolta sua moglie gli diceva che avrebbe fatto tardi.

Anche quel giorno, quando Elena gli disse che avrebbe tardato, lui gongolò. La sera, passata un'oretta in sezione, ritornò a casa fischiettando e si predispose ad aspettarla, fantasticando cose turche.

Elena rientrò a mezzanotte passata. Non fece in tempo a sdraiarsi, che le mani dell'Eraldo erano già al lavoro.

«Smettila», disse lei, fredda.

«Perché?»

«Perché non è la sera giusta», fu la risposta.

## 60

Non era la sera giusta.

La Perdicane aveva avuto bisogno di lei. Ma, per una volta, non doveva uscire. Doveva incontrare due persone, lì. Le aveva chiesto di stare col marito sino a che i due non se ne fossero andati.

Così Elena aveva dovuto rinunciare a incontrare, protetta dagli spessi muri della villa, quel Curzio Castronni che aveva mantenuto la promessa fatta: era tornato a trovarla.

Erano finiti a letto quasi subito. Elena non capiva se fosse innamorata di quell'uomo. Avvertiva, però, ogni volta che lo vedeva, un rimescolio interno, l'affascinava la sua vitalità, l'imprevedibilità. Tutto il contrario dell'Eraldo del quale Elena avrebbe potuto dire cosa stesse facendo e, forse dicendo, in ogni momento della giornata.

Per i loro incontri la villa s'era dimostrata il luogo ideale.

«Il posto più sicuro del mondo», aveva detto Elena.

La prima volta l'avevano fatto nella camera di Maria Grazia. Elena aveva ceduto d'impulso, poi s'era pentita.

Se ci fosse rimasta?

Era andata bene. Per qualche volta aveva respinto gli attacchi di Curzio poi c'era ricascata. Allora aveva pensato che se proprio doveva restarci, conveniva fare in modo che all'Eraldo non venissero dubbi. Niente di meglio che rifarlo con lui.

Quella sera era andata storta. La Perdicane non aveva dovuto uscire ed Elena, che s'era preparata a rivedere il Castronni, c'era rimasta male.

Peggio, però, era rimasta quando, andando ad aprire la porta verso le nove, se l'era trovato davanti con un indice implorante sulle labbra a raccomandarle di fingere di non conoscerlo.

## 61

Non li aveva mai notati. Visti, sì. Ma non ci aveva mai fatto caso più di tanto.

Eppure, di camini, ce n'era uno per camera.

Se n'era accorta quella sera. Grazie a quello che era in camera del malato, era riuscita a distrarsi dalla noia mortale che le era venuta dall'essere lì, al buio e in silenzio, ascoltando le voci che provenivano dal salotto sottostante.

Finché, in salotto, c'erano stati solo il Castronni e la Perdicane la conversazione non era stata granché. Lei l'aveva avvisato che stava aspettando il suo consulente legale. Curzio aveva avuto solo un attimo di esitazione. Alle nove e trenta era arrivato anche l'altro ospite. La conversazione aveva cambiato tono. I tre, Elena l'aveva capito, s'erano seduti sulle poltroncine che stavano davanti al camino del salotto. Le voci le erano giunte chiare.

«A quanto sembra», aveva detto la Perdicane, «lei avrebbe delle cose da dirci.»

«Una proposta d'affari», aveva ribattuto il Castronni.

«E cosa vorrebbe venderci?»

«Informazioni», aveva risposto il giovanotto.

«Sarebbero?»

«Qui dentro», aveva detto il Castronni, esibendo una busta, «ci sono le prove, i documenti che dimostrano che ciò che so è vero. Lei signora farà bene a credermi, il premio finale non è cosa da poco.»

«La ascolto», aveva detto la Perdicane.

Il Castronni aveva raccontato tutta la storia: da Quintiliano a Gentilina all'Arrigoni.

Alla fine nel salotto era sceso un silenzio pesante.

«Il suo compenso quale sarebbe?» aveva chiesto Maria Grazia.

«Un dieci per cento su ciò che riceverà?» aveva buttato lì Curzio.

«Lei maresciallo cosa ne dice?» era sbottata la Perdicane.

Era la prima volta che l'altro ospite apriva la bocca.

«Mai sentite tante castronerie tutte insieme.»

Curzio era in difficoltà.

«Maresciallo?» aveva chiesto.

«Dei carabinieri», aveva risposto l'altro. «E ho appena assistito a un tentativo di ricatto...»

«Non c'è nessun ricatto», aveva interloquito il Castronni «Io...»

«C'è, c'è, mi lasci dire», aveva proseguito il maresciallo. «Lei non ha più uno studio notarile alle spalle e sta solo cercando di spremere soldi usando informazioni acquisite negli anni passati. Magari, laddove c'è necessità, ci mette anche del suo. Ricatti belli e buoni. I colleghi di Como mi hanno detto che già un paio di volte le è andata bene. Ma qui, caro giovanotto, ha sbagliato indirizzo.»

Il Castronni aveva tentato una protesta.

«Qui dentro...» aveva detto sventolando la busta.

Il maresciallo gliel'aveva strappata dalle mani.

«Non c'è niente», aveva detto, lanciandola nel camino.

«La signora Perdicane mi ha detto che non vuole procedere contro di lei anche se la materia non mancherebbe. Le basta essere lasciata in pace. Dimenticherò anch'io. Lo faccia anche lei. Dimentichi questa storia, la signora Perdicane, Bellano. Anche perché, se dovessi tornare a incontrarla da queste parti, non potrà contare più su trattamenti di favore.»

Di nuovo, nel salotto era calato il silenzio. Elena aveva sentito rumore di sedie spostate, la porta che sbatteva, il maresciallo che tranquillizzava Maria Grazia.

«Se dovesse importunarla ancora», aveva detto, «lei mi chiami e io glielo sistemo.»

Era andato anche lui. Maria Grazia era salita di sopra e le aveva detto che poteva tornare a casa.

## 62

Quando mancavano dieci giorni all'avvio della campagna elettorale, in sezione comparvero tolle di colla per manifesti e pennelli. Due giorni prima dell'inizio il Bonomi chiese al Benito una copia delle chiavi.

«Per fare?» chiese, incazzato, il Vitali.

Anche l'Eraldo s'incazzò.

Ma come per fare? Glielo chiedeva anche? Non aveva visto che era da solo a portare avanti la battaglia elettorale su tutto il territorio?

Al Benito, quando l'Eraldo parlò di battaglia elettorale, espressione evidentemente mutuata dal Consorziati, scappò da ridere.

«Che cazzo c'hai da ridere?» chiese.

«Niente.»

«Come niente? Ti facciamo ridere?»

«Ma chi è che vi vede... quattro gatti.»

«Ne parliamo dopo le elezioni eh, Benito», ribatté il Bonomi calcando apposta sul nome.

«Sì, ma ricordati di portare anche un pallottoliere.»

Si lasciarono alla brutta, senza salutarsi, il Benito contento del fatto che l'Eraldo s'era dimenticato di tornare all'attacco per le chiavi.

Ma la sera seguente, quando andò in sezione, la trovò già aperta. Il Bonomi era al tavolino, stilava una lista del materiale di propaganda.

Quella mattina l'Eraldo non ne aveva fatte tante: era

andato dal Tornabuoni a chiedere una copia delle chiavi perché, aveva spiegato, con tutto quello che aveva da fare non poteva aspettare i comodi del Vitali o andarlo a cercare di qua e di là.

Il dottore non aveva avuto niente in contrario e lui in quattro e quattr'otto era andato alla ferramenta Vergottini e s'era fatto fare la sua bella copia.

Anzi, a dire il vero, ne aveva fatte fare due: così, in caso di smarrimento della prima, non avrebbe dovuto rompere l'anima a nessuno.

## 63

Venerdì 10 maggio, a nove giorni dalle elezioni, l'Eraldo si prese una giornata di permesso per battere a tappeto con volantini e manifesti tutta la zona che il Consorziati gli aveva affidato. Nessun angolo di muro, nessuna piazza o cortile doveva essere risparmiata dal suo raid.

Elena rientrò a casa tardi, le nove erano già passate. Mercè il buio, la sua vita in quella casa le parve ancora più desolante. Il Gaspare e la Fermina erano già a letto. Dormivano russando entrambi, lei, addirittura, con più forza di lui. Il Gaspare però, forse per contrastare la supremazia della moglie, mollava di tanto in tanto tonanti scorregge che perforavano i muri della casa.

Suo marito non c'era. Per fortuna, pensò Elena. Si buttò sul letto così com'era. Era venerdì, pensava: le sarebbe toccato passare due intere giornate in compagnia dell'ingrugnito suocero, dell'ebete Fermina e, forse, del marito che l'avrebbe aggiornata sul numero dei manifesti che aveva appiccicato ai muri.

Non aveva nemmeno la consolazione del Castronni: dopo la conversazione col maresciallo e la Perdicane era sparito, non l'aveva più visto né sentito.

Elena dormì male quella notte, si svegliò di cattivo umore.

Uscì per fare la spesa. Quando rientrò l'Eraldo le disse che Maria Grazia Perdicane era stata lì a cercarla.

«Qui?» chiese Elena incredula.

«Proprio», ribatté seccato l'Eraldo, indicando anche la sedia dove l'aveva fatta accomodare.

«E l'hai fatta accomodare in cucina?»

E dove cazzo la metteva? fu la risposta del marito. Scartata la cucina, poteva farla sedere in camera da letto. O al cesso.

Elena fece un giro d'orizzonte sul bello spettacolo che si era offerto alla signora.

«Mi ha detto di dirti», comunicò l'Eraldo, «se oggi puoi andare da lei perché avrebbe un impegno. Se puoi, ti aspetta verso mezzogiorno.»

Elena esultò: subito ci sarebbe andata.

«Io, per me, mi arrangio», aggiunse suo marito. «E poi oggi pomeriggio ho una riunione.»

Quando giunse in villa trovò Maria Grazia e il malato in giardino. Lei gli stava leggendo un libro.

«Sembra che lo tenga calmo», disse la Perdicane.

«Proseguo io», disse Elena e trascorse gran parte del pomeriggio nella lettura, affascinata da quella storia che parlava di lago e di monti. All'imbrunire si ritirò. Maria Grazia tardava a tornare.

Elena l'attese curiosando nella biblioteca. La Perdicane tornò oltre le dieci della sera. Elena la intravide dalla finestra della biblioteca scendere da una Lancia scura e chinarsi per dare un bacio all'autista prima di avviarsi verso casa. Un languore la invase al pensiero che Maria Grazia avesse trovato un nuovo affetto. Era giovane e bella, la vita poteva ancora sorriderle.

Nell'umore conturbante di quella serata di maggio a Elena parve di vederlo il sorriso della vita, e non era tutto solo per Maria Grazia Perdicane.

## 64

Edito dalle Arti Grafiche Sirmioni di Lecco per conto della federazione comunista provinciale, il libretto *I giorni dell'alluvione*, stampato nel 1961, a dieci anni esatti dalla catastrofe che aveva colpito il Polesine, era un'agiografia dell'altruismo dei comunisti di Lecco e dintorni che si erano prodigati in favore di quelle popolazioni.

Capitò per caso tra le mani di Elena sabato 17 maggio, vigilia delle elezioni.

Il volumetto le cadde a terra mentre, nella biblioteca, stava prendendo una copia dei *Malavoglia*, titolo che l'aveva incuriosita.

Cadendo si aprì, sulla parte centrale, fotografica. Elena lo sfogliò, curiosa, una foto dietro l'altra.

Sino a che...

La biblioteca aveva un'unica finestra, rivolta a monte, non prendeva una gran luce.

Eppure...

Con l'opuscolo stretto al seno, Elena si rifugiò nel cesso. Luce, lì, ce n'era abbastanza.

Riguardò la foto di prima. Adesso non poteva sbagliarsi. Quella che aveva sotto gli occhi era l'osteria delle Due Rive, semisommersa dall'acqua, quando ancora era una fattoria. In primo piano un gruppo d'una decina di persone. Sua madre, al centro. E, all'estrema sinistra... Poteva essere?

All'estrema sinistra c'era un uomo che aveva le fattezze di sua sorella Bice.

Un lamento proveniente dalla camera del malato la richiamò alla realtà. Col volumetto sottobraccio Elena raggiunse l'Arrigoni. Appoggiò il libro sul comodino. L'Arrigoni se l'era fatta addosso. Dovette ripulirlo. Ma non era giornata per leggere. Maria Grazia rientrò con grande anticipo rispetto al suo solito, non erano ancora le sei di sera.

«Cucino io», le disse allegramente.

Elena sorrise, cogliendo al volo l'allusione.

«Vai pure Elena», disse la Perdicane.

In quel momento suonarono. Al cancello c'era il maresciallo dei carabinieri.

«Chissà cosa vuole», mormorò Maria Grazia.

«Porta pazienza ancora un momento», le disse. «Fallo accomodare tu e intanto offrigli un caffè. Io salgo un momento, mi cambio e arrivo.»

Elena eseguì. Il maresciallo gradì l'offerta. Quando Maria Grazia ridiscese il caffè era pronto.

«Ne vuoi un goccio anche tu?»

Elena accettò. Il maresciallo sedette assieme alle due donne.

Raccontò che era una novità di quella mattina: quel giovanotto, quel Curzio Castronni era stato arrestato alla frontiera di Chiasso.

«Stava tentando di trafugare preziosi», chiarì.

Inoltre, alcuni clienti dello studio di suo padre, che erano stati importunati dal giovane, avevano formato un gruppo intenzionato a rivolgersi alla magistratura.

«Se lei signora vuole essere della partita», disse il maresciallo.

Maria Grazia sorrise.

«Ne ho abbastanza di sapere che non l'avrò più intorno», disse.

«In quanto a questo può starne certa», assicurò il maresciallo. «Il ragazzo si è messo in un bel guaio.»

Elena faticò a finire il caffè. Il maresciallo uscì con lei, fin quasi a casa dovette fingere di niente. Sola, imboccò via Boldoni a testa bassa, infelice. Chissà quando avrebbe rivisto Curzio. In casa c'erano solo i due vecchi. Li salutò e filò immediatamente in camera, lasciandosi cadere sul letto.

Quando appoggiò la testa sul cuscino si accorse della lettera. Era indirizzata a lei. La grafia era quella di sua madre: una lettera, anziché la solita cartolina postale. Poteva significare soltanto che altri guai erano in arrivo.

Per quel giorno Elena ne aveva abbastanza. Rimandò al giorno dopo.

# 65

L'Aldo spazzino scendeva sempre cantando dalla frazione di Pradello a Bellano. Non conosceva cali di umore, quale che fosse il tempo.

Quella mattina s'era svegliato con nella testa *Brillano le stelle nel cielo blu.*

Non era vero. Il cielo era grigio di nuvole, prometteva pioggia. Andava bene così, prati e orti avevano bisogno di acqua.

Alle cinque e mezza era a Bellano e dopo aver bevuto un bicchiere di latte caldo al bar Testori partì, la scopa in mano, all'attacco delle contrade.

Era lunedì 20 maggio 1968. In via Manzoni incrociò la massa degli operai che andavano al cotonificio per il primo turno. Furono i primi quattro rossi della giornata: Pierino del Ponte, osteria del Prisco, Trani della Lena e Cantinone.

A non essere abituati c'era da arrivare in fondo a via Manzoni completamente ubriachi. Ma l'Aldo non aveva paura di pochi bicchieri di vino: ci voleva altro per ubriacarlo.

Ubriaco, all'Aldo, parve invece l'Eraldo Bonomi. Erano circa le sei e mezza quando lo vide sorgere all'orizzonte della contrada, camminando verso di lui.

Quando gli fu a portata di voce, glielo disse: secondo lui aveva sbagliato direzione.

«Il cotonificio è di là.»

L'Eraldo aveva un viso disfatto.

«Ciao Aldo», disse fermandosi.

«Non vai a lavorare?» gli chiese lo spazzino.

L'Eraldo sorrise.

«Oggi sciopero», rispose.

L'Aldo lo guardò stupito.

«E quegli altri allora», chiese, «dove andavano?»

L'Eraldo non vedeva l'ora di parlare con qualcuno. S'era immaginato un uditorio diverso. Ma il bisogno di raccontare era imponente e impose all'Aldo il resoconto delle sue ultime ventiquattro ore.

Dalla mattina precedente, alle cinque, era ai seggi, quale rappresentante di lista del PSIUP. Aveva staccato giusto dieci minuti per mangiare un panino al Circolo, poi era ritornato per seguire la fine delle operazioni di voto e lo scrutinio.

«Un casino», sottolineò.

L'Aldo annuì. L'Eraldo proseguì nel racconto: a un certo punto aveva litigato col rappresentante di lista della DC per un voto contestato al PCI: la croce non era sul simbolo, però era nel rettangolo: quindi la volontà dell'elettore era chiaramente espressa.

«O no?» chiese l'Eraldo.

Lo spazzino annuì ancora.

Ma la cosa era andata per le lunghe ed erano riusciti a medicare la situazione solo quando era saltata fuori un'altra scheda con un voto dubbio per la DC: si erano messi d'accordo, uno per uno.

«In politica le cose vanno così», assicurò il Bonomi con fare da esperto.

Ma non era finita.

Perché poi, dopo che tutte le schede, i verbali e le altre carte erano state consegnate in comune, il dottor Tornabuoni, che era rappresentante di lista del PCI, era stato chiamato a Noceno per una che aveva il mal di pancia. Così aveva incaricato lui di stare lì a seguire le operazioni di consegna, in comune a Bellano prima e in tribunale a Lecco poi.

Ci aveva perso tutta la notte, insomma. Ma era contento perché gli sembrava di aver fatto il suo dovere e di aver reso un bel servizio al partito.

«Che partito?» chiese l'Aldo.

«Il PSIUP», rispose l'Eraldo.

Lo spazzino non l'aveva mai sentito nominare.

«È una specie di DC?» chiese.

Il Bonomi sorrise. Il suo pensiero si allargò a immaginare l'ingenuità del popolo e la gran massa di lavoro che bisognava fare ancora, quando la finestra vistamontagna di casa sua si aprì e inquadrò sua moglie.

## 66

L'agonia cominciò a suonare subito dopo l'apparizione di Elena alla finestra.

«*Chi ch'è mort?*» spiò l'Eraldo.

Lo spazzino alzò le spalle a significare che non sapeva niente.

«Sarà la Stopina», fece una alle spalle dei due, affacciata alla finestra di cucina che dava su via Boldoni, angolo via Manzoni.

La Stopina era la perpetua del prevosto vecchio: ottantacinque anni, aveva ricevuto gli olii santi già due volte nel giro degli ultimi quattro mesi, ripigliandosi subito dopo. Due sere prima il prete glieli aveva portati per la terza volta.

«Boh», fece l'Eraldo. «Sarà meglio andare.»

Salì in casa. Aveva fatto il programma di concedersi qualche oretta di sonno e poi, dopo pranzo, filare in sezione per seguire da vicino l'andamento dei risultati.

In cucina incrociò il vecchio.

«Chi è morto?» gli chiese.

«La Stopina», rispose l'Eraldo.

«La Sto...pi...na!» gridò a sua volta Gaspare alla Fermina che, pur non sentendoci più un tubo, aveva chissà come captato nell'aria i tocchi dell'agonia.

Elena era in camera, seduta sul letto.

«Chi è 'sta Stopina?» chiese.

Eraldo si lasciò cadere sul letto. Gli venne un'idea.

«Una che è morta», rispose e allungò una mano.

Lei la prese e l'allontanò.

«Ma sarà più di un mese...» si lamentò lui.

«Peggio per te che vai sempre in giro», rispose lei. «E poi devo andare.»

«Alle sette?»

Era un po' presto. Ma, se fosse rimasta lì, suo marito ci avrebbe riprovato. Si alzò, uscì a fare la spesa.

Alle sette e mezza, dal panettiere, in mezzo a una piccola folla di massaie, Elena comunicò che era morta la Stopina.

«La Stopina?» si meravigliò il panettiere.

«Sì», confermò Elena, «me l'ha detto adesso mio marito.»

«Strano.»

Dieci minuti prima, spiegò, era stata lì in bottega una della san Vincenzo che durante la notte assisteva l'anziana perpetua: aveva raccontato che, come le altre volte, dopo l'olio santo la Stopina s'era ripresa, tanto che l'assistente aveva acquistato un paio di panini al latte, perché l'anziana non aveva più un dente in bocca ma se mangiava non voleva rinunciare al pane e a due dita di vino rosso.

Elena non ribatté. Tornando a casa meditò di dirne quattro a suo marito per la figura da stupida cui l'aveva esposta raccontandole l'ennesima balla. L'Eraldo però s'era addormentato, Elena dovette ricacciarsi in gola la predica.

In cucina la Fermina era seduta al tavolo, aveva gli occhi rossi.

«Cosa c'è?» chiese Elena.

Il Gaspare alzò le spalle.

«La Stopina era una sua lontana parente», spiegò.

«E piange per lei?»

«Cosa dovrebbe fare», ringhiò il vecchio, «mettersi a ridere? Ballare?»

«Ma se non è neanche morta!»
Gaspare impallidì.
«Cosa dici?»
«Dico che la Stopina non è morta.»
«E allora chi è morto?»
«Cosa ne so io. Un altro o un'altra. Lo chieda a suo figlio che sa sempre tutto.»
Il Gaspare la mandò a quel paese con un gesto della mano. Si chinò poi verso la moglie e cominciò a urlarle nell'orecchio la novità.
«Io vado», disse Elena parlando quasi a sé stessa.
Ormai era ora. Alle otto e mezza in genere prendeva servizio in villa. Mai come quella volta aveva bisogno di Maria Grazia, delle sue parole, dei suoi consigli.

## 67

Elena era uscita domenica pomeriggio. Da sola, per sfuggire al silenzio della casa e a quello, più denso, che saliva dalla contrada deserta.

Le era venuta un'idea. Aveva sorriso. Aveva tentato di scacciarla ma non se n'era andata.

Chissà!, aveva pensato.

Chissà se Maria Grazia avrebbe gradito un po' di compagnia. Anche lì nella villa c'erano silenzi, vuoti da riempire e in quel pomeriggio luminoso e caldo, sembrava più che mai necessario scambiarsi pensieri, dirsi parole.

Così s'era avviata, senza affrettare il passo, traversando il paese in quell'ora morta, cercando il coraggio per dare corpo all'idea che le era venuta.

Piano piano il coraggio era arrivato, insieme con la consapevolezza che, tutte e due, erano donne cui la vita non aveva offerto granché sino a quel momento. Ma erano forti entrambe, entrambe ferme nel proposito di non cedere, di pretendere.

Cosa? s'era chiesta in vista della villa.

Una vita decente, un po' di felicità, l'amore... ce n'erano di cose che mancavano ancora nella vita di Maria Grazia e nella sua.

Quando aveva appoggiato la mano al cancello s'era sentita bene: forte e tranquilla, certa che Maria Grazia l'avrebbe accolta con un sorriso. Poi lo sguardo le era scappato poco più avanti, lungo la statale. Così l'aveva vista e tutta la decisione, la tranquillità che aveva maturato nel corso della passeggiata s'erano afflosciate.

La Lancia scura, la macchina che aveva già notato una volta, di cui però non conosceva l'autista, era parcheggiata in bordo alla strada.

Lui era lì. A colmare i vuoti, a dire quelle parole che lei, da sciocca, aveva pensato di dire.

Sciocca, aveva pensato. Era stata sciocca a pensare che Maria Grazia se ne restasse ad aspettare lei.

Elena era ritornata a casa, l'idea di continuare la passeggiata da sola non le era più piaciuta.

## 68

Quel mal di pancia a Noceno il dottor Tornabuoni se l'era inventato lì per lì, dopo che ai seggi gli avevano recapitato un biglietto col quale Maria Grazia Perdicane lo pregava di andare da lei il più in fretta possibile.

Quand'era arrivato, l'Arrigoni era già morto. Arresto cardiaco, respiratorio, o tutti e due insieme.

Maria Grazia non aveva perso la calma. Aveva chiesto al Tornabuoni di sedersi in cucina per qualche minuto: aveva bisogno di parlargli.

«Qui», aveva detto, «non lo posso tenere.»

Non poteva tollerare l'idea della processione infinita di persone che avrebbero approfittato della funebre occasione per intrufolarsi lì in villa, curiosare, ficcare il naso dappertutto.

«Non voglio gente per casa.»

«Cosa vuoi fare?» aveva chiesto il dottore.

Maria Grazia aveva già un piano: dovevano caricarlo in macchina fintanto che non c'era rigidità, portarlo in ospedale.

«Con te potremo sempre dire che stava molto male e abbiamo tentato il tutto per tutto. È andata male.»

«Giunto cadavere», aveva commentato il Tornabuoni.

«Giunto cadavere», aveva ribadito Maria Grazia. «Cadavere qui o là, non cambia niente per lui. Per me sì, invece. Passerà la notte nella sala mortuaria dell'ospedale, il funerale lo faremo lì nella cappelletta. Chi lo vuole salutare andrà in ospedale. Chi voleva solo curiosare sarà servito a dovere.»

Era filato tutto liscio.

Solo, né Maria Grazia né il Tornabuoni avevano calcolato lo zelo di suor Eugenia, la capo-sala.

Due ore dopo l'arrivo del corpo dell'Arrigoni, la suora aveva mandato ad avvisare il prevosto di quel decesso. La mattina dopo l'agonia aveva avvisato tutta la comunità.

## 69

Nella sede della sezione comunista di via Manzoni dalle undici in avanti fu un continuo andirivieni di gente: curiosi, iscritti, attivisti, operai del cotonificio che uscivano dal turno. Sembrava di essere al mercato. Verso l'una arrivarono un po' di bottiglie di vino. Infine comparve anche il segretario.

«Allora?» chiese entrando e sedendosi al tavolo.

Benito Vitali gli sottopose immediatamente i risultati elettorali: due liste, quelli nazionali e quelli locali. Con un provvisorio più undici per cento su scala nazionale il PCI si prendeva 177 seggi alla camera. Per il Senato era ancora presto, ma l'andamento era quello. A Bellano avevano superato il tetto dei 400 consensi.

«Un bel colpo no?» disse il Vitali.

Il Tornabuoni fu d'accordo.

«E noi?» sbottò l'Eraldo. Era lì da un paio d'ore. Anche lui aveva in mano un foglio coi risultati: ma bastava guardarlo in faccia per capire che le cose erano andate bene, il PSIUP stava raccattando un decorosissimo quattro per cento mentre a Bellano aveva avuto una settantina di voti.

«14 a Varenna, 33 a Dervio, 4 a Vestreno, 2 a Introzzo, 7 a Primaluna, 1 a Tremenico», esultò il Bonomi.

«Però», disse il Tornabuoni. «Un bel colpo. Quasi roba da aprire una sezione del PSIUP a Bellano.»

L'osservazione del dottore prese alla sprovvista il Bonomi.

Scherzava il dottore o diceva sul serio?

«I numeri ci sarebbero», confermò il Tornabuoni. «Avete preso più di cento voti tra Bellano e dintorni.»

Ostia, pensò l'Eraldo. Com'è che non ci aveva pensato lui per primo?

Bisognava che lo dicesse quanto prima al Consorziati: quello poteva essere il premio giusto per il buon lavoro che aveva fatto, una sezione del PSIUP a Bellano. E lui, Bonomi Eraldo, segretario.

Fu preso dalla frenesia di agire. Gli parve subito difficile reperire il Consorziati che, probabilmente, era in giro anche lui, chissà dove, a seguire gli sviluppi delle elezioni.

L'Eraldo uscì nel cortiletto della sezione per prendere un po' d'aria, mettere ordine nelle idee. Tempo da perdere non ce n'era. A chi chiedere consiglio? Eraldo lo sapeva già: a san Tornabuoni.

Rientrò in sezione, interruppe un dialogo tra il dottore e il Benito.

«Lei dottore saprebbe dirmi dove posso trovare il Consorziati?» chiese.

«Sarà in giro», rispose il Tornabuoni. «A Como o Lecco. Se ti serve io lo vedo domani pomeriggio, abbiamo una riunione congiunta in federazione.»

L'Eraldo ringraziò e uscì a passo di corsa. Le parole del dottore gli avevano dato l'imbeccata.

## 70

L'Eraldo fece un giro ai giardini di Puncia, si sedette per un po' a cavalcioni sulla ringhiera a guardare il Pioverna che scorreva placido. Rifletté e infine gli sembrò di avere le idee chiare.

Una bella lettera ci voleva. Una proposta organica, come diceva il Consorziati.

Fece vela di nuovo verso la sezione, gli serviva qualche foglio di carta da lettera.

«Carta canta e villan dorme», disse tra sé.

Benito stava chiudendo. L'Eraldo attese che finisse poi, facendo tintinnare il suo mazzo di chiavi, si accinse ad aprire.

Al Benito i coglioni girarono a mille.

«Senti un po'», disse. Il tono era paternale.

Al Bonomi vennero le orecchie rosse.

«Senti a chi?» rispose, senza girarsi a guardarlo.

«Te lo dico una volta sola», proseguì il Benito. «Tempo una settimana, tutto quel cinema che c'è lì dentro deve sparire.»

L'Eraldo aprì la porta.

«Quando me lo dirà il segretario», rispose, «vedrò di fare il possibile.»

Benito abbozzò. Infilò le mani in tasca, la voglia di prendere a sberle la faccia di merda del Bonomi era impetuosa. Tempo un mese, pensò, gliel'avrebbe fatta vedere lui.

«Pezzo di merda», mormorò andandosene.

«*Bus del cu*», rispose, altrettanto sottovoce, l'Eraldo che, arraffato qualche foglio e una biro, richiuse e volò a casa.

Si aspettava di trovare un ambiente silenzioso, consono al delicato compito cui si accingeva: stilare una lettera, cosa non facile, vista la scarsa confidenza che aveva con la letteratura.

Appena entrato invece, con le orecchie che ancora gli bruciavano per l'incontro col Benito, gli si fece incontro il vecchio, senza, sul viso, il solito ghigno.

«Ha vinto ancora la DC eh?» gli chiese.

Non fosse stato suo padre l'avrebbe mandato a dar via il culo.

«Vado in camera», disse lui, secco secco.

«È occupata.»

«Da chi?» chiese caustico il giovanotto. «Dalle guardie svizzere?»

«No», rispose tranquillo il Gaspare. «Da tua moglie.»

## 71

La vecchia, la strega, la troia.

La moglie di Alvise Giudini. L'aveva pensata bene. S'era fatta venire voglia di mare. Basta campagna, anche lei. Aveva deciso di vendere. Non solo la trattoria, tutto.

Via da lì.

Aveva incastrato per bene il marito, era lei la padrona. Nessun trucco avrebbe più potuto permettere ad Alvise di mantenere le Due Rive con, dentro, l'amante.

Chissà, pensò Elena finendo di leggere la prima facciata di quella lunga lettera, se la vecchia aveva infine scoperto la tresca!

Voleva venti milioni, scriveva la Leacle: ecco il prezzo della trattoria. E sei mesi di tempo per decidere. A nulla erano valse preghiere e minacce, l'Alvise aveva le mani legate. Doveva ubbidire.

Il rischio era quello che lei e la Bice finissero sulla strada. Pazienza per lei. Ma la Bice...

Perché la Bice...

Si era fatto il tempo che lei, Elena, sapesse una cosa.

Iniziava così la terza facciata della lettera. Elena notò che la grafia era ancora più incerta, come se la mano di sua madre avesse tremato.

«Che cosa, mamma?» mormorò Elena, mordendo le parole.

Che Bice non era figlia di Alvise. Suo padre si chiamava Arrigoni Giuseppe. L'aveva conosciuto nel 1951, l'anno dell'alluvione, veniva da Bellano. La voleva sposare, era stata lei a rifiutare. L'avesse fatto, adesso sarebbe vedova, perché l'Arrigoni era morto come aveva detto l'Eraldo, ma con bel altre prospettive. Invece aveva preferito l'Alvise: le era parso un partito sicuro, aveva già l'officina e l'idea di trasformare la fattoria in un piccolo ristorante. Non le era stato difficile fargli credere che la figlia fosse sua.

Invece...

Terminava così la lettera.

Un abbraccio, tua madre.

Alla Elena sembrò che quell'abbraccio la volesse soffocare.

## 72

Quella foto del '51.

Non era mai capitato che Maria Grazia partisse per Valmadrera senza attenderla.

Beveva un caffè con lei, le raccontava come aveva passato la domenica.

Lunedì mattina la villa sembrava disabitata. Elena suonò più volte, senza esiti.

Rimase mezz'ora davanti al cancello.

Com'era strana la vita. Solo il giorno prima credeva di poter portare un po' di conforto a Maria Grazia. Adesso era lei che aveva bisogno di consiglio, aiuto.

Tornò dopo mezzogiorno.

Ebbe la tentazione di entrare, usando le sue chiavi. Non osò farlo.

Quella foto.

Nel '51 Bice era nella pancia di sua madre. Ma quella foto, quella somiglianza.

Poteva essere...

Alle tre del pomeriggio Elena fece un altro tentativo. C'era una finestra aperta, finalmente.

Il respiro le si allargò. Suonò.

Maria Grazia si affacciò.

Poco dopo la raggiunse al cancello. Elena la salutò, emozionata.

La Perdicane aveva un viso tirato. La mise al corrente della morte di suo marito.

Disse che era capitato all'improvviso. Aveva fatto chiamare il dottore.

«Ero qui», disse, «sola. Se almeno ci fossi stata tu.»

Ma lei c'era, pensò Elena. Era al cancello e stava per suonare. Non l'aveva fatto per una sola ragione: sapeva che Maria Grazia non era sola.

«Se non ti ho avvisata subito perdonami», disse la Perdicane. «Sono sconvolta.»

La mamma era già a Lecco. Lei era passata per prendere alcune cose. Andava a Lecco anche lei, per qualche giorno.

«Poi vedrò», disse Maria Grazia.

A Elena mancarono le parole.

Maria Grazia l'aveva tenuta lì sul cancello. Di lei non c'era più bisogno. Le aveva raccontato bugie. A una serva non si raccontano i segreti di casa.

Ma una serva scaltra li scopre da sé.

Quella foto del '51, pensò.

## 73

L'Eraldo la trovò così, sdraiata, un'aura di profumo aleggiava nell'aria. Gli venne una mezza idea. Gli bastò guardarla per bene in viso per farsi passare la voglia.

«Cosa fai qui?» le chiese.

In risposta suonò l'agonia. L'Eraldo si affacciò alla finestra che dava su via Gavazzi.

Si trovò faccia a faccia con la vicina che stava pulendo il cesso.

«Ciao merdèra», salutò il Bonomi.

Quella non fece una piega. Il soprannome ce l'aveva da così tanto tempo che ormai era vuoto di ogni significato. L'aveva mutuato da un nonno sardo che era arrivato a Bellano nel 1913. Si chiamava Porfirio Casu, aveva aperto un'osteria. Era un pezzo d'uomo e i litigi che scoppiavano nel suo locale li risolveva da solo, abbrancando l'ubriaco o il molesto di turno e spedendolo a calci fuori dal locale con l'accompagnamento di un insulto – *merd'e pudda* – che a lungo andare era diventato il suo soprannome: *merdèe,* nel dialetto locale. La vicina del Bonomi era diventata grande in quel locale. Per forza di cose era diventata la Maria merdèra.

«Chi è morto?» chiese l'Eraldo.

La Maria, senza interrompere il lavoro, gli rispose.

«La Stopina.»

«Come la Stopina?» fece il Bonomi. «Non era già morta stamattina?»

Elena aveva ascoltato tutto. Per la prima volta dalla mattina le scappò un mezzo sorriso.

## 74

Nessun manifesto funebre, il funerale celebrato alle otto del mattino. Maria Grazia Perdicane riuscì nell'intento di ottenere per suo marito esequie che più private non si poteva. Alle nove era tutto finito.

Il Tornabuoni l'aveva incontrata brevemente la sera prima, nella saletta mortuaria dell'ospedale. Lei, con molta gentilezza, l'aveva sollevato dal dovere di prendere parte al funerale. Aveva parlato come se gli stesse facendo un favore ma il tono era di comando.

Martedì, alle dieci, la sala d'attesa dell'ambulatorio sembrava una succursale del partito: tra gli attivisti che andavano e venivano c'era anche qualche donnetta artrosica, disorientata e seduta in paziente attesa. Parecchie, però, avevano rinunciato ed erano tornate a casa: l'artrosi poteva aspettare.

Verso le nove e trenta anche il Bonomi si presentò in ambulatorio. Nottetempo aveva finito e poi ricopiato in bella grafia, una sorta di relazione sulla sua attività durante la campagna elettorale che aveva chiuso esponendo le sue considerazioni circa la necessità di aprire a Bellano una sezione del PSIUP.

Consegnò la lettera al Tornabuoni, pregandolo, più con lo sguardo che con le parole, di caldeggiare presso il Consorziati la realizzazione della proposta contenuta nella missiva.

Il dottore, preso atto della richiesta del Bonomi, afferrò la lettera e se la infilò in tasca.

Alle undici e trenta una sola persona attendeva nella sala d'attesa.

«Non sono malata», disse Elena sedendosi davanti al dottore.

«Allora che bisogno hai di venire qua?» chiese lui.

«Ho bisogno di parlare con Maria Grazia Perdicane», spiegò Elena.

Il Tornabuoni finse una risata ma si sentiva lo stomaco stretto in un pugno.

«Cosa c'entro io?» chiese.

«Lei è il suo uomo di fiducia», ribattè Elena. «Così mi è stato sempre detto.»

«Per le questioni di salute», cercò di scherzare il Tornabuoni.

«Comunque la metta», troncò la ragazza, «le faccia sapere che ho bisogno di parlare con lei. Quanto prima tanto meglio.»

«Farò il possibile», disse il dottore. «Anche se non posso garantirti...»

«Le dica che è per una faccenda che riguarda suo marito.»

Il Tornabuoni si irrigidì.

«Cosa c'entra il marito?»

Elena si alzò. Considerava finito il colloquio.

«Glielo dica», ripeté prima di andarsene.

# 75

L'incontro pomeridiano in federazione fu una formalità. Segretari, dirigenti, responsabili della propaganda non fecero altro che commentare i risultati elettorali, tracciando profili del voto e facendo prognosi sul futuro.

Trovatosi faccia a faccia col Consorziati il Tornabuoni gli fece i complimenti.

«Vi è andata bene», disse.

Quello non sembrava convinto.

«No?» fece il dottore.

Il Consorziati scrollò le spalle.

«Ci aspettavamo di più», disse.

«La madonna! Volevate vincere le elezioni?»

Il Consorziati mimò con la mano il gesto del quasi quasi.

«Volare basso compagno», ribatté il dottore.

Solo quando si furono lasciati il Tornabuoni si ricordò della lettera del Bonomi. Non era sigillata, l'aprì e la lesse. Una volta appreso il contenuto fu contento di non averla consegnata al comasco: considerata l'aria del Consorziati non c'era da farsi troppe illusioni sul fatto che le alte sfere accogliessero benevolmente l'idea di una sezione a Bellano.

Se la rimise in tasca, uscì dalla federazione, fece una telefonata. Era già lì, a Lecco, tanto valeva approfittarne.

## 76

La voce al telefono era la stessa. Non il tono. Quello di Maria Grazia era duro. Quello di Grazia Perdicane, la sorella maggiore, era molle.

Gli disse di passare di lì a una mezz'ora. Il Tornabuoni non aveva mai visto quella casa. Lo colpì, appena entrato, il profumo dolcissimo che impregnava l'aria. Gli ricordò l'effluvio che invadeva via Manzoni e la piazzetta di santa Marta quando il Colombo sfornava brioche e torte. Nel salotto, il colore rosa dominava nei rivestimenti dei divani, nei tappeti, nella tappezzeria. In ambienti come quello il Tornabuoni si sentiva fuori posto.

Grazia Perdicane lo invitò a sedere, quindi si accomodò anche lei: da signora, seduta appena sul bordo della sedia.

«Mia sorella sarà qui non prima di un'ora», disse.

Il dottore ebbe uno scatto. Perdio, pensò. Perché non gliel'aveva detto prima, al telefono? Avrebbe fatto altri quattro passi: tutto, pur di non stare lì.

«Allora, cosa facciamo?» chiese, temendo l'arrivo di un tè e quattro chiacchiere.

«Intanto parliamo noi», disse infatti la Perdicane.

Il tono però era cambiato, non gli sfuggì. La vena mondana era svanita. Affiorò la vena Perdicane, quella dell'ingegnere scomparso e di Maria Grazia.

«Mia sorella ne ha passate tante sa?» disse Grazia.

Non si aspettava risposte.

«Dopo tanti anni di tribolazioni e fastidi», proseguì, «di dolori anche, forse adesso può cominciare un'altra vita, sperare in un po' di felicità.»

Il Tornabuoni accennò di sì, capiva. Ma con quel discorso dove voleva andare a parare?

«Quell'uomo...»

«Che uomo?» chiese il Tornabuoni.

Grazia non tenne conto della domanda.

«Potrebbe essere il momento della rinascita per mia sorella. Sono ancora entrambi relativamente giovani. Le reciproche, negative esperienze potrebbero aiutarli a rifarsi una vita. Io so che lei, in passato...»

«Io?» scattò il dottore. La Perdicane finse ancora di non aver sentito.

«...ha avuto una passioncella per Maria Grazia, una cosa giovanile. Adesso, potrebbe aver pensato che forse il frutto che non colse allora potrebbe essere maturo. Maria Grazia per lei ha stima e rispetto, non l'avrebbe messa a parte dei suoi segreti sennò. Io temo che se lei... insomma... la turbasse con proposte... insomma, ci capiamo, l'equilibrio che mia sorella ha faticosamente raggiunto potrebbe venir compromesso. Mi sono spiegata?»

Il Tornabuoni era allibito.

«Sì», tagliò corto. «Ma io ho bisogno di vedere Maria Grazia per un'altra questione.»

«Va bene», rispose Grazia, «ma ci tenevo a dirglielo.» Il tono era Perdicane doc.

## 77

«Il tuo futuro marito lo sa?»

La voce del dottor Tornabuoni suonò quasi scherzosa. Maria Grazia gli sedeva di fronte. Erano soli in casa. Grazia era uscita da dieci minuti, alle sei del pomeriggio si incontrava sempre con certe amiche in una pasticceria di via Cavour.

Nella luce smorzata del crepuscolo i vari toni di rosa del salotto si stavano appiattendo su un anonimo grigio.

«Che cosa?» chiese lei, imperturbabile come al solito.

«Che hai avuto una malattia che inizia per esse», chiarì il dottore che, dopo il colloquio con Grazia, non aveva ancora smaltito una certa irritazione.

Maria Grazia non si scompose.

«Glielo vuoi dire tu, eroe di Bur Scibis?» ribatté.

«No, ma a qualcuno potrebbe venire in mente di farlo.»

Per un momento la maschera rigida della Perdicane ebbe un cedimento. Forse fu solo un gioco d'ombra.

«Io sono guarita.»

«Lo so io, gli altri no», disse il Tornabuoni. «E da queste malattie si può guarire fisicamente. Socialmente è più difficile.»

Tacque. Non c'era bisogno di sprecare tante parole per farle intendere quello che voleva.

«È per questo che hai voluto vedermi?»

«Anche. Ma ho un'altra cosa da dirti. Elena vorrebbe parlarti.»

Maria Grazia fece un sorrisetto.
«Sarebbe lei il pericolo?»
Il dottore allargò le mani.
«E cosa vuole?»
«Non me l'ha detto.»
«Quanti misteri!» recitò Maria Grazia.
«La vita ne è piena», rispose a tono il dottore.
«D'accordo, ci parlerò», disse conciliante Maria Grazia «Se ti capita di rivederla...»
Il Tornabuoni la interruppe.
«Vorrei starne fuori, se non ti dispiace. Adesso che è tutto finito e tuo marito è sotto terra coi suoi segreti...»
«Mio marito non aveva segreti», interloquì Maria Grazia. «E chi ha tentato di cucirglieli addosso, adesso per tua informazione è in galera.»
«Bene così», disse il Tornabuoni.
Si salutarono con una stretta di mano molto formale. Il dottore raggiunse la macchina a passo di corsa. Si sentiva addosso una stanchezza senza ragione, forse perché aveva saltato il pranzo. L'idea di cenare al Circolo, all'aperto, rinfrescato dal bellanasco e confortato dalle voci di quelli che giocavano a bocce gli ridiede il sorriso.

# 78

L'Eraldo stava sulle spine. Era ansioso di conoscere il parere del Consorziati sulla proposta che gli aveva fatto per lettera.

Mercoledì mattina il dottor Tornabuoni lo vide andargli incontro: gli sfuggì infilandosi in una contrada.

La manovra, peraltro, gli garantiva solo qualche ora di pace: quella sera c'era riunione in sede. L'aveva indetta lui stesso, per parlare delle elezioni e ufficializzare la candidatura del Vitali alla segreteria. Non avrebbe avuto scampo.

Lo sapeva anche il Bonomi che, infatti, sparito il dottore filò a casa per mangiare un boccone e poi andare al lavoro: quella settimana faceva il turno dalle dodici alle diciotto.

Mangiò solo. I due vecchi avevano già pranzato. Elena era chiusa in camera. Era il terzo giorno.

Cosa aveva?

Glielo aveva chiesto il giorno prima.

«Non vai alla villa?»

«No.»

«Non stai bene?»

«No.»

Tutto lì.

Alle sette di sera l'Eraldo era di nuovo lì che girellava per casa. Al solito il Gaspare e la Fermina avevano cenato alle cinque. Elena non c'era. Era uscita.

«Dov'è andata?» chiese lui.
Chi lo sapeva, era stata la risposta muta di sua madre.
«Tu hai fame?»
L'Eraldo fece cenno di sì.
«Ti faccio due uova?»
Quattro era meglio. C'era anche un po' di pancetta, ne venne fuori una cenetta niente male.
Fermina si fermò, seduta al tavolo, a guardarsi quel figlio che mangiava a quattro palmenti. Alla fine, dopo che l'Eraldo fece anche scarpetta, disse:
«Chissà chi è morto.»
«Ancora?» chiese l'Eraldo.
«No», disse la donna. «Non ti ricordi che l'altro ieri ci sono state due agonie ma poi un solo funerale?»
L'Eraldo si ricordava.
«Una al mattino presto», puntualizzò la Fermina, «e l'altra alle tre. Ma di funerali c'è stato solo quello della Stopina, stamattina alle dieci.»
Eh già, concordò l'Eraldo.
«Chissà chi sarà stato l'altro», aggiunse la donna.
«Mah», ribatté l'Eraldo.
La Fermina lo fissò negli occhi.
«Possibile che tu che sei sempre in giro non lo sai?»
Anche l'Eraldo fissò sua madre negli occhi: lo sapeva bene che i vecchi stavano in piedi solo su quelle balle lì ormai. Chi era morto, chi era nato: più chi era morto. Se la sentivano addosso, la negra, così facendo forse riuscivano ad averne meno paura.
«Non lo so», rispose. «Ma giuro che entro domani te lo dico.»
Elena rientrò in casa in quel momento. La salutò e, guardandola, ebbe l'impressione che avesse appena pianto.
Adesso però non aveva tempo di indagare, la riunione premeva.

## 79

Benito Vitali fu il primo ad arrivare in sezione. Aspettava parecchia gente e andò al Circolo a farsi prestare un po' di sedie.

Il dottore arrivò tra gli ultimi, in compagnia del Bonomi, cosa che piacque poco al Vitali.

Era successo che i due s'erano incrociati e l'Eraldo non aveva perso l'occasione.

Il dottore, peraltro, s'era preparato a dovere.

«Il Consorziati è molto contento del lavoro che hai fatto», aveva detto, «e ritiene che siano state gettate solide basi per un futuro sviluppo. Circa la faccenda della sezione pensa che l'aprirla subito sia un gesto un po' avventato, poco intonato allo stile degli elettori di sinistra. Umiltà e serietà, questo è il suo motto. Il bambino è appena nato e bisogna farlo crescere. Tu Eraldo fa questo conto: tutti i bambini nascono a partire da un'unica cellula. Pensa alla tua sezione come se fosse un'unica cellula, falla crescere per bene, accudiscila, dalle da mangiare come si deve e fra un po', qualche anno, alle prossime elezioni, avrai tra le mani un giovanotto bello e fatto. Allora sarà il momento di dargli una casa.»

Il Tornabuoni aveva finito col sudore che gli imperlava la fronte e il labbro superiore.

S'era aspettato la reazione del Bonomi e preparato la risposta.

«Dopo le prossime elezioni?»

«Siamo in Italia», gli aveva detto. «Qui, ogni due per tre, capita l'occasione per far andare a votare la gente.»

Il Bonomi aveva abbozzato e, ormai sulla porta della sezione, aveva chiesto al dottore se poteva fargli un'altra domanda.

«Sarebbe?»

«Lei senz'altro lo sa chi è morto oltre alla Stopina», aveva detto l'Eraldo.

«E allora?» aveva chiesto il Tornabuoni.

«Chi è?»

Porca troia, aveva pensato il dottore: non era proprio possibile che gli riuscisse di stare fuori da quella storia?

«Perché ti interessa saperlo?»

«È per la mamma, sa come sono i vecchi!»

«Tua moglie non ti ha detto niente?»

«Ma, è un periodo che...» aveva spiegato l'Eraldo agitando la mano per aria.

«Era il Giuseppe Arrigoni, quello della villa.»

L'Eraldo aveva strabuzzato gli occhi.

«Quello lì?»

«Proprio lui.»

«O cristo!» aveva esclamato l'Eraldo, ridendo.

«Cosa c'è da ridere?» aveva chiesto il dottore.

«O cristo», aveva ripetuto l'Eraldo.

## 80

Bevvero, tranne pochi, all'osteria del Cantinone. Parecchio. C'erano molte cose da festeggiare. Le elezioni, le dimissioni del dottore, il nuovo segretario, il radioso avvenire. Esaurita la politica, levarono i calici ai campioni di calcio e di ciclismo. Poi brindarono al paese. L'ultimo brindisi fu in onore di una cosa che inizia per effe, e chiuse la serata.

L'Eraldo era alticcio. Lungo i trenta passi che, sì e no, separavano l'osteria da casa sua ebbe di che esaltarsi.

L'ultimo brindisi gli aveva fatto balenare una fantasia: sua moglie a letto, morbida, calda, in attesa di lui. Aveva reagito con un'erezione importante quando ancora aveva in mano il bicchiere della staffa e che non aveva voluto saperne di cedere nemmeno quando, salutata la compagnia, s'era avviato verso casa.

Entrò in casa mentre suonavano le undici. Dopo due passi in cucina l'affare cominciò ad ammosciarsi.

Un conto, pensò l'Eraldo, era la fantasia che gli era venuta, un conto la realtà. La realtà era che lui aveva sposato una donna freddina, mica tanto portata per un certo genere di cose.

Era sicuro di trovarla già bella e addormentata.

Amen, si disse.

L'affare rientrò del tutto.

Invece:

«È l'ora di tornare a casa?» l'appellò Elena appena mise piede in camera.

L'Eraldo deglutì. Non fu per il rimprovero. Per la voce di sua moglie piuttosto, fonda, da far tremare le vene.

Porcaloca, pensò l'Eraldo, vuoi vedere che questa è la sera giusta?

## 81

Quando era uscita poche ore prima, Elena era stata dal dottor Tornabuoni. Gli aveva chiesto se avesse avuto notizie di Maria Grazia.

L'ambasciata l'aveva fatta, aveva risposto lui.

Ma, aveva aggiunto rispondendo alla domanda della ragazza, non sapeva dirle quando avrebbe potuto incontrarla.

L'aveva presa comoda, il dottore.

Le aveva detto che, adesso, la Perdicane doveva affrontare un altro periodo difficile, di riorganizzazione della sua vita. C'era il caso che a Bellano, per un po' di tempo, non si sarebbe vista.

A quel punto a Elena erano scappate le lacrime. Di rabbia, dispetto.

Il dottore era rimasto sconcertato. La sensazione di pericolo, che aveva avvertito anche il giorno prima in ambulatorio come una stretta allo stomaco, era ritornata.

«Cosa c'è?» aveva chiesto.

Elena gli aveva raccontato tutto delle difficoltà di sua madre e di come lei s'era fatta l'idea che la Perdicane fosse l'unica che potesse darle qualche consiglio e, forse, anche un concreto aiuto.

«Ho bisogno di vederla», aveva implorato Elena.

Il Tornabuoni s'era sentito come se avesse una cravatta troppo stretta al collo.

Doveva e voleva starne fuori. Affari loro. Lui cosa c'entrava?

Bisognava che cominciasse a liberarsi di Elena, subito.

«Vedrò quello che posso fare», aveva detto. «Ma adesso ho un impegno, dovrei proprio uscire.»

«Ho capito», aveva detto Elena ed era uscita.

Disperata, chiusa in camera. Di dormire non c'era neanche da pensarci. Le era venuta un'idea. Sciocca, inutile. Parlarne all'Eraldo. Cosa avrebbe potuto fare? Niente, lo sapeva già. Tentare però non costava niente. Aveva l'acqua alla gola, nessuna via d'uscita.

Quella l'aveva lasciata al cancello, dopo tante moine e regali, quell'altro doveva proprio uscire, perché aveva un impegno...

# 82

Bisognava impedire che si girasse dall'altra parte, rifletté l'Eraldo. Tenerla sveglia, parlare.

Non certo di politica.

L'Eraldo le si sdraiò a fianco, l'annusò. L'affare reagì, come, meglio di prima.

«Me l'hai fatta bella te», disse ridacchiando.

Intanto allungò una mano.

«Perché?» chiese Elena, puntualmente bloccandogliela.

Le raccontò la richiesta della Fermina, la curiosità che aveva avuto di sapere chi fosse morto.

«E allora?»

L'Eraldo riallungò la mano.

«Allora? Non potevi dirmelo tu che era morto l'Arrigoni della villa e che così avevi perso il lavoro? Evitavo di andare a rompere l'anima al dottore. E poi, per un po' di riconoscenza, sarei anche andato al suo funerale.»

La mano dell'Eraldo era sulla cresta iliaca di Elena: l'unico osso sporgente in mezzo a tutto il bendidio di cui era fatta sua moglie.

«Riconoscenza?» chiese lei. «Quale riconoscenza? Se nemmeno lo conoscevi?»

«Cosa vuol dire?» ribatté lui. «Io gli devo dire grazie se ci siamo sposati.»

La mano aveva lasciato l'osso, era planata sulla pancia. Poi un po' più in giù. Elena lasciava fare.

«Mi faresti capire?» chiese lei.

«C'è poco da capire», rispose lui. «L'ho usata come scusa per tornare giù da voi, la domenica dopo la gita.»

Quindi le raccontò ogni cosa. Intanto, con la mano, andava avanti ma Elena era come se non ci fosse più.

Capiva adesso quella fotografia, capiva i mezzi silenzi del Tornabuoni quando l'aveva accompagnata a Bellano. Lui sapeva chi era il vero padre di Bice. Forse gli era bastato vederla, per capire: il suo ritratto da giovane, come da foto.

Forse anche Maria Grazia sapeva e aveva voluto nascondere tutto per la vergogna, la paura delle chiacchiere, lo scandalo.

Intanto Curzio era in galera, Leacle e Bice avevano le ore contate, lei...

Lei, fino a un'ora prima credeva di essere in un vicolo cieco. Adesso non più. Grazie all'Eraldo.

Che mugolava da solo ormai, non ne poteva più. Gli si mise a cavalcioni e lo stroncò in meno di dieci minuti.

## 83

Il dottore non aveva nome sul campanello, stava tra un Cavalli e un Cereghini. Il Cuba non lo sapeva e tirò un bestemmione. Suonò Cavalli, anche se erano le tre di notte. Cavalli rispose.

«Cosa c'è?»

«Il dottore dov'è?»

«Sta male qualcuno?»

«*Mè nono*», gridò il Cuba. «Apri!»

Stava lasciando una pozza di sangue in terra.

Quando il dottore aprì la porta di casa il Cuba entrò come un diretto e chiuse.

Il Tornabuoni era in pigiama: un fisico, notò il Cuba. Ma non aveva tempo per i complimenti, continuava a gocciare sangue in anticamera. Il dottore, visti sangue, ora e faccia del Cuba, non aveva bisogno di spiegazioni.

«Hai litigato?» fece.

Il Cuba disse no.

«Fammi vedere.»

La ferita era lineare. Partiva dall'ascella e arrivava quasi alla piega del gomito.

«Come hai fatto?» chiese il Tornabuoni.

Il Cuba non rispose.

«Mettiti in cucina va'. Io intanto prendo il disinfettante e i ferri.»

«Che ferri?» si spaventò il Cuba.

«Dico, secondo te 'sto sferlo guarisce per grazia ricevuta o bisogna dargli qualche punto?»

«I punti?»

«Se non ti va bene puoi andare in ospedale», disse il dottore.

Il Cuba si zittì.

«E a proposito», continuò il Tornabuoni, «com'è che sei venuto qui?»

Il Cuba fissò una piastrella.

«Eh?» continuò il dottore. «Da che parte arriva questa ferita?»

«Non lo so», rispose il Cuba.

Era una risposta stupida ma vera. Il Cuba non aveva capito come aveva fatto a ferirsi mentre scavalcava il cancello della villa dei Perdicane. Quando era atterrato in strada aveva sentito il dolore e il caldo al braccio. Aveva guardato e visto il sangue. Allora aveva pensato di andare dal dottore.

«E non in ospedale che sarebbe stata la cosa più logica», commentò il Tornabuoni. «E vuoi che ti dica perché sei venuto qui? Perché pensi che io non ti faccia domande, nessun verbale, nessun avviso ai carabinieri. Vero?»

Il Cuba alzò le spalle.

«Ma ti sbagli di grosso.»

«Vuole chiamare i caramba?» chiese il Cuba.

Il dottore gli si sedette di fronte.

«Facciamo un patto. Tu mi dici cosa sei andato a fare nella villa dei Perdicane e io per questa volta mi cucio la bocca.»

## 84

«È venuta a cercarmi questa mattina», disse il Cuba. «Mi ha chiesto se per ventimila lire ero disposto a fare un lavoro. Che lavoro?, le ho chiesto e lei mi ha risposto di quelli che non bisogna far sapere in giro. Poi mi ha fatto vedere i soldi. Pagamento anticipato, ha detto. E se va male? le ho chiesto, Amen, mi ha risposto.»

Poi gli aveva spiegato in cosa consisteva il lavoro. Quando lui aveva capito, e soprattutto quando gli aveva mostrato il mazzo di chiavi per entrare, al Cuba era scappato da ridere: era un gioco da ragazzi. L'unica difficoltà, se la si poteva definire così, era scavalcare il cancello, che non era granché.

«E si vede», disse il dottore, finendo di medicare il Cuba. «Sette punti. Niente male per un professionista come te.»

«Non mi sono nemmeno accorto», rispose il pugile «Dev'essere stato quando mi sono lasciato scivolare a terra. Una delle punte del cancello s'è infilata nella manica e mi ha tagliato.»

«Fra una settimana te li tolgo», disse il Tornabuoni.

«Posso andare adesso?» chiese il Cuba.

«No.»

«Come no?»

«Prima metti sul tavolo le chiavi della porta e quello che hai preso nella villa.»

«Ma se non ho preso niente!»

«Quel libretto.»
«Ah.»
«Ecco.»
Quando i due oggetti fecero capolino dalle tasche del Cuba il dottore disse che era libero di andare.
«Non me lo darebbe anche qualche giorno di malattia?» chiese il pugile. «Come faccio a lavorare così conciato?»
«Va bene», mugugnò il dottore.
«E un'altra roba...»
«Cosa c'è ancora?»
«A quella là cosa le dico?»
Suonarono le quattro al campanile di Bellano.
«Com'è che ti aveva risposto quando le hai chiesto se il lavoro andava male?»
«Amen.»
«Ecco. Dille così.»

## 85

Fece di più il Cuba, s'inventò un'aggressione. La raccontò a Elena seguendo il filo di certe scene dei film western che aveva visto alla Casa del Popolo.

Cinque, forse sei elementi, raccontò: una banda ben organizzata che proprio quella notte aveva deciso di dare l'assalto alla villa.

Se li era trovati davanti subito dopo aver scavalcato il cancello, quando stava salendo verso la porta. Due stavano di guardia nascosti nel giardino, uno stava armeggiando alla porta, gli altri chissà dov'erano.

Gli erano saltati addosso come fantasmi.

«Parevano davvero fantasmi», disse il Cuba. «Col volto coperto. Chi lo sa chi erano!»

Non avevano nemmeno aperto bocca. L'avevano bloccato e frugato dappertutto, gli avevano fregato le chiavi. Lui però aveva tentato di difendersi.

«Guarda qui», disse, mostrando la ferita.

Elena aveva stretto le labbra.

«Perché ero da solo», disse il Cuba.

«Sennò?» chiese Elena.

«Un altro come me e li mettevamo in fuga.»

Elena assentì.

«E in ospedale ti hanno portato loro?» chiese.

«Macché ospedale...»

«I punti sulla ferita allora te li hanno dati loro?»

Il Cuba restò male. Forse aveva esagerato.

«Per i soldi...»
«Per i soldi amen», rispose Elena.

## 86

Si trovò in mezzo, ancora. Un po' se l'era cercata. Ma sarebbe stata l'ultima volta, giurò.

Quella stessa mattina il dottor Tornabuoni avvisò Maria Grazia che era assolutamente necessario vedersi: erano capitati fatti nuovi, disse.

«Fra un paio d'ore sarò lì», assicurò lei.

Finalmente, fu il pensiero del dottore. Finalmente la Perdicane aveva capito che la faccenda era grossa, che il pericolo c'era davvero, che era nel suo interesse prenderla sul serio e lasciare da parte per un po' quell'aria svagata che aveva messo su da che l'Arrigoni era finito sotto terra.

Se la vide comparire davanti in ambulatorio, verso le undici. Gli parve diversa, come se fosse ringiovanita. Forse aveva cambiato pettinatura. Oppure era un miracolo.

«Miracoli dell'amore», pensò il Tornabuoni, «e della vita in città.»

Il carattere era sempre quello. Una volta seduta, non perse tempo in convenevoli.

«Cosa succede?» chiese.

Il dottore la prese un po' alla larga. Voleva disegnarle un quadro preciso della situazione. Maria Grazia lo interruppe.

«Ti dispiacerebbe venire al sodo?» disse. «Sono già in ritardo.»

«In ritardo?»
Aveva un appuntamento con il geometra Carrera.
«Chiudo la villa», spiegò.
Il Tornabuoni non fece commenti.
«La vuoi?» continuò lei. «Ti faccio un prezzo da amico.»
«E tua madre?» chiese lui.
«Starà con mia sorella per intanto.»
Lei stava cercando una casa a Lecco. Non aveva più senso tenere aperta la villa di Bellano. Tutti i suoi interessi ormai, compresi quelli affettivi, gravitavano su Lecco e dintorni.
«Qui», disse, «non ho che brutti ricordi.»
Il dottore stava per dire grazie, si morse la lingua. Senza parlare aprì un cassetto della scrivania, prese il libretto e lo fece scivolare sul piano del tavolo.
«Che significa?» chiese Maria Grazia.
«Lì in mezzo c'è una foto con tuo marito.»
Lo sapeva. Era stato lui, quando ancora stava bene, a mostrargliela.
«Come mai ce l'hai tu?»
Il Tornabuoni si frugò in una tasca: le chiavi della villa comparvero sulla scrivania.
«Come hai fatto ad averle?» chiese lei.
«Adesso ce le hai tu», rispose il dottore.
«Elena?»
«Devi parlarci.»
«Oggi è impossibile.»
«Non perdere tempo.»
«Ci ho pensato. Ma in questo periodo ho una tale quantità di cose da fare... Tanto che... ascolta, fammi tu una cortesia. Dalle questa busta. Dentro ci sono i soldi che le dovevo e un biglietto. Poi sistemerò anche lei. Anche se, sinceramente, continuo a non capire che pericolo possa esserci per me. A guardar bene le cose, non è successo niente. O credi che una foto del '51 possa crearmi qualche difficoltà?»

Il cartello VENDESI comparve nelle prime ore del pomeriggio sul cancello della villa. Il dottore lo vide mentre andava a Varenna per una visita. Elena poco dopo di lui.

La cattiva riuscita dell'impresa del Cuba non l'aveva smontata, anzi. Ne aveva ancora di colpi da sparare.

La vista del cartello rinfocolò la sua rabbia. Oltrepassata la villa, si fermò davanti al portone del numero 27 della via per Lecco, dove abitava il medico che il dottor Tornabuoni aveva sostituito nella condotta. Il valtellinese, dall'infelice cognome, dottor Della Morte.

## 87

Da che era andato in pensione, il Della Morte faceva vita da nababbo, spendendosi tra Bellano e una villetta a Lerici. Aveva ottant'anni, una salute di ferro e, affermava, un ferro sempre a disposizione. La visita, e la vista, di Elena lo misero di buon umore.

La fece accomodare nel salotto, la mise a suo agio facendole mille complimenti e infine, rotto il ghiaccio, le chiese:

«Cosa c'è cara?» con uno stile da vecchio marpione.

Elena entrò decisamente in argomento. Gli disse che sua madre aveva avuto la sifilide in gioventù.

«Come può immaginare, di questa cosa non abbiamo mai parlato però.»

Adesso voleva saperne di più, conoscere la malattia. E avendo vergogna di parlarne al dottor Tornabuoni aveva pensato di rivolgersi a lui.

«Hai fatto bene cara», rispose il Della Morte che, preso il pallino, non lo mollò più per una buona mezz'ora.

Elena aveva avuto qualche dubbio nel rivolgersi al vecchio medico condotto: s'era immaginata di dover sentire discorsi fitti di mignatte e cataplasmi.

Il Della Morte invece le sfornò una vera e propria lezione sulla malattia, parlandole dei tempi eroici della sua personale lotta contro il mal francese, le chiarì modi e tempi della terapia mercuriale sino a quella bismutica degli anni Venti, che lui aveva lungamente praticato.

«Col risultato spesso di guarire dalla sifilide per ammalarsi di reni.»

Le raccontò anche di casi clamorosi capitati a lui a Bellano: come quello dello scaccino Stanghèta, al secolo Vipiteni Donato, che aveva asserito di aver contratto il male per aver baciato il Signore esposto, il pomeriggio del Venerdì Santo, dopo che era passata la Luisina Uselanda.

Quando, raccontò il Della Morte, quasi tutti, anche i professoroni, si erano convinti che il male fosse stato sconfitto era successa invece un'altra cosa.

«Patomorfosi», disse il dottore.

Spiegò che, anziché estinguersi, la malattia aveva cambiato aspetto, comportandosi come un uomo che nuota sotto il pelo dell'acqua emergendo solo quando non aveva più un centesimo di ossigeno nei polmoni. Così le manifestazioni recenti avevano acquisito un carattere sfumatissimo.

«A tutto vantaggio di quelle tardive e segnatamente neurologiche: la *syphilis du cerveau*!»

Aggiunse che, se al carattere sornione della malattia, si voleva affiancare l'incuria del soggetto contraente, vuoi per ignoranza vuoi perché, e lui lo sapeva bene, il treponema non albergava solo a casa delle donnine cosiddette allegre, il gioco, anzi il disastro era fatto.

«Molte volte misteriose son di donna le mucose», recitò.

Elena sorrise.

«Il distico non è mio», chiarì il Della Morte. «Professor Aureliano de Libertis, venereologo di chiara fama. Le sue lezioni, mia cara, erano meglio del varietà.»

Per tutta la durata della lezione Elena concesse al Della Morte la più ampia libertà di affondare lo sguardo nella scollatura.

Sulla porta di casa, al momento del congedo, non disse nulla quando il dottore, dicendole: «Vieni ancora a trovarmi», le allungò una mano sul sedere.

Ciò che voleva l'aveva saputo. Adesso certi ricordi delle misteriose cure che sua madre aveva fatto quando lei era poco più che una ragazzina poteva guardarli sotto una nuova luce.

Era a un buon punto. Ma non era ancora finita.

88

Passate le elezioni ricominciava la routine. Benito Vitali ne fu contento. Era matura ormai l'ora del passaggio di consegne, secondo la promessa del Tornabuoni.

Quella sera il Benito era in sezione. Solo. Prendeva appunti. Per quanto breve, quale nuovo segretario un discorso avrebbe pur dovuto farlo.

Elena bussò discretamente alla porta. Il Vitali alzò il capo di scatto, la vide.

«Sgnaccherona» pensò.

Chissà come aveva fatto a sposare quel mammalucco del Bonomi!

«Avanti», disse cordialmente.

«Hai dieci minuti di tempo?» chiese la ragazza avvicinandosi alla scrivania.

Benito, per tutta risposta, fece un gesto che aveva più volte visto fare al dottore: mise le braccia conserte e si appoggiò alla sedia, erigendo il busto. Quando il Tornabuoni faceva così assumeva un'aria importante.

Elena invece, sedendosi davanti alla scrivania, si chinò un poco in modo da offrire anche a lui una quasi completa visione del seno. Così com'era messo il Benito vedeva poco però. Abbandonò repentinamente la postura del dottore, tornò a ingobbirsi sul tavolo.

«Un paio di mesi fa ho fatto domanda di assunzione al cotonificio», disse la ragazza, «ma fino a ora nessuno mi ha chiamato.»

Il Vitali fece per dire qualcosa.
«Non venirmi a dire che non hanno bisogno perché so che anche la settimana scorsa hanno preso gente.»
Benito prese fiato.
«So anche», continuò imperterrita Elena, «che con qualche spintarella è più facile essere assunti. Per dirla chiara, mi hanno detto che metà li raccomanda il prevosto e metà voi.»
«Noi chi?» riuscì finalmente a dire il Benito.
«Voi della commissione interna, del partito, del sindacato. Cosa ne so io.»
«E allora?» chiese il Benito. «Non c'è niente di male.»
«Non sono venuta qui a dire che c'è qualcosa di male.»
«Allora cosa vuoi? Una raccomandazione?»
«Perché no? Lo hai appena detto tu che non c'è niente di male.»
«Tosta», pensò il Vitali. «Questa qui non perde un colpo.»
«Voglio sapere con chi devo parlare, a chi lo devo chiedere», disse Elena.
Benito sorrise.
«Hai parlato con la persona giusta», disse.
«Bene», disse Elena. «E, già che ci sono, volevo chiederti un'altra cortesia.»
Così dicendo, si appoggiò allo schienale della sedia. Il Benito restò di stucco allo spettacolo di quei due seni che salivano e si stringevano contro il vestito, i capezzoli schiacciati contro la stoffa, diritti, che sembravano volerla bucare. Gli mancò la voce.
La ragazza non portava reggiseno.
«Dimmi pure.»
«Volevo chiederti, se è possibile... vedere un librettino che forse nell'archivio c'è. Riguarda l'alluvione del '51 in Polesine. Sai, io sono di quelle parti e su una di quelle foto c'è la mia casa e anche mia madre.»
Un velo di malinconia s'era steso sul viso di Elena. Al

Vitali non sfuggì. Roba da alzarsi e darle una carezza. Se non lo fece fu perché la vista di quei due seni che sussultavano a ogni parola l'aveva messo in un imbarazzo tale che provò vergogna all'idea che, alzandosi in piedi, la ragazza potesse accorgersene.

«Non c'è problema», rispose. «Dammi solo un minuto per finire questa relazione, poi daremo un'occhiata.»

Ci volle qualcosa più di un minuto ma infine il libretto fu nelle mani di Elena.

## 89

Benito dormì agitato quella notte, le tette della Elena continuavano a ballargli davanti agli occhi. La mattina seguente partì sparato e si presentò all'ufficio direzione del personale.

Il responsabile lo guardò storto perché quando il Vitali capitava nel suo ufficio era sempre per qualche grana.

Il Benito invece, appena entrato, sorrise: un sorriso supplice, da sottoposto. L'altro si rilassò immediatamente, capendo che aveva bisogno di un favore.

La domanda che Elena aveva fatto tempo prima era in una lista cosiddetta libera, senza amici alle spalle.

Benito spiegò al responsabile dell'ufficio quello che voleva.

«Lo consideri un favore fatto al segretario della sezione», aggiunse.

L'altro lo guardò stupito.

«Sei te?» chiese.

Benito sorrise.

«Ma da quando?»

«Questione di giorni.»

Il responsabile prese le due liste d'attesa, quella del partito e quella del prevosto.

«Dove la metto?» chiese.

«La metta in quella del prevosto se non le dispiace. Non è mica iscritta», rispose Benito.

Con un colpo di matita tal Gemma Rusconi perse il

posto di lavoro a favore di Elena. Benito ringraziò promettendo, prima di uscire, che avrebbe contraccambiato la cortesia alla prima occasione.

Ritornando verso casa rifletté. Non sarebbe stata una cattiva idea creare una sezione femminile del partito. Anzi, avrebbe potuto essere il segno forte che avrebbe inaugurato la sua nuova gestione.

Convinto, si fermò una decina di minuti in sezione per segnare, in calce al discorsetto, due appunti: favorire nuove iscrizioni e sezione femminile.

Valeva la pena di parlarne col dottor Tornabuoni, sentire il suo parere?

Sulla soglia di casa decise di no. Altrimenti non avrebbe mai imparato a camminare con le sue gambe.

# 90

«Ancora lei?» disse Grazia Perdicane.

Senza trucco aveva una faccia da bambolotto. Un principio di rosacea le arrossava il naso e le gote. Squadrò il Tornabuoni dalla testa ai piedi. Era domenica mattina, quasi le undici.

«Maria Grazia è qui?» chiese il dottore.

«Perché?»

«Perché le devo parlare immediatamente», ribatté il Tornabuoni. «E già che ci siamo farà bene a lasciar perdere le sue amiche e fermarsi anche lei ad ascoltare.»

«Che modi!»

Maria Grazia era ancora in vestaglia. Vedendo il dottore, lasciò cadere le braccia sui fianchi, piegò la testa di lato.

«Cos'è successo ancora?» chiese.

Usò un tono come se stesse parlando a un bambino.

Il dottore era nervoso già dalla sera prima, quando Elena era andata a casa sua e gli aveva raccontato quella bella storia. La vista di Grazia non l'aveva aiutato a calmarsi. Il tono di Maria Grazia lo irritò irrimediabilmente.

«Cosa c'è?» chiese. «C'è che Elena sa tutto!»

«Ancora Elena», ribatté sospirando Maria Grazia.

«Sa anche quello che non sai tu», colpì il dottore.

«Ma di cosa state parlando?» chiese Grazia.

«Cose nostre», disse Maria Grazia.

«No», interloquì il dottore. «Cose vostre.»
«Allora?» chiese la Perdicane maggiore. «Chi sarebbe questa Elena? Cosa sa di così importante?»
Cosa sapeva?
Il dottore fece l'elenco.
Sapeva che l'Arrigoni Giuseppe era figlio di Quintiliano.
Sapeva che quest'ultimo era ancora in vita e voleva emendare con un lascito il suo peccato di gioventù.
Sapeva che il marito della Perdicane era il vero padre di sua sorella Bice.
Sapeva di che malattia era morto.
Sapeva dove l'aveva contratta.
Sapeva che tutto era stato messo a tacere per evitare imbarazzi alla famiglia.
Sapeva che c'erano certificati di nascita, di matrimonio, fotografie che avrebbero confermato con precisione quelle notizie.
Sapeva che c'erano avvocati che non si sarebbero sottratti al compito di fare chiarezza.
Sapeva che c'erano testimoni che sotto giuramento non avrebbero potuto più mentire.
«Io sono tra quelli», disse il Tornabuoni.
Non disse che Elena gli aveva fatto il nome dell'avvocato Mollenz, un bellunese simpatizzante del Movimento Sociale, che non avrebbe esitato ad affondare i denti nelle carni di un segretario provinciale comunista.
«È tutto vero?» chiese Grazia, senza ottenere risposta.
«Come fa a sapere tutte queste cose?» chiese Maria Grazia.
«Non lo so», rispose il dottore. «Ma le sa.»
«E cosa vuole?»
«Il giusto. La possibilità per sua madre di rilevare la trattoria. Una casa per sua sorella.»
«Io non capisco...» disse Grazia.
«Taci per favore», la zittì Maria Grazia.

«Quant'è?» chiese poi al dottore.
«Venti milioni.»
«Poi sarà finita?» chiese la Perdicane.
«Ho la sua parola», rispose il dottore.
Maria Grazia sorrise, ironica. Doveva fidarsi.

## 91

«Scrivono tutti a te», disse il postino alla Elena, consegnandole la terza lettera in tre giorni.

La prima era stata della direzione del cotonificio. L'avvisava che, a far corso dal primo luglio 1968, diventava dipendente dell'azienda, specificando orario di lavoro e paga.

La seconda gliel'aveva spedita sua madre.

Come avesse fatto, aveva scritto, a sistemare le cose così in fretta era un miracolo che le avrebbe dovuto spiegare a voce. Anche Bice era incredula e non stava più in sé dalla felicità. Lei, aveva scritto Leacle, aveva tanto pregato: forse da lassù l'anima di suo padre aveva guardato ai loro guai. In ogni caso, adesso, potevano guardare al futuro con leggerezza. E, infine, per quell'altra faccenda, lei, Elena, poteva stare tranquilla e contare su sua madre.

A Elena parve di vedere il sorriso di Leacle dietro quelle ultime righe. Non aveva dubbi sulla sua collaborazione.

Infatti, sulla terza lettera, l'indirizzo era ancora vergato da sua madre. Ma Elena sapeva di chi realmente fosse. Tanto che, prima di aprirla, la strinse al cuore e l'annusò. Poi finalmente l'aprì e prima ancora di leggerla corse alla firma, a quel nome, Curzio, che al solo pensarlo la faceva tremare.

Quindi la lesse.

Dopo le precedenti, fitte di nomi, date, indicazioni e suggerimenti, Curzio, dal carcere di san Donnino a Como, le scriveva parole d'amore.

Era stata lei, Elena, ad architettare quel giro. Per non destare sospetti, aveva spiegato al Castronni che gli conveniva spedire le sue lettere a Occhiobello. Leacle, avvisata, le infilava in un'altra busta, indirizzandole a lei.

Dopo averla letta, Elena stracciò la lettera. Non voleva correre rischi. C'erano ancora quasi due anni prima che Curzio uscisse di prigione.

# 92

Troppa grazia, pensò il dottor Tornabuoni. Troppa grazia aver avuto, dopo la faccenda della Perdicane e della Elena, qualche giorno per potersi dedicare solo alle cose sue. Aveva subito pensato che non poteva durare. Fu così e alla metà di luglio gli capitò tra capo e collo un'altra bella grana.

Il Partito, con la pi maiuscola, disse no alla nomina a segretario del Benito Vitali.

Il perché glielo spiegò per telefono il compagno Federati, della segreteria milanese.

Non era il caso di esporsi al ridicolo, gli disse: uno con quel nome, alla segreteria di una sezione, fosse stata anche la più piccola del mondo, non ce l'avrebbero mai messo.

Che poi, lo sapeva il Tornabuoni, come faceva il suo protetto di secondo nome?

Franco.

Benito Franco Vitali. Di bene in meglio.

Agli avversari politici certe occasioni per prendere per il culo il partito era meglio non darle.

Ci pensasse lui a risolvere la questione e a trovare un altro candidato.

Il dottore ci perse il sonno per qualche notte. Elaborò infine un discorso da fare al Vitali che fosse il più dolce possibile.

Si decise a parlare una sera in sezione, quando lui e il Benito rimasero soli.

«Ho parlato di te coi compagni in federazione», esordì.

Il Benito si illuse che il momento che aveva tanto sognato fosse finalmente giunto.

Le parole del dottore lo disillusero repentinamente.

I compagni, disse il dottore, apprezzavano il preziosissimo lavoro che lui aveva fatto, faceva e avrebbe fatto per il partito, tanto che, loro per primi, non potevano pensare a un segretario migliore di lui.

Ma c'era di mezzo la questione dell'età. Era ancora troppo giovane il Benito e quindi erano tutti certi che lui avrebbe compreso perfettamente le ragioni che li spingevano a ritenere che per qualche anno ancora la segreteria della sezione avrebbe dovuto essere affidata a mani più esperte. Ritenevano, così facendo, di agire anche nel suo interesse.

Sin dall'inizio del discorso il Benito aveva capito l'antifona. Tacque solo per educazione. Finito che ebbe di parlare il Tornabuoni, aprì la bocca.

«I compagni di Lecco sono sempre stati dei cagacazzo», disse, pallido come un morto.

Il dottore s'era aspettato una reazione. Non disse niente. Benito, preso il portafoglio, cominciò a frugare nei vari scomparti. Le dita gli tremavano. Quando riuscì a trovare la tessera lasciò cadere il portafoglio sulla scrivania.

«Di lavorare gratis per una compagnia di cagacazzi io ho finito», disse, e cominciò a farla a pezzi.

«Ti pare il caso?» chiese il Tornabuoni.

Benito lo guardò negli occhi, sostenendone lo sguardo.

«Da questa sera in avanti, a tenere aperto qui, a tenere pulito, a preparare gli ordini del giorno e a fare i bilanci, a rompersi i coglioni per le balle del sindacato, a perdere le notti per quelle degli operai, a discutere col direttore del personale, col cuoco della mensa, col portiere e con la segretaria del direttore, ad appiccicare manifesti, a distribuire volantini e a vendere "l'Unità", verrà su, se vuole, uno di quelli di Lecco che ha l'età giusta per farlo. Il sottoscritto, Benito Vitali, ha chiuso e da domani mattina comincia a farsi i cazzi suoi. *Vàla bèn iscì, sciòr dotòr*?»

## 93

Dopo la trombatura Benito si prese una settimana di ferie per riflettere.

Alla ripresa del lavoro, gli bastarono dieci minuti all'interno del cotonificio per capire che quello non era più il suo ambiente.

Al primo che gli si fece incontro per sottoporgli una questione di assegni familiari, rispose che non c'entrava più: né partito, né sindacato.

«Allora da chi devo andare?» gli chiese quello.

«Da uno di Lecco», rispose misteriosamente il Vitali. «Io non ho l'età.»

Al cambio del turno, sul piazzale del cotonificio, s'incrociò con la Elena che entrava.

«Buongiorno», salutò lei allegramente. «Pensavo che fossi scappato in Australia.»

L'aveva cercato per ringraziarlo dell'assunzione senza mai essere riuscita a rintracciarlo.

«Non sarebbe una cattiva idea», rispose lui, cupo.

«Prima che tu parta, però, ti dovrei chiedere un'altra cosa.»

Benito mise le mani avanti.

«Se è cosa di lavoro, sappi che io non c'entro più», disse.

«Vale a dire?» chiese Elena.

«Vale a dire che il partito mi ha liquidato», spiegò il Benito.

Elena restò di stucco.

«So anch'io...» le scappò detto.
«Che cosa?» chiese il Vitali.
Ormai c'era, pensò la ragazza.
Da una decina di sere l'Eraldo usciva verso le otto e mezza, dicendo che andava in sezione a tenere aperto per un'oretta. Le aveva spiegato che il Benito aveva avuto contrasti col dottore e il Tornabuoni gli aveva chiesto di occuparsi momentaneamente della sezione. Lei aveva stentato a crederci. Invece...
«Vogliono farlo segretario?» chiese il Benito.
«Non lo so», rispose Elena.
«Se fanno una cosa del genere, gli ribalto la sezione», disse: l'Eraldo aveva un anno meno di lui.
«Ma se non c'entri più niente», chiese Elena, «cosa t'importa?»
La sirena di inizio turno troncò la discussione.
«Fregatene Benito», disse Elena allontanandosi.
In altri tempi quella frase l'avrebbe fatto bollire di rabbia, considerati i richiami politici; adesso, invece, gli suonò dolce all'orecchio.
«Ma tu non avevi bisogno qualcosa?» gridò alla ragazza che si stava allontanando di corsa, la maestà dei glutei a scandirne il passo.
«Niente di urgente», rispose lei.

# 94

Non ce la fece a resistere.

Quella stessa sera, col buio, uscì di casa. Strisciò lungo i muri come se fosse un ladro. All'altezza del numero 72 di via Manzoni spiò, per vedere quella faccia di merda che gli aveva rubato il posto.

Il Bonomi era solo in sezione. Logico. Con una serata del genere la gente era in Puncia o sul lungolago, a godersi il fresco.

La politica, col caldo, non andava d'accordo. Le elezioni erano appena passate ma già non gliene fregava più niente a nessuno: neanche al Bonomi, giudicò il Benito, che se ne stava alla scrivania con lo sguardo perso nel vuoto, certo ad attendere che il suono della dirlindana andasse a dirgli che era ora di chiudere.

Prima che gli venisse l'idea di commettere qualche sproposito, Benito si avviò, tornando in via Manzoni. Camminava a testa bassa quando, giunto all'angolo con via Boldoni, una voce lo richiamò.

«Benito.»

Elena era alla finestra vistamontagna. Magnifica, da lì, sullo sfondo scuro della sua camera. Indossava un vestito di cotone bianco a fiori azzurri che, dalla contrada, sembrarono al Vitali tanti piccoli buchi. Appoggiata al davanzale della finestra offriva uno spettacolo di rara bellezza.

«Mi stavi aspettando?» scherzò il Benito.

Elena si drizzò. Così facendo, rimise in posizione il seno, che gonfiò il vestito.

«Aspetto l'Eraldo. Dopo che ha chiuso va al Testori a prendermi il gelato», disse.

«Hai le voglie?» chiese il Vitali.

«È ben di quello che volevo chiederti questa mattina.»

«Cioè?»

«Se vado in gravidanza il posto di lavoro me lo tengono?»

Una fitta trapassò lo stomaco del Benito.

Possibile che quel cucù del Bonomi avesse tutte le fortune del mondo?

«Ma sei incinta?»

«Non sono sicura.»

«Non lo so», rispose il Benito. «Bisognerebbe dare un'occhiata al contratto.»

«A chi lo devo chiedere?» chiese Elena. «Chi ha preso il tuo posto nella commissione interna?»

«Proprio perché sei tu», rispose il Vitali, «ci penso io.»

Ne aveva tampinate tante di ragazze con la scusa del sindacato.

La dirlindana cominciò a suonare.

## 95

Due giorni dopo alla Elena vennero le regole. Tirò un bel sospiro e si dimenticò della cosa.

Il Benito no.

L'attese davanti al cancello del cotonificio. Non sapeva ancora niente ma di scuse per fermarla a chiacchierare un po' ne aveva da vendere.

Quando la vide arrivare, spuntando da piazza Santa Marta, e imboccare piazza San Giorgio gli venne una sincope. Elena indossava ancora il vestito di due sere prima, quello chiaro coi fiorellini. Le aderiva al corpo, sembrava che sotto non portasse niente. I capelli erano acconciati in una coda: il collo lungo, il viso dagli zigomi forti la facevano sembrare una statua.

Benito non fece nemmeno in tempo a salutarla. Quando gli fu a un passo, Elena gli disse:

«Per quella storia là lascia stare.»

«Perché?»

La sirena del turno coprì la risposta.

«Come mai?» chiese ancora Benito mentre Elena già si allontanava.

«Prova un po' a immaginare», ribattè lei camminando svelta.

Immaginare cosa? si chiese il Benito.

Guardandola che se ne andava, l'unica cosa che gli riusciva di immaginare era quello che di lei non si vedeva.

Continuò a fantasticare per giorni, a sognare di notte.

Consensualmente alla passione cresceva il disamore per il lavoro e per i suoi colleghi operai.

Parecchi non l'avevano ancora capito che lui non c'entrava più con niente. Costoro erano il bersaglio della sua rabbia.

Sinchè un giorno, uno di quelli, non potendone più dei suoi modi lo affrontò a muso duro.

«Dì un po' Benito», gli chiese, «ma tu fino all'altro ieri dov'è che pascolavi?»

«L'importante è dove andrò non dove sono stato», rispose il Vitali. «Se credi che sia disposto a fare la vostra fine ti sbagli di grosso.»

«Cos'è, hai vinto alla Sisal?»

«No.»

«Va là che ne ho conosciuti tanti come te che sputavano nel piatto dove mangiavano. Poi al momento di andare in pensione gli sono venute le lacrime agli occhi.»

«Ah sì? Allora salutameli. A me con le lacrime agli occhi non mi ci vedrai di certo.»

«Ma perché non vai via subito?» gli chiese quello.

«Calma», fu la risposta del Benito. «Ogni cosa a suo tempo.»

Non era la prima volta che il Vitali se ne usciva con quella frase misteriosa, dando a intendere che aveva progetti sul futuro. Visto però che continuava a stare lì, in molti s'erano convinti che fosse una fregnaccia.

Elena cominciò a trovarselo tra i piedi tutti i giorni. Con lei il Benito diventava dolce come il miele: complimenti e sorrisini si sprecavano. Quand'era contornata dalle sue compagne di lavoro le andava bene. Quando invece quegli incontri capitavano nel corridoio o nel cortile, a quattr'occhi, la ragazza pativa un serio imbarazzo. Capiva che il Benito s'era innamorato ma non sapeva cosa farci.

La favoletta del «Benito innamorato» circolava già da un po' quando il Vitali chiese e ottenne di cambiare il turno: passare da quello dalle sei alle dodici a quello dalle dodici alle diciotto.

Così poteva stare più vicino alla sua bella, alimentando voci e pettegolezzi che cominciarono a non risparmiare neanche la Elena.

Poco dopo ferragosto il Vitali, esasperato, decise di passare al contrattacco, dichiarandosi. Lo fece con un biglietto che le consegnò a mano.

«Cos'è?» chiese lei.

«Leggilo», rispose lui.

Elena lo lesse e decise che, anche per lei, era suonata l'ora di rispondere agli attacchi.

96

Si rivolse al dottor Tornabuoni, raccontandogli tutti i suoi guai.

«Mi avevano riferito del Benito innamorato», disse lui, «ma non pensavo che le cose fossero arrivate a questo punto.»

Le propose, per intanto, qualche giorno di malattia. Poi si sarebbe visto.

Elena accettò. Per il Benito furono dieci giorni di tortura. Al cotonificio riuscì a rendersi definitivamente ridicolo davanti alle compagne di lavoro di Elena: passava, fingendo di niente, si fermava, frugava dappertutto con lo sguardo alla ricerca della sua bella.

Esasperato, dopo tre giorni di assenza della Elena, cominciò a battere, la sera, la via Paolo Boldoni, guardando per aria, fermandosi sotto la finestra vistamontagna sempre, inesorabilmente chiusa.

Dietro, però, Elena lo spiava e faceva il conto che la sua assenza, anziché smorzarli, aveva acuito i toni della passione del Benito.

Nessuno l'avrebbe potuta aiutare. Doveva, come al solito, pensarci da sola.

L'ultimo giorno di malattia era una giornata piovosa di fine settembre.

L'Eraldo tornò a casa dal lavoro euforico. Elena sperò in qualche bella notizia che riguardasse il Benito: trasferito, licenziato, chissà!

Era successo invece che il dottor Tornabuoni gli aveva fatto sapere che, quella stessa sera, avrebbe cenato alla trattoria del Ponte assieme al Consorziati e gli aveva proposto di unirsi alla compagnia.

La direzione del cotonificio infatti, una settimana prima, aveva emesso un comunicato in cui denunciava un inaccettabile allungamento dei tempi di lavoro nelle varie fasi. Al fine di rimettere ordine in tutte le catene, aveva annunciato l'arrivo di un tempista: un cronometrista dell'attività lavorativa che, con una tabella di riferimento in una mano e un cronometro nell'altra, avrebbe dettato i tempi e controllato il loro rispetto.

La commissione interna s'era opposta e per quel pomeriggio aveva convocato un'assemblea cui avrebbero partecipato il Tornabuoni e, appunto, il Consorziati.

Poteva essere la sera buona, pensò Elena. Un'idea l'aveva. Decise di tentare. Passò il resto della giornata a preparare le munizioni e a occultarle poi nella camera da letto. Il Gaspare e la Fermina andarono a dormire, come al solito, alle sette. L'Eraldo, ripulito e vestito di fino, uscì di casa alle otto.

Elena si piazzò alla finestra vistamontagna alle otto e mezza. Attese, paziente. Quando, all'orizzonte di via Manzoni, vide spuntare il Benito, aprì le persiane e si mise in posa, fingendo di essere lì a prendere il fresco.

Il Vitali pensava che non sarebbe riuscito a vederla nemmeno quella sera. Quando giunse sotto la finestra e la vide gli mancò la parola.

Elena si stagliava nel vano della finestra bella oltre ogni possibilità di dirlo a parole: ma guardava per aria, non l'aveva notato.

La chiamò. Lei lo vide, fece ciao con la mano.

«Allora?» chiese lui.

«Aspetta un momento», rispose la ragazza «Adesso ti butto la risposta.»

Sparì un istante dalla finestra. Riapparve. Benito spalancò la bocca per la sorpresa e la chiuse appena in tempo, poco prima che il getto di liquido tiepido lo investisse in pieno.

Il giorno seguente Benito Vitali non ricomparve al cotonificio. Nemmeno lo si vide in paese.

Per un paio di settimane sembrò che fosse stato cancellato dalla faccia della terra. Poi invece si venne a sapere. I misteriosi discorsi che aveva seminato qua e là avevano infine assunto un senso. Il futuro che Benito aveva preconizzato era diventato realtà, il Vitali aveva messo la divisa, quella di guardapesca dell'amministrazione provinciale di Como.

## 97

Il 25 settembre 1969 Maria Grazia Perdicane si trovava a Cremona per affari. Aveva vinto la gara d'appalto per la fornitura di catene da neve ai mezzi dell'amministrazione comunale.

Pranzò, concluso il contratto, al ristorante del Cenacolo, insieme all'ingegner Maurizio Ortobene che aveva seguito l'iter della pratica. A fine pranzo cedette malvolentieri all'invito dell'uomo di seguirlo nella sua casa, un villino di Porta Romana, per vedere la sua collezione di quadri. Urtarlo, opponendo un rifiuto, non era cosa: l'Ortobene era ben introdotto anche presso le amministrazioni comunali di Brescia e Piacenza.

Accettò quindi, sperando che la visita durasse un tempo minimo. Visitò la quadreria. Quando credette che fosse finita, l'ingegnere la fulminò.

«Adesso c'è la sorpresa», disse.

Maria Grazia sorrise, una smorfia.

«Bene», disse, ma l'avrebbe mandato a quel paese.

«L'ultimo acquisto», spiegò l'Ortobene. «Arrivato pochi giorni fa.»

Fu davvero una sorpresa, coi fiocchi.

«Bello eh?» chiese l'ingegnere.

Lo era davvero. Un paesaggio di lago, invernale, visto dalla finestra dello studio del pittore. Sui platani del lungolago l'inverno era steso come un silenzio e il piombo dell'acqua del lago sembrava prolungare l'impressione di una vita senza movimento.

Cosa dire? si chiese Maria Grazia.

Il quadro ritraeva uno scorcio di Bellano, la firma era quella del pittore bellanese Giancarlo Vitali e, soprattutto, quel dipinto era sempre stato, da che lei aveva memoria, nello studio di suo padre, in villa.

Tacque. L'Ortobene equivocò il suo silenzio.

«È un quadro di rara bellezza», disse. «Inquietante. Subito dopo averlo visto da un antiquario di Brescia ho capito che doveva essere mio. Non le dico quello che l'ho pagato.»

Solo due giorni dopo a Maria Grazia fu possibile fare una scappata a Bellano e un sopralluogo in villa.

Era una giornata tersa, con un cielo che chiamava vento. Sarebbe arrivato la sera o durante la notte, scavalcando le cime delle prealpi, sconvolgendo la tranquillità del paesaggio. Prima di entrare in villa Maria Grazia si soffermò a guardare il panorama, percependo nell'aria un ineffabile profumo. La superficie del lago era perfetta. Sotto, pensò, da qualche parte, le ossa di suo padre danzavano al ritmo delle onde. Colse una rosa gialla e la gettò nel lago.

All'interno pesava già l'odore di muffa, l'umidità cominciava a farla da padrona. A Maria Grazia tornò in mente il quadro del Vitali, il suo messaggio di abbandono.

Era tornata a Bellano anche per quello, per verificare quello che sapeva già. Dallo studio di suo padre il quadro era sparito. Al suo posto c'era un vuoto rettangolare, più chiaro rispetto alla parete circostante.

# 98

«Scasso non c'è stato», disse il maresciallo Massimino Pezzati.

«Sta di fatto che il quadro è sparito», osservò Maria Grazia.

«Non ho detto», puntualizzò il maresciallo, «che non ci sia stato il furto. Semmai che, vista l'assenza di effrazione di porte e finestre, la modalità del furto si discosta dal solito.»

«Per esempio», continuò il carabiniere salendo in cattedra, «potrebbe essere che il ladro o i ladri siano entrati per la porta.»

«Per la porta?» si stupì Maria Grazia.

«La villa è in vendita no? Lei avrà lasciato a qualcuno le chiavi per il caso che si faccia vivo un acquirente e voglia dare un'occhiata.»

La Perdicane accennò di sì.

«Le ho date al geometra Carrera che le ha usate un paio di volte. Ma non voglio nemmeno pensare...»

«Qualche altro», la interruppe il maresciallo. «Che so, una donna che venga qui a fare un po' di pulizia una volta ogni tanto.»

Fu allora che a Maria Grazia venne in mente il mazzo di chiavi che il Tornabuoni le aveva restituito mesi addietro.

«Be'...» disse.

«Be', cosa?»

«Non vorrei...»
«Lei mi dica tutto. Provvederò io a verificare.»
Maria Grazia raccontò di Elena e di quelle chiavi.
«Di fatto le chiavi le ho io adesso.»
«Potrebbero tranquillamente averne fatte delle copie», osservò il maresciallo.
Maria Grazia non ribatté. Tra i due calò il silenzio, non avevano più niente da dirsi.
«Posso andare?» chiese la donna.
«Dovrà passare in caserma a firmare la denuncia», l'avvisò il carabiniere. «E se permette io resterei qui ancora un po'. Voglio dare un'occhiata in giro.»
«Faccia con comodo maresciallo», rispose la donna.
Camminando alla volta del paese Maria Grazia si fermò più volte a guardare la limpida acqua del lago, il fondo sassoso che poi finiva repentinamente nella «prona», l'abisso imperscrutabile. Si chiese perché fosse fuggita da tanta bellezza, le rispose il ricordo della muffa e dell'umidità che aveva appena annusato e visto nella villa. Niente durava in eterno, anche quella bellezza che aveva sotto gli occhi sarebbe stata sconvolta di lì a poco con l'arrivo del vento.
Riprese la marcia e sorrise: stava invecchiando, la prendevano le malinconie.
Proprio per ubbidire a una malinconia, la sera prima aveva telefonato al Tornabuoni. Senza specificare la ragione del suo arrivo a Bellano, gli aveva chiesto se voleva pranzare con lei.
«Al Circolo?» aveva scherzato lui.
«Dove vuoi tu.»
S'erano dati appuntamento per le dodici, al Cavallino però.

## 99

Nell'oretta che seguì alla partenza della Perdicane il maresciallo non fece altro che guardare il rettangolo chiaro sulla parete dietro la scrivania dell'ingegnere, girellò un po' per le altre stanze, ispezionò il giardino.

In quella villa c'era parecchia roba che poteva far gola a dei ladri: mobili, argenteria, tappeti.

Il quadro, oltre al valore, aveva offerto al ladro il vantaggio delle piccole dimensioni. Perché, il maresciallo Pezzati ne era convinto, quella era stata opera di un ladro solitario sulla cui identità aveva più di un sospetto. Non quadrava unicamente con l'idea che aveva in testa, l'assenza di scasso, indizio di rara abilità.

A mezzogiorno spaccato il maresciallo chiuse il cancello della villa e se ne andò in caserma: c'era pasta coi ceci, gli aveva preannunciato la moglie al mattino, piatto che andava consumato ben caldo.

Il Tornabuoni e Maria Grazia, dopo l'antipasto, ordinarono risotto coi funghi.

«I primissimi di questa stagione», assicurò lo chef, spiegando che venivano dai boschi di Sant'Ulderico e glieli avevano portati due ore prima.

«Hai trovato da vendere finalmente?» chiese il Tornabuoni.

«No. Perché, ti sei deciso a prenderla?» rispose Maria Grazia. «Come ti ho già detto, ti farei un prezzo da amico.»

Il Tornabuoni soffiò sul piatto fumante.

«Di solito quando torni a Bellano non ti fermi mai più di un'ora. Oggi invece... addirittura il ristorante!»

La Perdicane gli spiegò perché si fermava più del solito. Raccontò la sorpresa di quel quadro visto a Cremona, la visita in villa col maresciallo Pezzati, il particolare delle chiavi, cui non aveva pensato.

Il Tornabuoni lasciò cadere la forchetta nel piatto.

«Quindi c'è la possibilità che il maresciallo voglia interrogare Elena», disse, improvvisamente irritato.

«Credo di sì», rispose Maria Grazia. «Cosa c'è di strano?»

«Tu credi che Elena possa averti rubato qualcosa?»

«No, non mi è nemmeno venuto il sospetto...»

«Allora, affinché non venga nemmeno al maresciallo è necessario che la veda subito», disse il dottore.

«Perché?»

«Perché è meglio che il maresciallo non sappia come sono venuto in possesso di quelle chiavi.»

«E com'è successo?» chiese Maria Grazia.

«Te lo dirò un'altra volta», rispose il Tornabuoni alzandosi. «Mi dispiace per il pranzo ma devo arrivare prima io.»

Maria Grazia sorrise forzatamente. Ecco com'era, si disse: arrivava il vento e rovinava tutto.

## 100

«Così, dopo avermi trattata come una pezza da piedi adesso vuole farmi fare la parte della ladra», ringhiò Elena.

«Nessuno lo pensa», disse il dottore. «Ma per evitare equivoci, se il maresciallo dovesse interrogarti, tu digli che le chiavi, non sapendo a chi consegnarle, le hai date a me.»

Elena sorrise.

«Ma in fin dei conti, a lei dottore chi le ha date?» chiese.

Sorrise anche il Tornabuoni, davanti alla curiosità di Elena.

«Tu piuttosto», chiese, sornione, «a chi le hai date?»

Una vampata di rossore salì al viso della ragazza.

«A lei», disse.

«Ecco, bene così. Vedrai che il maresciallo non ti darà fastidio più di tanto.»

Invece, il maresciallo Massimino Pezzati non la infastidì per niente. Verificò, per dovere, la faccenda delle chiavi: un giorno che, casualmente, incrociò Elena, la fermò un istante chiedendole conferma di quello che già il Tornabuoni gli aveva detto.

Non gli importava niente di quella storia, poiché aveva capito che il ladro, uno solo, era entrato senza scasso nella villa accedendovi via lago anziché via terra. Dalla darsena era salito nelle stanze e aveva fatto il suo comodo.

Non aveva prove, però, né possibilità di incastrare il suo pollo. Poteva solo aspettare qualche conferma alla sua teoria. Che venne, puntualmente, verso la fine di ottobre, quando il Cuba comparve in paese con la sua moto nuova: un'Allodola Guzzi sulla quale doveva star chino in maniera innaturale stante la sproporzione tra il suo fisico pesante e l'agile struttura della motocicletta.

«Eccolo lì il quadro», fu il commento del maresciallo.

## 101

Fu un autunno indimenticabile quello del 1969 per colpa del vento. Soffiò, a fasi alterne, per quasi due mesi. Se calava era solo per riprendere fiato, un pomeriggio, una notte. Poi ricominciava. Sotto Natale fu impossibile creare addobbi esterni. Cambiato l'anno venne un freddo glaciale. Uscire di casa continuava a essere un'impresa. Il freddo durò tutto gennaio, lasciò il posto a una breve nevicata a inizio febbraio e poi ritornò, gelando quei dieci centimetri di neve che, duri e noiosi, restarono sotto i piedi dei bellanesi sino a primavera.

Dal nuovo clima trassero benefici in tanti. Anche il ladro solitario.

«Due tappeti», comunicò al maresciallo Pezzati Maria Grazia sul finire di marzo.

Il maresciallo allargò le braccia: cosa ci poteva fare?

«Non ha mai pensato di mettere un custode?» chiese con l'intento di suggerire.

Il consiglio, evidentemente, era caduto nel vuoto. Alla fine di aprile Maria Grazia ritornò in caserma.

«L'argenteria», disse. «Non tutta, una buona metà.»

Non allargò le braccia come l'altra volta il maresciallo. Non osò farlo. Maria Grazia non era arrivata sola, aveva con sé il suo futuro marito.

Era un pelatino dallo sguardo azzurro e dalle dita malfatte ma curatissime che, entrato nell'ufficio del Pezzati, disse:

«Maresciallo buongiorno, ma qui bisogna fare qualcosa!»

Al maresciallo saltò subito la mosca al naso.

«Lei chi è e a che titolo è qui?» chiese.

«Io?» si meravigliò l'ometto. Ma se da Monza a Lecco lo conoscevano tutti?

«Si dà il caso che qui siamo fuori zona», lo freddò il Pezzati.

Il pelatino declinò le generalità: Cillia Renato, di anni 48, residente a Lecco in viale Turati 61.

«Fidanzato della signora Perdicane», aggiunse.

«Lavoro?» chiese il maresciallo.

«*Industriàl*» rispose quello in dialetto.

Colpito, rifletté il maresciallo: capace che quello sgorbio che gli stava davanti andava a cena tutte le settimane col prefetto, col comandante della stazione di Lecco, con gli avvocati, i giudici e compagnia bella.

«Mi dica», sospirò.

«Possibile che non si riesca a mettergli le mani addosso a questo qui che pian piano sta svuotando la villa?»

«Con tre uomini a disposizione e il territorio che ho, difficile», si difese il maresciallo.

«Ma un'idea lei se l'è fatta?» chiese il Cillia.

Il maresciallo reclinò il capo: una mezza idea ce l'aveva ma non era con le mezze cose che si poteva mandare in galera la gente.

«Sennò io potrei parlare con...» attaccò l'industriale.

Il maresciallo se l'aspettava.

«Ne ha ancora per poco», disse, ma non sapeva perché, cosa l'avesse spinto a un azzardo del genere.

# 102

Il maresciallo Pezzati era un pezzo di pane. Aveva un fratello gemello, prete in val di Lei.

Secondo chi conosceva anche il sacerdote, se i due si fossero scambiati le divise non ci sarebbe stato modo di capire chi fosse l'uno e chi l'altro, identici nel fisico e anche nel carattere.

Quando qualcosa gli andava storto, il maresciallo Pezzati si chiudeva nel silenzio, anziché sfogarsi coi sottoposti.

Così fece, subito dopo l'uscita della Perdicane col suo industriale.

Ce l'aveva soprattutto con sé stesso, per l'azzardo cui s'era lasciato andare: l'aveva fatto per frenare quel ganassa di Lecco che, alla sua uscita, aveva commentato: «Allora siamo nelle sue mani».

Ma lui, le mani, le aveva legate. Se la legge era uguale per tutti, non poteva certo dimenticarsene lui, che della legge era rappresentante e tutore, e accusare senza prove una persona.

«Speriamo bene», disse Maria Grazia appena fuori dalla caserma.

«Ci penso io», rispose il Cillia.

Avevano lasciato la macchina sul lungolago, si incamminarono senza fretta.

«Cosa vorresti fare?» chiese lei.

«Te bambina fidati, che il Cillia l'hanno preso per il culo in pochi.»

Maria Grazia non insisté. Il Cillia, sogghignando, salì in macchina e partirono.

Due giorni dopo l'industriale tornò a Bellano. Solo, questa volta. Bevuto un caffè al bar dell'Imbarcadero traversò la strada e suonò al portone della caserma.

«Se c'è il maresciallo vorrei parlarci», disse al piantone.

«Lei chi è?»

L'industriale non era abituato a non essere riconosciuto.

«Cillia», rispose. «L'industriale.»

«Fallo passare» sospirò il maresciallo: erano le prime parole che pronunciava quella mattina.

«Caro maresciallo», gridò il Cillia entrando nell'ufficio.

Il Pezzati rispose con un cenno del capo.

«Passavo di qua per caso e mi sono fatto un dovere di salire a salutarla. E intanto chiederci se ci sono novità.»

Il maresciallo sorvolò sull'evidente bugia.

«Novità in che senso?»

«Nelle indagini no? Cos'altro? Mica certo chiedo a lei quelle della borsa», disse il Cillia. E giù a ridere.

Il maresciallo restò serissimo.

«Per il momento nessuna», telegrafò.

«Ah no?» disse il Cillia, cambiando espressione. Persino il colore del viso mutò, facendosi grigio.

«No perché», disse con un fare segreto, «io invece qualche novità ce l'avrei.»

Il maresciallo sentì caldo alle orecchie.

«Ecco, bene», disse. «Allora adesso chiamiamo il carabiniere e verbalizziamo la sua dichiarazione.»

Il Cillia non si scompose. Era abituato a trattare con carabinieri e finanza e dal capitano in su.

«Ma no, ma no», disse. «Anche l'avvocato Turri-Gabrielli...»

Eccolo qua, pensò il maresciallo: Turri-Gabrielli, l'avvocato più in vista di Lecco, intimo amico di tutti quelli che contavano. Se voleva poteva farlo trasferire in Sardegna l'indomani e farcelo restare fino alla pensione.

«Anche l'avvocato Turri-Gabrielli mi ha consigliato di venircelo a dire così, in via amichevole, senza nessuna ufficialità. Insomma, la giustizia va aiutata e la brava gente deve fare quello che può.»

«Uomo avvisato mezzo salvato», pensò il maresciallo.

«Mi dica allora», sospirò il Pezzati.

«Ecco, bravo maresciallo», approvò il Cillia.

Il maresciallo chiuse gli occhi. Se era pagato per sentire non lo era invece per starle a guardare certe facce di merda quando parlavano.

## 103

La novità consisteva nel fatto, disse l'industriale, che lui non era tipo che aspettava che gli piovesse in bocca per togliersi la sete. Allora aveva messo sotto un tipo di sua conoscenza, di quelli che lo facevano di mestiere.

«Un investigatore privato?» chiese il maresciallo.

«Lo chiami come vuole.»

«Quindi?»

Quindi. Lo sapeva o no il maresciallo che qualche mese prima tal Eraldo Bonomi, marito di quella Elena che per mesi aveva servito nella villa della sua futura moglie, aveva fatto fare copia di certe chiavi?

«E lei come fa a saperlo?» chiese il Pezzati.

Il Cillia, stranamente, non volle infierire.

«Maresciallo, mi scusi se ce lo dico, ma se uno ha bisogno la Cibalgina va in farmacia. Se uno ha bisogno una copia di una chiave dov'è che va?»

«In ferramenta», si trovò a rispondere il maresciallo mordendosi subito dopo la lingua.

«Ferramenta Vergottini», confermò l'industriale. «Se lo ricordano bene.»

«Ma erano le chiavi della villa?»

«Eh», sbottò il Cillia. «La pappa l'è pronta! Maresciallo io le ho dato l'informazione che ho. Adesso tocca a lei. Se quello che ci ho detto coincide con l'idea che lei si è fatto... uno più uno fa due, no?»

«Terrò presente», borbottò il maresciallo.

«Va bene», concluse il Cillia preparandosi ad andare. «Se passo ancora verrò a trovarla.»

## 104

Non quadrava, per niente.

Il Cillia conosceva gli avvocati e gli investigatori privati. Lui invece conosceva bene i suoi polli. E l'Eraldo Bonomi, a brigare e a far copie di chiavi per andare a rubare con comodo nella villa dei Perdicane, non ce lo vedeva proprio.

Qualcosa però doveva fare. Primo per non perdere la faccia davanti a quello spaccamilioni del Cillia e secondo per dimostrargli che coi soldi si potevano comperare informazioni ma la verità era un'altra cosa.

Il maresciallo Pezzati ci rifletté e venne dell'idea che, per un fine di bene, poteva agire chiudendo un occhio sui diritti del suo sospettato. In ogni caso, pensò, non avrebbe indossato la divisa.

Vestito in borghese, una sera comunicò alla moglie che sarebbe uscito.

«Tu?» si meravigliò la donna.

Se in vent'anni di matrimonio non aveva mai messo il becco fuori casa alla sera, se non per lavoro?

«Appunto», rispose lui. «È lavoro.»

«E la divisa?» chiese lei.

«Lavoro in incognito.»

La donna abbozzò: anche quella era una novità.

Il Cuba si allenava due sere alla settimana, mercoledì e venerdì, in una palestrina ricavata nei sotterranei del palazzo scolastico: gentile concessione del sindaco, intimo amico del geometra Magnetti, sponsor dei primi due, vittoriosi incontri del Cuba.

Dopo il secondo incontro però il Cuba s'era intiepidito nei confronti del nobile sport. Ne aveva prese così tante infatti che aveva dovuto stare a letto una settimana. La passione per le moto ne aveva guadagnato.

Continuava ad allenarsi solo per far piacere al Magnetti che lo tampinava in continuazione per sapere quando avrebbe accettato un nuovo match.

Il maresciallo entrò nell'improvvisata palestra. Il Cuba stava guardando il punching-ball: con gli stivaletti, le braghette, a torso nudo. Le braccia però, con le mani guantate, pendevano lungo i fianchi.

«È così che ti alleni?» chiese il maresciallo.

Il Cuba, preso alla sprovvista, si girò assumendo la posizione di guardia: quegli ingressi improvvisi erano tipici del Magnetti, cui piaceva vederlo aggressivo.

«Mi stavo riposando», rispose il pugile.

«Asciugati anche il sudore», consigliò il Pezzati, notando che non ce n'era una goccia su tutto il corpo.

Il Cuba non ribatté.

«Ti rubo un minuto», annunciò il maresciallo.

Il Cuba incrociò le braccia: anche tutta la sera avrebbe potuto rubargli, tanto non gliene fregava più niente. Se avesse trovato le parole giuste per dirlo al Magnetti, avrebbe smesso il giorno dopo.

«Ti conviene smettere», disse il maresciallo.

«Che cosa?» chiese il Cuba.

«Ti stanno addosso, sappilo», continuò il Pezzati.

«Ma che cosa, chi?»

Il maresciallo fece un passo verso il punching-ball e gli diede un cazzotto, il primo della sera.

«Lo sai perché sono venuto qua in borghese questa sera?»

Il Cuba fece no.

«Perché ti parlo da amico e non da maresciallo. Sono fuori servizio. Hai capito?»

«Ho capito», reagì il Cuba.

«Allora, visto che capisci al volo, ficcati in testa che devi smettere di fare certi giri in barchetta sulle rive degli altri. Devi sapere che ti curano. Non certo noi poveri carabinieri che siamo in tre gatti. Sai com'è, quelli sono ricchi, possono pagare, ingaggiano gli investigatori privati, hanno conoscenze in alto... Te la tolgono loro la voglia di fare l'asino. Mi hai capito?»

Il Cuba rabbrividì.

«Sto tranquillo allora?» chiese il maresciallo.

Il Cuba deglutì.

«Sennò prima la paghi a loro e poi la paghi a me.»

# 105

Per tutto maggio e giugno la superficie del lago, a sera, fu liscia come l'olio. Dalla villa dei Perdicane però non sparì più nemmeno uno spillo.

Segno che certe gite in barchetta erano state definitivamente sospese, ragionò il maresciallo.

Erano i primi di luglio quando il Cillia ripassò da Bellano ed entrò in caserma, come suo solito, gridando.

«Caro maresciallo com'è che non rubano più niente?»

«Ognuno ha i suoi sistemi per raggiungere i propri scopi», rispose il Pezzati. «Lei paga gli investigatori io uso il cervello.»

Il Cillia rise.

«Direi piuttosto che ognuno usa il cervello per gli scopi che gli interessano, no?»

«Se ce l'ha», troncò, caustico, il maresciallo.

Ma l'industriale era euforico.

«Posso offrirci un caffè?» chiese.

Il Pezzati rifiutò.

«Allora mi permetterà di invitarla alle nozze?»

Per cortesia il maresciallo si informò sulla data dell'evento.

«Pochi mesi, le farò sapere», rispose il Cillia. «Ci conto eh?»

«Non dubiti.»

«E, a proposito», chiese ancora l'industriale, abbassando la voce, «si può sapere chi era quello che...» e, senza parlare, fece con la mano il gesto del *voleur*.

«Uno che ho sistemato a dovere», rispose il maresciallo.

«A cazzotti?» chiese il Cillia.

Non c'era bisogno che glieli desse il maresciallo.

Sabato 14 luglio, nel corso di una riunione presso il palazzetto dello sport del Bione a Lecco, il Cuba ne prese tanti, dal pari età e categoria bergamasco Eugenio Locatelli, che dovette trascorrere la notte, trattenuto in osservazione, nei locali del pronto soccorso dell'ospedale di Lecco. La mattina lo dimisero pesto e contuso. Non c'era nessuno ad aspettarlo e riaccompagnarlo a casa.

«E che cazzo!» mormorò.

In fin dei conti tutti gli sganassoni che aveva preso il giorno prima erano stati per difendere il nome dello sponsor, l'impresa edile Magnetti.

Tornò a casa con un localaccio che impiegò quasi un'ora per arrivare a Bellano. Sceso in stazione, per prima cosa buttò nella spazzatura la borsa con gli indumenti sportivi ancora macchiati di sangue. Poi si avviò, con passo già da cerebellare, le mani in tasca, fantasticando sul numero dei cazzotti che avrebbe dato al Magnetti se questi avesse osato dirgli qualcosa.

# 106

Dello stipendio Elena non avanzava niente. Finiva tutto nelle casse di sua madre. L'Eraldo non faceva domande. Se per caso si avvicinava all'argomento, la Elena deviava. Se lui insisteva, lei si lasciava mettere le mani addosso, così taceva. Mancavano sei mesi alla scarcerazione di Curzio Castronni: il primo febbraio 1971 lui sarebbe uscito di galera. E lei anche, pensava Elena. Per intanto teneva duro.

Verso la metà di agosto, una sera, dopo essere stato in sezione, l'Eraldo apprese una notizia sensazionale. Tirò tardi per farsi raccontare ogni particolare. Quando rientrò in casa dormivano tutti.

Peccato, pensò. Gli sarebbe piaciuto raccontare quella cosa fresca fresca, capitata poche ore prima. Avevano fregato l'Alberto Nogara, il Bertone, che tutto il paese lo sapeva, da quando aveva cominciato a pescare, non aveva mai pagato una licenza. Infatti, a incastrarlo, era stato proprio uno del paese, il Benito Vitali.

Il Vitali, da quando aveva indossato la divisa, sembrava diventato invisibile. Aveva chiesto di essere destinato alle coste e alle montagne della sponda occidentale, per stare lontano da Bellano. In pochi mesi s'era costruito una fama di carogna senza eguali. Tanto che ben presto avevano cominciato ad affidare a lui i lavori più rognosi, verificare la fondatezza di certe delazioni o denunce anonime che fioccavano quando veniva il momento di pescare agoni e lavarelli o in autunno quando, cominciato il passo degli uccelli, su tutte le montagne del lago di Como era un fiorire di archetti, reti, trappolini, rami invischiati e quant'altro fosse utile all'aucupio.

Nella primavera di quell'anno, mentre era in perlustrazione sul Bregagno, passando per un alpeggio in località Casaccia, poco sopra il dosso del Liro, aveva conosciuto Ernestina Gastaldi che aveva dovuto sposare due mesi dopo, essendo la ragazza restata subito incinta.

L'alpeggio era uno di quelli definiti perenni. Restava attivo tutto l'anno. Animali, d'inverno, ce n'erano pochi, giusto quelle due vacche per giustificare la presenza in alpe dei pastori. Ciò che dava ragione di vita all'alpeggio erano piuttosto i contrabbandieri che, scendendo dalla Svizzera con le bricolle in spalla, avevano bisogno di punti di appoggio come quello, sparsi su tutta la montagna.

Alla Casaccia i contrabbandieri facevano magazzino e trovavano riparo. Nessuno diceva niente: gli spalloni non erano né ladri né assassini.

Nemmeno i guardacaccia fiatavano.

Sposato, Benito aveva cambiato idea. Dei contrabbandieri aveva continuato a fregarsene. L'aveva preoccupato la posizione della moglie. Se fosse successo qualcosa, la sua immagine ne avrebbe patito.

Dopo aver valutato per bene la situazione, aveva quindi proposto all'Ernestina di trasferirsi a Bellano. In via Cavour, sopra la casa dei suoi, c'era un appartamento sfitto che sembrava fatto appositamente per loro due. In paese inoltre, a un tiro di schioppo, c'era l'ospedale, comodità da non sottovalutare.

Aveva taciuto una terza ragione intima: la nostalgia. Da tempo si sentiva come un esiliato e sempre più spesso, quand'era in giro per la Grona o per il Bregagno, metteva mano al binocolo non più per scovare bracconieri appostati ma per guardare Bellano, sulla sponda opposta.

L'Ernestina aveva venticinque anni, tre quarti dei quali passati sull'alpe, tra vacche e capre.

La proposta del Benito l'aveva accesa di entusiasmo: finalmente, abitare in un paese, in mezzo alla gente, coi negozi sottomano, qualcuno con cui chiacchierare.

Il Benito aveva avuto una sola preoccupazione. Prendendo servizio sulla sponda orientale, doveva dare un messaggio che mettesse tutti i suoi compaesani sull'avviso che lui non era più quello di una volta.

Fregare il Bertone quella sera gli era sembrata una mossa indovinata.

## 107

La pancia dell'Ernesta cresceva a vista d'occhio e sotto gli occhi severissimi del marito.

Nessuno, incontrandoli la sera a passeggio sul lungolago o ai giardini di Puncia, osava battute o altro: per il timore di quello sguardo cupo e per la soggezione della divisa che il Vitali si toglieva ormai solo quando era l'ora di coricarsi.

Dopo il giochetto che il guardapesca aveva combinato al Bertone, la triste fama del Benito aveva cominciato a consolidarsi anche sulla riva orientale del lago di Como.

Pure l'Eraldo, durante quell'estate, aveva spesso incrociato ed evitato la coppia. Gli era capitato spesso perché, se non c'era il partito – quell'anno avevano organizzato per la prima volta a Bellano la Festa de l'Unità – c'era la pro loco cui il Bonomi s'era offerto di dare una mano.

In autunno Benito Vitali, abbandonate le rive del lago, cominciò a battere i sentieri di montagna e le campagne, alla scoperta di bracconieri e cacciatori di frodo. Fu una vendemmia, per lui. Li conosceva tutti per averli frequentati negli anni passati e pochi scamparono alla sua ferrea applicazione della legge. A nulla valsero le raccomandazioni dei superiori di usare, ove possibile, un minimo di clemenza. Finì che nessuno dei suoi colleghi volle accompagnarlo: pur se ineccepibili formalmente, i suoi interventi avevano sempre il sapore della vendetta, quando non dell'abuso.

Coi primi di dicembre calò un freddo secco e cominciò a circolare per il paese una voce. Sulle rive, anche quelle più battute, nonostante il disturbo c'era un movimento di lavarelli come non si vedeva da anni. Catturarli era un gioco, l'unico problema era quello dei guardapesca.

Anche l'Eraldo non fu immune da quella febbre, nonostante non passasse giorno senza la notizia che questo o quello era caduto nelle grinfie delle guardie, parecchi in quelle del Benito.

Per evitare incontri spiacevoli, l'Eraldo sapeva che avrebbe dovuto andare su una rivetta fuori mano, difficilmente raggiungibile. Quella sotto la villa dei Perdicane era l'ideale.

La sera del 15 dicembre decise di agire.

In casa non disse niente, lasciando intendere che usciva per le solite balle del partito.

## 108

Scavalcato il cancello della villa l'Eraldo raggiunse la rivetta e buttò in acqua un tremaglio di circa quattro metri. Lo tese per bene servendosi del bastone per il quadrato. Poi si rintanò contro la roccia che chiudeva la riva. Decise di lasciarlo in acqua un'oretta: alle undici avrebbe ritirato la rete.

Accucciato contro la roccia non gli restava che guardare la superficie del lago appena increspata da un'arietta gelida e ascoltare il rumore delle onde, monotono, che venivano a perdersi sulla rivetta. Per non farsi prendere dal sonno fece l'inventario delle rare luci che puntinavano il lungolago di Coltogno. Di tanto in tanto ispezionava anche l'orizzonte buio del lago alla ricerca di quelle, mobili, che segnalavano il passaggio di una barca di pescatori o di guardapesca.

Quando le undici suonarono, si levò in piedi. Era intorpidito. Allungò il bastone per arpionare uno degli estremi della rete.

Fu in quel momento che sentì il grido.

«Fermo lì!»

Il guardapesca era venuto in su da Gittana, sottocosta, in barca. Senza luci in prua. Eraldo vide dapprima sbucare la prua nel buio notturno. Gli era addosso. Capì che stava frugando sul fondo della barca, cercava una pila da puntargli addosso.

Poteva lasciare tutto lì e fuggire. Gli venne in mente

però che sul bastone era inciso il suo nome e cognome: l'aveva fatto lui stesso durante l'estate, una sera che era andato a pescare gli agoni, tanto per far passare una mezz'oretta prima che calasse il buio.

Tirò con forza, per strappare la rete. Riuscì, ma il movimento gli fece perdere l'equilibrio. Nel tentativo di non finire in acqua, il bastone sempre stretto nelle mani, ondeggiò. Compì un movimento semicircolare che lo portò involontariamente a colpire il guardia. Questi si stava raddrizzando dopo aver trovato la torcia. La bastonata lo raggiunse al torace e lo scaraventò fuori dalla barca: finì per metà in acqua e addosso alla roccia.

L'Eraldo non pensava che a scappare. Risalire in villa e scavalcare di nuovo il cancello gli sembrò una pessima idea: i guardapesca andavano in giro in coppia, uno per il lago e l'altro sulla strada.

Non aveva altra via che saltare sulla barca vuota del guardia e remare con quanta più energia aveva nelle braccia. Fece così. Navigò sottocosta, raggiunse la rivetta dei Cantoni, ancora alla periferia del paese. Tirò in secco la barca e salì sulla statale, incamminandosi a passo di corsa verso casa.

Davanti al portone sentì battere la mezzanotte e ne fu sconcertato. Gli sembrava che fosse passata un'eternità invece tutto quel casino non era durato più di mezz'ora.

## 109

Alle sette del mattino seguente Elena, svegliandosi, se lo trovò accanto. L'Eraldo doveva essere al lavoro già da un'ora.

«Non sto bene», disse lui, interrogato.

Alla donna bastò guardarlo per capire che non mentiva: aveva un viso stralunato e gli occhi infossati. Anche il Gaspare, informato, volle vederlo.

L'Eraldo gli raccontò una balla. Disse che il vento gli aveva spostato il tremaglio e lui nel tentativo di recuperarlo era entrato troppo in acqua ed era scivolato.

Il Gaspare scosse la testa.

«Per quattro pesci», commentò, «rischiare di andare a spaccarsi la testa su quelle rocce.»

L'uscita del vecchio fece correre un brivido lungo la schiena dell'Eraldo. Il pensiero del guardia caduto dalla barca, mezzo in acqua e mezzo fuori, non l'aveva abbandonato per tutta la notte. Se fosse morto?

«Voglio il dottore», disse il Bonomi.

Il Gaspare sorrise.

«Che gioventù!» disse. «Per un po' di freddo vuole il dottore. Pigliati un paio di aspirine per oggi, poi si vedrà.»

L'Eraldo non volle sentire ragioni. Insisté. Voleva il dottore. Se c'era uno, infatti, che poteva sapere qualcosa, era il Tornabuoni.

Il dottore andò a visitarlo verso metà mattina. Il Bonomi tentò di spremergli qualche notizia, chiacchierando di lavarelli e di freddo, per tirarlo sul suo terreno.

Il Tornabuoni però non sapeva ancora niente. E non trovandogli niente, gli disse:

«Per oggi è andata così ma da domani si ritorna al lavoro. Se alla sera fai tardi e alla mattina sei rimbambito la faccenda non riguarda la cassa malattia.»

Solo nel pomeriggio al Tornabuoni giunse all'orecchio la notizia dell'accaduto: era l'argomento del giorno, nella sala d'attesa dell'ambulatorio non si parlava d'altro.

Nel tornare a casa incrociò il maresciallo Pezzati che a tutti i costi volle offrirgli un aperitivo. Mentre sorseggiavano un bicchiere di Pinot al bar dell'Imbarcadero il maresciallo entrò in argomento.

«Ha sentito dottore cos'è successo questa notte?»

Il Tornabuoni fece segno al barista di fare un altro giro di aperitivi.

«C'è la febbre dei lavarelli», scherzò il Tornabuoni.

«A dire la verità i pesci non c'entrano proprio», disse il maresciallo.

«Scusi», interloquì il Tornabuoni, «ma non si è trattato dello scontro di un bracconiere con un guardapesca?»

«No, no, dottore», fece il maresciallo. «Sembra piuttosto tutt'altra cosa.»

# 110

Dopo lo scontro con l'anonimo sulla rivetta e la caduta dalla barca, il Vitali era rimasto a mollo pochi minuti, stordito e dolorante. Grattando contro la roccia s'era prodotto una ferita lineare sul cranio da cui colava sangue in gran copia. Prima di chiamare il socio che era sulla strada, però, aveva dato un'occhiata sulla riva. Il tremaglio era sparito, spinto via dal vento. Con la torcia si guardò intorno, non vide altro. Solo allora chiamò il collega.

In ospedale l'avevano medicato e trattenuto in osservazione.

La notizia dell'accaduto si diffuse rapidamente. Giunse anche all'orecchio del corrispondente del quotidiano «La Provincia». La redazione di Lecco giudicò il fatto degno della massima attenzione. Scippò al corrispondente la notizia e inviò a Bellano un redattore che intervistò il Benito.

Ne uscì un servizio coi fiocchi che, il giorno dopo, fu sotto gli occhi di tutti i bellanesi, maresciallo compreso.

Il Benito aveva dichiarato che, a suo giudizio, non era incappato in un semplice bracconiere ma in un ladro, colto nel momento in cui si apprestava a salire nella villa dei Perdicane. Tutti sapevano che da tempo la villa era disabitata e che l'accesso era molto più semplice dal lago rispetto al rischioso scavalcamento del cancello che dava sulla statale.

Ma il ladro, aveva chiesto il cronista, come aveva fatto ad arrivare sin lì?

L'eroico guardapesca aveva, secondo l'articolista, sfoderato un sorriso sprezzante.

In barca. Accompagnato da un compare che sarebbe passato più tardi a raccoglierlo insieme con la refurtiva. Il suo arrivo forse l'aveva ingannato, forse spaventato.

E le ferite? aveva chiesto il cronista.

Il Vitali aveva risposto che se le era procurate nel tentativo di scendere precipitosamente dalla barca, scivolando e andando a sbattere. Anche lui, sulle prime, aveva pensato a un bracconiere. Poi però, l'assenza di attrezzi per la pesca, ancorché illecita, gli aveva chiarito le idee.

Infine, aveva chiesto il cronista, la barca di servizio che fine aveva fatto?

Senza governo, aveva risposto Benito, era stata trasportata dalla corrente che, lì, tirava verso il paese. Bastava ispezionare le rive per trovarla.

Saprebbe riconoscerlo, era stata l'ultima domanda del giornalista.

Sì, era stata la risposta del Benito, ed era felice perché un conto era beccare un bracconiere un altro un ladro.

«La differenza dov'è?» aveva chiesto il giornalista.

Un bracconiere poteva cavarsela con una multa, aveva risposto il Benito. Un ladro, invece, no: specie se aveva precedenti penali.

# 111

Letto l'articolo, il maresciallo piegò con cura il giornale e lo ridiede all'edicolante Biglia.

«Incredibile», commentò.

Il Biglia era chiamato così perché aveva un occhio di vetro, il sinistro. Quello vero l'aveva perso da bambino durante una partita alla lippa. Gridava sempre, come se, anziché guercio, fosse sordo.

«Come dice maresciallo?» gridò.

«Dico che non ci vorrebbe questo vento», deviò il Pezzati, indicando il lago bianco di spuma. Era phon.

«A me lo dice?» tuonò il Biglia.

L'edicola sorgeva quasi al centro di piazza Grossi. Quando il vento soffiava sembrava volerla sradicare da lì.

«Speriamo che sia passeggero», disse il maresciallo.

Il Biglia fece no con la testa.

«È cominciato stanotte sul cambio di luna», comunicò. «Questo dura almeno quindici giorni.»

Il maresciallo si allontanò, le mani in tasca, anche se era contro il regolamento, e un pensiero nella testa.

Come aveva fatto la barchetta del guardia a raggiungere la rivetta dei Cantoni navigando controvento?

Era stato il Nino Beretta, che si occupava della manutenzione del molo, a dirglielo quella stessa mattina, presto. Aveva trovato la barchetta del guardapesca, voleva sapere cosa fare. A lasciarla lì c'era il rischio che il vento la portasse a casadidio.

La cosa non era di sua competenza, aveva risposto. Ma quel particolare gli era rimasto impresso.

A sera il dottor Tornabuoni se lo trovò ancora davanti sulla strada del ritorno dall'ambulatorio.

«Un aperitivo?» chiese il Pezzati.

«È tradizione ormai», ribatté il dottore.

Il barista non chiese nemmeno cosa volessero, servì due Pinot.

«Ha letto l'intervista?» chiese il maresciallo.

Le aveva dato un'occhiata, rispose il dottore.

«E cosa ne dice?»

«Non è affare mio», scherzò il Tornabuoni. «Io non faccio il carabiniere.»

«Eh già», sospirò il maresciallo che, da quella mattina, aveva un brutto presentimento.

Alla terza chiamata notturna al maresciallo Pezzati venne la fantasia che i guai arrivassero sulle ali del vento.

Una rissa al bar Carruba alle undici, un incidente poco dopo la mezzanotte, il ricovero d'urgenza della Tronina che, alle tre del mattino, era andata a suonare in canonica presentandosi al prevosto con indosso il solo impermeabile.

Alle otto del mattino era tutt'altro che in forma. Quando il piantone gli disse che quello che aveva appena suonato e chiesto di vederlo era l'industriale Cillia, seppe che il presentimento del giorno prima s'era avverato.

«Ueilà maresciallo», entrò gridando il Cillia, che sembrava anche lui spinto dal vento a conferma della sua teoria. «Ma com'è questa storia?»

Mise sotto gli occhi del sottufficiale l'articolo della «Provincia» che narrava le gesta dell'eroico guardapesca.

«L'ho letto» disse, platonico, il maresciallo.

«Bravo, l'ho letto anch'io», ghignò l'industriale. «Ma lei però ci aveva detto che era tutto a posto, che c'era da star tranquilli. Invece...»

«Invece?»

«Invece!? Ma se l'ha letto anche lei lo saprà. Se non era per l'eroico guardia a quest'ora era sparito un altro pezzo di villa!»

«Questo lo dice lei.»

«No, caro maresciallo. Non lo dico io. È scritto qui. E guardi che non ci sto dicendo niente neh! L'ho capita, che lei non può farci niente, che ha le mani legate. Anche l'avvocato Turri-Gabrielli me l'ha confermato. Però...»

Al maresciallo stava venendo un filo di mal di testa.

«Però noi», continuò l'industriale, «intendo dire io e Maria Grazia, ci piacerebbe sapere chi è che ha tanta simpatia per la villa.»

«Quando lo scoprirò», disse il maresciallo, «ce lo farò sapere.»

Il Cillia non colse.

«Maresciallo», disse a bassa voce, «se lei avesse bisogno, come dire, di un aiuto esterno, tenga presente che quello dell'altra volta io ce l'ho sempre sottomano.»

«Non dubiti», disse il maresciallo, guardando volentieri la schiena del Cillia che se ne andava.

Aveva dimenticato il giornale sulla scrivania. Il Pezzati ne approfittò per rileggere l'articolo.

Il Cuba, si chiese, poteva essere venuto meno alla parola data?

Bisognava verificare. Due ore dopo l'aveva fatto. Il Cuba, quella notte, era anche lui in giro a pescare di frodo, con due di Varenna e dalle parti di Fiumelatte, in località La Gatta.

«Dalla villa», disse il pugile, «sono sempre stato alla larga maresciallo, glielo giuro.»

Stando così le cose, non gli restava che fare due chiacchiere anche con l'Eraldo Bonomi, per via della storia delle chiavi. Più ci pensava meno gli sembrava possibile.

Ma c'era quella pulce, le chiavi, che il Cillia gli aveva messo nell'orecchio.

## 113

Il Vergottini della ferramenta ricordava bene quando l'Eraldo era stato da lui a farsi fare le chiavi.

«Lei se li ricorda tutti quelli che vengono qui a fare copie di chiavi?» indagò il maresciallo.

«Ne arriverà uno ogni due mesi», rispose il Vergottini. «Tant'è che se mi gira la butto nel fiume 'sta macchinetta. È più la spesa che l'impresa.»

«Ne è certo quindi.»

«Come di essere qui davanti a lei, maresciallo.»

«E che chiave era? Si ricorda anche questo?»

«Tipo comune, niente di particolare. Ho anche dovuto segnare perché quello non aveva in tasca i soldi per pagare. Guardi qui», disse il Vergottini, esibendo un quadernetto nero su cui annotava i crediti. Mostrò al maresciallo il debito del Bonomi, cancellato con una croce.

Il maresciallo corrugò la fronte.

«Scusi, ma qui è scritto due chiavi.»

«Allora?»

«Non era una, erano due.»

«Ma sì, *l'è stess*!»

«No.»

«E perché?»

«Perché sì. Allora: era una o erano due?»

«Due, è scritto qui! Ma anche se non fosse scritto mi ricordo bene perché quello è entrato mi ha fatto fare una chiave poi è ritornato dopo un minuto per farne fare un'altra.»

«Della stessa chiave?»

Il Vergottini allargò le braccia.

«Maresciallo, mi chiede un po' troppo adesso. Le chiavi si assomigliano tutte.»

Il maresciallo se ne tornò in caserma, pensieroso. Era davvero sicuro di conoscere bene i suoi polli?

## 114

A essere troppo buoni si rischiava di passare per coglioni. Il maresciallo Pezzati se l'era sentito ripetere spesso, in vita e in carriera, anche da qualche capitano o tenente di quelli che ogni tanto arrivavano a Bellano a fare un'ispezione.

A essere un po' cattivo lui ci aveva provato ma non gli era quasi mai riuscito.

Però, siccome adesso, dai dubbi che aveva in testa voleva uscire in fretta, pensò che un poco di cattiveria era giunta l'ora di usarla, per mettere alle strette il Bonomi.

Il massimo che gli riuscì di concepire per spaventare il giovanotto fu di farlo convocare in caserma e lasciarlo solo una bella oretta, nel suo ufficio, in attesa che lui arrivasse.

Tortura psicologica, pensò il maresciallo Pezzati.

L'Eraldo aveva ripreso il lavoro il giorno dopo l'incidente col guardia. Non riusciva a liberarsi dal pensiero di quella notte. Il fatto di aver incocciato nel Benito lo angosciava, non riusciva a capire cosa sarebbe potuto succedere. Aveva letto anche lui l'articolo, rabbrividendo.

Quando all'uscita del lavoro si trovò davanti il carabiniere Locuratolo con, da parte del maresciallo, l'ordine di convocazione in caserma per le quattro del pomeriggio, ebbe la certezza che il patatrac era bello e fatto.

A tavola non riuscì a mandar giù un boccone.

«Fatti dare un'altra occhiata dal dottore», gli disse la Fermina vedendolo così apatico. «Per me c'hai qualcosa.»

«Ci vado oggi», ribatté l'Eraldo. «Alle quattro.»

«Ma l'ambulatorio non è alle cinque?» chiese il Gaspare.

L'Eraldo lasciò correre.

Alle quattro meno un quarto uscì di casa. Alle quattro precise era in caserma. Poco dopo le cinque il Pezzati fece la sua comparsa.

Vedendo il Bonomi si stupì per quant'era sbattuto: il metodo psicologico funzionava.

«Ti devo chiedere una cosetta», disse, dandosi un'aria spietata.

«Non l'ho mica fatto apposta», crollò di schianto il Bonomi.

Alla fine della confessione il Pezzati batté le mani.

«Locuratolo!» chiamò.

«Tu», disse al Bonomi, «resta qui finché non ritorno.»

«Comandi maresciallo» disse il carabiniere.

«Procurati una barca», ordinò il Pezzati, «che dobbiamo ispezionare una riva.»

115

Altro che chiavi, pensò il maresciallo Pezzati. Non c'era nessun mistero, lì dietro. Semmai un equivoco.

Il mistero era un altro. Il Benito voleva far passare l'Eraldo da ladro e fargliela pagare con gli interessi, visto che sulla testa gli pendeva quella storia della guida senza patente.

Né lui né il carabiniere Locuratolo erano dei gran vogatori. Per questa ragione impiegarono più del doppio del tempo necessario per raggiungere la rivetta dei Perdicane. Per di più schizzati dall'acqua gelida quando il remo, mal guidato, anziché fare presa nell'acqua, scivolava sulla superficie.

Valse la pena sopportare quel sacrificio. Il maresciallo lo comprese quasi subito. Il Locuratolo no, poiché era all'oscuro di tutto. Glielo spiegò il superiore, brandendo per aria quel manico di quadrato con su inciso il nome dell'Eraldo Bonomi e che, nella concitazione di quella notte, scappato di mano al pescatore di frodo era andato a infilarsi in una spaccatura della roccia. Sfuggendo alla perlustrazione del Benito ma non a quella dei carabinieri.

«Questo dimostra che il Bonomi mi ha detto la verità quando ha raccontato che era venuto qui per pescare e non per rubare», disse il Pezzati.

«Allora quell'altro dice cazzate», proruppe il Locuratolo, chiedendo subito scusa al maresciallo per la parolaccia.

Ma quello:

«Hai detto bene», disse. «Non ti preoccupare, quando ci vuole, ci vuole.»

Ritornarono, penosamente, al molo. Remò per tutto il tragitto il Locuratolo poiché il maresciallo, seduto a poppa con stretto in mano il manico del quadrato, sembrava astratto dalla realtà.

Pensava intensamente. A due cose, a due persone.

Il primo era il Cillia. Alla prima occasione avrebbe potuto mettergli sotto il naso quelle chiavi e dirgli che s'era tanto dannato per delle chiavi che aprivano la porta di una sezione di partito: comunista, per di più. Immaginò di riceverlo in caserma, accompagnarlo nell'ufficio.

«Si sieda», gli avrebbe detto, «che adesso ci conto la storia delle chiavi.»

La seconda persona era il Vitali.

Quello, con la divisa addosso, s'era forse immaginato di poter fare i cazzi suoi, prendere per il culo tutti, carabinieri compresi. Gli avrebbe fatto cambiare idea.

Al solito aperitivo serale col dottore, il maresciallo chiese conferma della storia delle chiavi di sezione. Avutala, offrì il primo giro. Poi insisté a domandare.

«Lei dottore, per caso non sa se tra quei due ci fosse della ruggine?»

Il dottore bevve d'un fiato il suo vino.

«Bisognerebbe chiedere a loro», rispose.

## 116

Volle parlarci da solo a solo col Benito Vitali. Per ciò, quella sera, uscì di casa dopo cena ma indossando la divisa.

«È finito l'incognito?» chiese, divertita, la moglie.

In ospedale, benché non fosse più orario di visita, lo fecero entrare senza difficoltà.

Vedendolo, il Benito si mise a sedere.

«Sarei venuto io da lei», disse. «Domani mi dimettono.»

Il maresciallo si afferrò con entrambe le mani a una sbarra del letto.

«Invece sono venuto io da te», rispose il Pezzati.

«Per la deposizione...» attaccò il Vitali.

«Per la deposizione», lo interruppe il maresciallo, «ti do qualche informazione utile. Poi fanne quello che ti pare.

Prima di tutto non abbiamo bisogno che nessuno ci insegni il mestiere. I ladri, di solito, li becchiamo sul fatto. Così, quando li mandiamo davanti al giudice siamo sicuri. In secondo luogo, la divisa. Ce l'abbiamo addosso ma non ci autorizza a credere che possiamo farci i cazzi nostri. Anzi. Per risolvere le questioni private ce la togliamo, così stiamo pari con gli altri. In terzo luogo, abbiamo smesso di credere a Gesù Bambino da un pezzo. Significa che non ci beviamo tutto quello che ci raccontano o tutto quello che scrivono. La faccia, davanti al giudice, alla fine ce la mettiamo noi, non so se mi spiego. Così abbiamo il difetto di verificare, controllare, interrogare. In sostanza, se io verifico che una dichiarazione presenta molti punti deboli, quando non fallaci, lo faccio presente al magistrato e magari quello ci crede e ordina un supplemento di indagine.

A questo proposito, ricordo un collega anni fa, quand'ero a Piacenza, Mordicchi o Mordacchi, il nome mi sfugge. Uno di quelli che credono di poter fare quello che vogliono per il solo fatto di indossare una divisa. Insomma, per fartela breve, non è durato mica tanto. Espulso dall'arma, si è fatto anche un po' di galera.»

Il maresciallo tirò un momento il fiato.

«Va bene», riprese, «queste sono comunque cose che non ti interessano. Non so nemmeno perché sono arrivato a parlartene. Eravamo partiti dalla deposizione di domani e guarda dove sono arrivato. Niente. Volevo solo dirti questo: domani per me sarà una giornata impegnativa. Se tu mi potessi dire a che ora hai intenzione di venire in caserma mi faresti una cortesia.»

Il Benito sembrava imbalsamato. Non riuscì a spiccicare parola.

«Va be'», fece il maresciallo sorridendo, «facciamo che ti aspetto tra le nove e le dieci.»

Tanto era sicuro che non l'avrebbe visto, come successe.

# 117

Il Cillia, però, doveva arrivare. Invece non compariva. C'era Natale di mezzo, pensò il maresciallo. Natale passò. Niente.

Tra Natale e Capodanno: «Ci siamo!» pensò una mattina.

Invece gli comparve davanti il geometra Clemente Carrera. Originario di Ponticello Brianza, aveva una cadenza che ricordava quella dell'industriale.

Geometra vecchia maniera, al Carrera le cose poco chiare non piacevano. Per quello aveva deciso di rivolgersi al maresciallo Pezzati.

«Cos'è successo?» chiese il carabiniere.

Il Carrera raccontò che quella mattina si erano presentati presso il suo studio due individui e gli avevano chiesto di visitare la villa Perdicane. Nessun problema. Solo che quei due gli avevano chiesto le chiavi. Lui non si doveva disturbare a seguirli.

«Che tipi erano?» chiese il maresciallo.

«Due eleganti. Giovani, pettinati, puliti e profumati. Uno meridionale, l'altro delle nostre parti.»

Il geometra aveva risposto che non poteva, non aveva disposizioni in proposito: la Perdicane aveva dato a lui la responsabilità delle chiavi.

«Allora venga anche lei», aveva detto uno dei due, «visto che ha tanto tempo da perdere.»

Li aveva accompagnati.

«Vengo al dunque», disse il Carrera.

Il geometra aveva avuto la netta sensazione che quei due non avessero la minima idea di acquistare.

«Cioè?» chiese il maresciallo.

Il mestiere, spiegò il Carrera, l'aveva fatto esperto. Chi vuole comperare guarda negli angoli, vuole sapere in che anno è stata costruita la casa, lo stato dei tetti, il riscaldamento e cose del genere. Quei due niente.

«Può valere un trecento?» aveva chiesto uno.

«Sono sicuro di riuscire a piazzarla anche a tre e cinquanta», aveva ribattuto il Carrera.

Il maresciallo aveva ascoltato attentamente.

«La morale della storia, secondo lei, qual è?» chiese.

«Boh», fu la risposta del Carrera. «La cosa non mi ha convinto per niente. Sentivo il bisogno di raccontarla a qualcuno e ho pensato a lei. Se le ho fatto perdere tempo, mi scusi maresciallo.»

Il Pezzati agitò una mano in aria, per dire che non era il caso.

«Se li rivedesse, quei due, saprebbe riconoscerli?» chiese.

«Sospetta qualcosa maresciallo?» chiese il geometra.

«No. Al momento niente.» Lo disse al Carrera e poi gli augurò buon anno.

«Eh già», ribatté il Carrera, «domani è l'ultimo.»

# 118

Il primo gennaio del 1971 iniziarono due conti alla rovescia. Quello della Elena sulla libertà del Castronni e quello dell'Ernesta Vitali, la cui gravidanza stava giungendo a termine.

Sembrò, poco dopo l'Epifania, che ne fosse cominciato un terzo: quello della Fermina che, per un colpo di pressione, finì diritta in ospedale.

Per tre giorni fu più di là che di qua. All'alba del quarto, invece, cominciò a dare segni di ripresa e i medici, pur restando scettici, cominciarono a sbottonarsi un po' di più circa il futuro della donna.

Il 1970 era stato anno ricco di nascite. Il 1971 partì con la stessa velocità. I posti nel reparto di ostetricia erano al completo quando, a metà mese, la moglie del Benito dovette essere ricoverata poiché, in anticipo di dieci giorni, sembrò che il travaglio fosse cominciato. Finì in un letto prestato dalla medicina, nella camera di fronte a quella dov'era ricoverata la mamma del Bonomi.

L'Eraldo e il Benito, per una settimana, non si incrociarono benché entrambi, tutti i giorni, andassero a trovare le rispettive degenti. Ma non poteva durare e così fu.

Successe il giorno in cui l'Ernesta partorì. La donna era in sala parto. Il Benito sulla soglia d'ingresso dell'ospedale. L'Eraldo stava entrando. Camminava a testa bassa, stringendo in mano una borsetta con alcuni cambi per sua madre. Si sfiorarono appena, ma fu sufficiente.

«Sta' attento, bigolo», disse il Vitali.

All'Eraldo tornarono in mente le parole che il maresciallo Pezzati gli aveva detto un mese prima, quando era successo lo scontro notturno sulla rivetta dei Perdicane: il Benito ce l'aveva con lui e, da carogna qual era, non avrebbe perso l'occasione per fargliela pagare. Meglio, quindi, girargli alla larga.

Ma lì, adesso, come poteva fare? C'erano, per colmo di sfortuna, due infermieri che stavano fumando e avevano sentito. Poteva incassare e andare via?

«Sta' attento te», ribatté e fece per riprendere la strada.

Il Benito gliela sbarrò.

«Ti ho detto di stare attento», ripeté.

D'istinto l'Eraldo gli diede una spintarella, poca cosa, giusto per liberarsi il passaggio. Il guardia invece accentuò il colpo. Rispose improvvisamente con una botta al costato del Bonomi che, non aspettandosi una simile reazione, vacillò e perse l'equilibrio, rovinando sugli scalini che davano accesso all'astanteria.

I due infermieri risero. Nella caduta all'Eraldo sfuggì di mano la borsetta. Un paio di mutande di sua madre ne scivolò fuori. Mutandoni vecchio stile. I due infermieri risero ancora. L'Eraldo perse allora il lume della ragione.

«Benito», disse, «sei un pezzo di merda.»

L'altro sorrise, sicuro.

«Vienimelo a dire qua.»

«Vengo», rispose l'Eraldo.

## 119

«Che si fa?» chiese uno dei due infermieri. «Chiamiamo i carabinieri?»

L'Eraldo e il Benito si stavano scazzottando sul piazzale dell'ospedale. Il centralinista, cui i due avevano chiesto un parere, guardò fuori. Vide che non avevano alcuna intenzione di smettere.

«Sarà meglio di sì», decise.

Rispose immediatamente il maresciallo Pezzati.

«Bellanesi?» volle sapere.

«Sì», rispose il centralinista.

«E chi sono?»

«Uno», spiegò sempre il centralinista, «è quello che fa il guardapesca, l'altro mi pare che si chiami Bonomi.»

Il Pezzati drizzò le orecchie.

«Se le danno forte?» chiese.

«Di brutto.»

Il Pezzati rifletté.

«C'è ancora maresciallo?» chiese il centralinista non sentendolo più.

«Come no», rispose il Pezzati, «mi dica una cosa: il guardia ha addosso la divisa?»

«No, è in borghese.»

«Bene. E, mi scusi, abbia pazienza», chiese ancora il maresciallo. «Dei due, mi saprebbe dire chi le sta prendendo?»

Il centralinista, sapendo di non essere visto da altri se

non dai due infermieri, si picchiò l'indice sulla tempia: cosa gli ballava in testa a 'sto maresciallo?

«Decisamente il guardia», rispose. «È già finito a terra due volte. Ma fa differenza?»

«Assolutamente no», mentì il Pezzati. «Ma visto che sono qui solo in caserma era per farmi un'idea della gravità del fatto. Non appena possibile arriveremo.»

«Nel frattempo», chiese il centralinista, «cosa dobbiamo fare?»

Il tifo per il Bonomi, avrebbe voluto rispondere il maresciallo.

«Niente», rispose, «non immischiatevi.»

Il carabiniere Locuratolo aveva ascoltato la telefonata e non aveva ben capito perché il superiore avesse detto di essere solo in caserma. Non avrebbe mai osato chiederlo ma guardò il Pezzati con fare interrogativo.

Il maresciallo gli sorrise.

«Vammi a prendere un caffè giù al bar», gli disse, «che poi devo uscire.»

## 120

Due cose doveva fare Elena: licenziarsi e poi affrontare l'Eraldo.

Si licenziò quel giorno, prima di iniziare il turno, dando alla direzione del personale un onesto preavviso di due settimane.

«Trovato un altro posto?» le chiese l'impiegato.

«Sì», rispose la Elena.

«Meglio di qui?»

«Direi.»

«In zona?»

«Non proprio.»

Fu per quella ragione, essendo uscita un'oretta prima del solito, che non assisté al ritorno a casa di suo marito, pesto e contuso. Lo ricevette il Gaspare che, sulle prime, pensò che il figlio avesse combinato qualche altra castroneria e fu lì per bestemmiare. Quando invece l'Eraldo riuscì a spiegargli perché si trovava così combinato, una viva luce di soddisfazione gli illuminò lo sguardo.

La voce della zuffa volò da un angolo all'altro del paese: il Benito s'era preso la lezione che si meritava; a dargliela era stato il Bonomi, operaio facente funzioni di segretario alla sezione comunista.

Anche se aveva due bei segni sul viso, l'Eraldo non rinunciò nel tardo pomeriggio a fare un giretto in paese e la solita puntatina alla trattoria del Ponte: un giro di carte, quattro balle e due bianchini.

Quando entrò nell'osteria capì che c'era qualcosa di strano, l'aria era carica di attesa.

Non immaginava che l'oggetto di tanta attesa fosse lui. Entrato, gli si fecero addosso tutti: gli amici del consueto giro ma anche altri che all'osteria ci andavano di rado e che quella sera volevano sapere il perché e il percome del fatto dalla viva voce dell'eroe del giorno.

Girò un incalcolabile numero di bicchieri di vino. Alla fine, suonate le otto, l'Eraldo, ubriaco al pari degli altri, volle offrire un ultimo giro. Accettarono tutti, poi si dispersero verso casa.

Rientrato, l'Eraldo combatté col buio, un colpo qui e uno là. Era instabile.

Per fortuna, pensò, sia il Gaspare che la Elena erano già a letto, non l'avrebbero visto in quello stato. Traversò la cucina e guadagnò la sua camera. Visto il letto, vi si buttò senza spogliarsi.

«Eraldo?» sentì, d'improvviso, come venisse da lontano.

«Sì», disse. Anche la sua voce gli sembrò provenire da un altro luogo.

«Mi ascolti?» chiese Elena.

«Sì», disse lui. «Cosa c'è?»

«Devo dirti una cosa.»

Suo padre, pensò, aveva parlato. Aveva raccontato alla Elena il fatto della mattina, la sua impresa. E adesso lei voleva aggiungere i suoi complimenti a quelli degli altri. Avesse bevuto meno...

«Ti lascio», disse Elena. «Vado via.»

Le rispose un fischio.

«Eraldo!» chiamò Elena.

L'Eraldo dormiva, della grossa. Grugnì e si girò su un lato.

121

Anche il maresciallo Massimino Pezzati dormiva della grossa quando il piantone notturno, che aveva ordine di svegliarlo per ogni necessità, lo chiamò perché, di sotto, c'era il dottor Tornabuoni.

«Ti ha detto cosa vuole?» chiese il maresciallo.

«Parlare con lei», fu la laconica risposta.

Scese, quindi. In pigiama. Se ne scusò col dottore. Il quale gli mostrò che, sotto il cappotto, ce l'aveva anche lui.

«Sono stato chiamato a Varenna per una visita, un'oretta fa e non mi sono vestito», spiegò.

«Che c'è?»

«C'è che tornando, adesso», spiegò il Tornabuoni, «ho visto una finestra illuminata nella villa Perdicane.»

Il maresciallo guardò l'orologio.

«Alle tre e mezza di notte?» disse. «È abbastanza strano.»

«È quello che ho pensato anch'io. Per questo mi sono fermato ad avvertirla.»

«Lei dottore ha fatto bene», disse il maresciallo, «ma forse non mi sono spiegato. Volevo dire che è ben strano che un ladro accenda la luce in una stanza alle tre della notte, col rischio di essere notato da chiunque passi, come è capitato a lei.»

L'osservazione del carabiniere colpì il dottore.

«Vuole dire che l'ho tirata fuori dal letto per niente?»

«Ma no», lo consolò il maresciallo. «Lei ha fatto bene a fare quello che ha fatto, ci mancherebbe. Stavo solo ragionando. Non pare strano anche a lei? A meno che...»

«A meno che?»

«A meno che non si tratti di ladro», disse il maresciallo.

«E chi potrebbe essere allora?»

Il maresciallo allargò le braccia.

«Non lo potremo mai sapere senza andare a verificare di persona. Vuole venire anche lei?»

## 122

Giunti nei pressi della villa, la finestra era buia. Il maresciallo chiese al Tornabuoni da quale avesse visto filtrare la luce. Il dottore non ebbe esitazioni nell'indicarne una del secondo piano, specificando che quella era stata la stanza di Grazia.

Il maresciallo allora predispose la manovra d'ingresso: prevedeva che il carabiniere Locuratolo scavalcasse il cancello. Che, però, si rivelò essere aperto.

Si avviarono quindi, senza danni, lungo il vialetto e poi sulla breve scalinata che portava all'ingresso. Quando furono davanti alla porta, la luce dell'atrio si accese.

Sulla soglia apparve Maria Grazia Perdicane.

«Buonasera», disse, imperturbabile come sempre.

Disse che aveva sentito rumori e aveva spiato dalla finestra. Avendoli riconosciuti, aveva preparato loro l'accoglienza. Tanto che, come se fossero le quattro del pomeriggio e non di notte, li fece accomodare in cucina, ringraziò, ascoltate le spiegazioni, il maresciallo per la premura, offrì pure un caffè.

Alle quattro e mezza del mattino, il trio faceva marcia indietro. Silenzioso. Il carabiniere Locuratolo per il sonno che gli appesantiva gli occhi. Per un pensiero il Tornabuoni: Maria Grazia aveva infatti detto che, non riuscendo a trovar da vendere la villa, sarebbe ritornata ad abitare a Bellano.

Il maresciallo, invece, gonfio di delusione.

Quando l'aveva vista sulla soglia aveva sperato che accanto alla Perdicane comparisse anche l'industriale: sarebbe stata l'occasione giusta, e davanti a un pubblico d'eccezione, per rendere la pariglia a quell'imbecille.

Invece niente.

Davanti alla caserma dei carabinieri i tre si salutarono a bassa voce.

«Nottata persa», commentò il Pezzati.

Gli rispose lo sbattere delle sartie delle barche alla fonda nel molo che annunciava l'arrivo del vento.

# 123

Ci vollero le cannonate per svegliare l'Eraldo la mattina successiva. La sveglia gli fece un baffo. Svegliò Elena piuttosto, che a sua volta, buttò fuori dal letto il marito.

Lo spiò mentre si ingegnava a ricomporsi, avendo passato la notte vestito, per intuire se avesse ricordo delle sue parole ma perse subito la speranza.

Sarebbe ritornata alla carica quella sera, e avendo cura, quella volta, di parlare a un Eraldo lucido e attento: non c'era tempo da perdere.

Il Bonomi uscì di casa, ancora molle sulle gambe. Aveva un po' di mal di testa, lo stomaco in subbuglio. Verso le otto fu tentato di marcare visita. Alle nove, mangiato un panino con la mortadella, cominciò a star meglio. A fine turno, quando lo chiamarono dalla direzione, era quasi in forma. Suonava mezzogiorno e aveva fame.

Il trillo del campanello del postino si confuse con le campane. Per questo Elena non lo sentì e il procaccia dovette suonare una seconda volta. Non poteva piantare lì la posta, aveva un espresso da consegnare, il destinatario doveva firmare l'apposito registro.

«È per me?» chiese Elena stupita.

«C'è qualche altra che si chiama così in questa casa?» fece il postino piuttosto asciutto.

Elena ritirò la lettera. L'espresso, anzi. Non ne aveva mai ricevuti e la cosa, pur non sapendo perché, le piaceva poco. Risalì in casa e, come suo solito, andò in camera da letto per leggerla. Erano poche righe, le lesse in un volo.

«O madonna», mormorò.

L'Eraldo entrò in casa in quell'istante, vociando.

«Si può sapere...»

Ma tacque subito, perché in cucina non c'era nessuno. Nemmeno la tavola era apparecchiata.

«Elena!» chiamò.

In direzione gli avevano chiesto se a sua moglie andasse bene smettere di lavorare al cotonificio l'indomani anziché di lì a dieci giorni pagandola, naturalmente, come se avesse continuato a prestare l'opera. Per loro sarebbe stato un vantaggio in quanto avrebbero inserito il suo, come altri licenziamenti, nella gestione dell'anno appena concluso. Era complicato da spiegare ma c'era una ragione di tipo contributivo, per lei e per i nuovi assunti.

Il Bonomi era rimasto a bocca aperta.

«L'ho chiesto a lei perché ci servirebbe una risposta immediata», si era giustificato l'impiegato nel timore di aver fatto una gaffe. «Ma se ritiene posso fare un salto a casa.»

L'Eraldo non aveva detto né sì né no, andandosene e lasciando a sua volta il dipendente a bocca aperta.

Elena si fece sulla porta della camera ancora pallida, la lettera appallottolata nascosta in una tasca del vestito.

Sedici mesi. Altro che conto alla rovescia. Il tribunale aveva dato al Castronni altri sedici mesi.

La causa che gli era stata intentata da un gruppo di ex clienti dello studio di suo padre era giunta in porto. L'accusa era quella di tentato ricatto plurimo aggravato. Il giudice non aveva voluto calcare la mano. Ma, visti i precedenti, quello era stato il risultato. Sedici mesi ancora.

«Mi hai sentito?» chiese l'Eraldo.

«Cosa c'è?» disse lei.

«Ti ho appena chiesto cosa ti è saltato in mente, perché ti sei licenziata dal lavoro senza dirmi niente.»

Già, rifletté Elena, s'era licenziata: chi se lo ricordava.

Non poteva, non doveva mollare proprio adesso. Sorrise, a fatica.

«Volevo farti una sorpresa», rispose.

Sorpresa? Che sorpresa? chiese l'Eraldo. La sorpresa gliel'avevano fatta in direzione poco prima.

Con la Fermina in ospedale, spiegò Elena, e la prospettiva che, una volta a casa, non sarebbe stata più in grado di fare quello che faceva prima, aveva pensato che lei sarebbe stata più utile tra quelle mura.

«Se non ti va bene posso sempre ritirare il licenziamento», concluse.

«Sì, sono lì tutti ad aspettare te» rispose l'Eraldo sorridendo.

# 124

La voglia dell'aperitivo serale passò simultaneamente sia al dottore sia al maresciallo.

Ciascuno aveva i pensieri suoi. Dubbi, domande. Che si sarebbero confidati se avessero avuto la certezza di averne, in cambio, risposte precise. Ma la certezza non c'era. Meglio quindi non scoprirsi, evitarsi anche.

Il dottor Tornabuoni, dopo l'apparizione notturna di Maria Grazia, non faceva altro che domandarsi come mai Maria Grazia fosse tornata ad abitare a Bellano.

Perché ci abitava. Non passava giorno senza che lui verificasse. Anche se non doveva andare a Varenna per visite, un giretto dalle parti della villa lo faceva sempre: una finestra aperta, un lenzuolo steso gli confermavano che la Perdicane era tornata a occupare la villa.

Il maresciallo invece era ossessionato dal Cillia. Se l'aspettava davanti agli occhi da un momento all'altro, visto che la sua futura moglie era lì. Lui, invece, continuava a latitare.

Il Pezzati però non era uomo da perdersi dietro a un solo pensiero. Un altro lo perseguitava. Era quella storia che il geometra Carrera gli aveva raccontato circa i due presunti acquirenti della villa.

Si chiedeva una cosa: se la Perdicane era già intenzionata a tornare a Bellano, che senso aveva mandare pochi giorni prima due potenziali clienti a visitare la villa?

Era un enigma, pensava il maresciallo. O un mistero?

## 125

Niente da fare. Ormai Elena si era licenziata e quello era il suo stato. Al massimo, le dissero in direzione, poteva fare di nuovo domanda di assunzione. Ma senza santi in paradiso e col personale al completo c'era il caso di non approdare a niente.

Elena non poteva aspettare. S'era immaginata di essere già altrove, a quella data. Invece era ancora a Bellano, e con la prospettiva di restarci per altri quindici mesi.

Doveva farli rendere, rifletté. Non poteva starsene con le mani in mano. Ma come?

L'idea le venne occupandosi della Fermina.

La donna, dopo due mesi precisi di degenza in ospedale, venne dimessa. Magra, un po' svanita, discretamente inabile. Il suo ingresso in casa coincise, per Elena, col dovere di mettere in atto le parole che aveva detto all'Eraldo circa il motivo che l'aveva spinta a licenziarsi.

Elena stette al gioco. Masticava amaro, però, perché ogni giorno che passava senza che guadagnasse una lira era un giorno perso. Ancora più sprecate le parevano quelle ore vuote che, tra un'incombenza e l'altra, le si presentavano lungo la giornata. Allora le montava la rabbia, si dava della stupida. Il ricordo dell'esperienza vissuta nella villa dei Perdicane ritornava spesso: faceva le stesse cose, percependo però uno stipendio.

Perché non fare lo stesso, ora? Far rendere quelle ore vuote, lavorando in casa d'altri?

Il Tornabuoni passava di tanto in tanto a sincerarsi dello stato della Fermina. Nel corso di una di quelle occasioni Elena lo interrogò.

«Dottore, lei non sa se qualcuno ha bisogno di un'assistente, una specie di infermiera insomma?»

«Non ti basta quello che hai da fare qui?» chiese lui.

«Mi piacerebbe guadagnare qualche soldo.»

Il dottore allargò le braccia.

«Sarebbe più facile trovar da fare pulizie, stirare... cose del genere», disse.

Non era il caso di andare troppo per il sottile, pensò Elena.

«Se le capita qualcuno mi avvisi», disse.

«Eccolo», disse il Tornabuoni.

Da un mese era senza domestica.

«Lei?»

«Io, certo. Se tuo marito non ha niente in contrario...»

Elena batté l'aria con una mano.

«Ne abbiamo già parlato», mentì Elena.

# 126

Gli olfatti fini percepivano già nell'aria i profumi dell'imminente primavera.

Il maresciallo era tra costoro. La mattina presto, bevuto il caffè, gli piaceva scendere in piazza Grossi, annusare l'aria. Poi dava un'occhiata ai titoli dei giornali.

Fece così anche quella mattina ma capitò un fatto nuovo.

Il Biglia si meravigliò. Cosa poteva essere successo di così grosso perché il maresciallo Pezzati decidesse di spendere le ottanta lire del giornale anziché sfogliarlo e subito dopo restituirglielo?

Partito il carabiniere prese anche lui una copia della «Provincia» e andò alla ricerca del fatto grosso. Guardò e riguardò. Niente. Né furti, incidenti o arresti clamorosi. A furia di cercare gualcì la copia a tal punto che non osò rimetterla insieme alle altre. La appallottolò e la gettò con rabbia a terra.

C'era, invece, il fatto clamoroso, l'arresto importante. Al Biglia però non poteva dire niente.

Era condensato in un titoletto in prima pagina con un rimando a quelle interne per un più esauriente resoconto dei fatti.

Diceva: «Industriale lecchese fermato al valico di Castasegna».

Quattro righe, sempre in prima, riassumevano il fatto.

«Augusto Cillia, titolare della Cillia Legnami fermato

al valico di Castasegna. Per lui due capi di accusa: bancarotta fraudolenta ed esportazione illecita di capitali».

Nelle pagine interne, a corredo del pezzo, compariva anche una fotografia dell'industriale che al maresciallo Pezzati strappò un sorriso: il Cillia infatti era stato ritratto con le labbra strette a cul di gallina, mentre sembrava sul punto di pronunciare uno dei suoi famosi «Ce lo dico» o «Ce lo chiedo».

Il cronista raccontava che da tre mesi almeno il Cillia non pagava gli stipendi ai suoi dipendenti, una quarantina, e costoro, dopo l'ennesima protesta interna, s'erano infine rivolti ai sindacati che, una volta azzannato l'osso, non avevano mollato sino a che non era stata fatta piena luce sulla situazione dell'industriale. Un disastro: investimenti sbagliati in borsa e debiti accumulati avevano trasformato la Cillia Legnami in una barca che stava per affondare. In più circolava la voce che l'industriale fosse in un giro di scommesse clandestine sui cavalli e anche lì avesse accumulato debiti su debiti.

Tirate le somme, era fortunato se gli erano rimasti gli occhi per piangere.

# 127

Anziché piangere, Augusto Cillia aveva tentato la carta del tutto per tutto.

Aveva chiesto a Maria Grazia di anticipare le nozze. Tanto, aveva detto, mese più mese meno era lì che dovevano finire.

Maria Grazia non aveva detto né si né no. S'era presa qualche giorno per riflettere. Soprattutto era in pensiero per sua madre che da qualche tempo non stava affatto bene.

Il Cillia era pressato. Gliene fregava niente degli operai, dei sindacati, del tribunale e della tributaria. Con un buon avvocato sottomano e la faccia di tolla che aveva, sarebbe venuto fuori da quel mare di guai più fresco di prima.

A dargli pensiero erano quelli dei cavalli. Quelli, quand'era il caso, andavano per le spicce e non facevano complimenti. Così, per tenerseli buoni qualche tempo, aveva raccontato loro del suo progetto matrimoniale e delle sostanze di cui, una volta sposato, sarebbe venuto in possesso.

Avevano verificato: meglio che se fossero carabinieri. I due che s'erano presentati al Carrera erano emissari. Presa visione della villa s'erano presentati anche alla Perdicane cui, senza giri di parole, avevano chiesto di affidare loro la procura di vendita della villa.

«Venduto l'immobile», avevano detto, «noi ci prendiamo quello che ci spetta e quello che avanza è vostro.»

Maria Grazia era caduta dalle nuvole. Coi due, giustamente giudicandoli tipi poco raccomandabili, non aveva discusso.

Ma, nel giro di due ore dopo quell'incontro, era già davanti al Cillia, pretendendo spiegazioni.

Nemmeno con davanti una Maria Grazia livida di rabbia l'industriale s'era smontato: era convinto di continuare a padroneggiare la situazione.

«Ma se sei nei debiti fino al collo», aveva gridato lei.

«Bambina», era stata la risposta, «deve ancora nascere quello che frega il Cillia.»

Per cui, se lei ci stava, lui aveva già pronto il piano: si sposavano, risolvevano gli impacci e poi, che l'ascoltasse bene, se ne sarebbero andati tutti e due in Libano, belli come il sole, a far la vita dei nababbi.

«Vacci te in Libano, cretino», era stata la risposta di Maria Grazia.

«È tutto organizzato», aveva risposto lui imperturbabile. «Te l'ho detto che quello che mi frega deve ancora nascere.»

Invece era già nato. Aveva l'imberbe viso di un finanziere di servizio al valico di Castasegna.

128

A giudizio del maresciallo Pezzati, quella sera era giunta l'ora di riprendere l'abitudine dell'aperitivo: l'enigma era risolto. Finalmente aveva la mente sgombra da dubbi e domande.

Si appostò alla finestra del suo ufficio, aspettando il passaggio del Tornabuoni e guardando lo scarso traffico e gli ancor più scarsi avventori del bar dell'Imbarcadero.

Dovette attendere sino alle otto. Quando lo vide lo richiamò dalla finestra.

«Un aperitivo dottore?» chiese.

Il Tornabuoni gli rispose con un'alzata di spalle ma si fermò ad attenderlo.

Dentro, alla luce del locale, il maresciallo notò che sul viso del Tornabuoni c'erano rughe.

Stanchezza? pensò.

«Cosa c'è dottore? Troppo lavoro? C'è ancora influenza in giro?» chiese.

Il Tornabuoni glissò.

Aveva appena trascorso un'ora con Maria Grazia Perdicane. Anche lei aveva appreso dal giornale dell'arresto del Cillia. Doveva parlarne con qualcuno. Con chi altri, se non lui?

«Come donna ho avuto un discreto successo, non credi?» aveva detto a un certo punto. «Ho sposato un sifilitico figlio di non si sa bene chi e sono stata fidanzata a un cretino con tendenze criminali.»

Lui non aveva fatto commenti.
«Non dici niente?»
«Finché c'è vita c'è speranza», aveva banalmente suggerito lui.
Lei aveva sorriso.
«Siamo ancora al palo», aveva detto lei.
«Chi?»
«Noi. Io. Anche tu. Alla nostra età tutti hanno figli, magari anche nipoti. Io fra un po' non avrò neanche più mia madre. Sei davvero convinto che finché c'è vita ci sia speranza?»
Aveva parlato con una voce fonda, addirittura inquietante. Il Tornabuoni aveva avuto la netta impressione che dietro quelle parole si celasse altro: un invito, una proposta.
S'era guardato in giro allora.
Gli angoli bui della stanza dov'erano gli avevano dato un brivido. Solo allora aveva percepito il freddo, l'odore della muffa che c'era in casa, rimasta chiusa per troppo tempo.
In quelle stanze, aveva pensato, c'erano già troppe storie, troppe cose successe, troppo passato. Era come un baule pieno dove nemmeno uno spillo avrebbe trovato posto.
«No», aveva risposto. «Non ne sono affatto convinto.»
«Volevo ben dire», aveva allora ribattuto la Perdicane ritrovando il solito tono glaciale.
Il maresciallo gli stava tendendo il bicchiere colmo di vino bianco.
«Dottore», disse, «torni tra noi e se lo beva d'un fiato. Questo ammazza tutti i virus.»

## 129

Il 1971 continuava a essere un anno straordinario per le nascite. Non passava settimana senza che girasse la voce che questa o quell'altra fosse incinta. Anche i colleghi di lavoro dell'Eraldo facevano la loro parte e, dando la lieta novella, pagavano da bere.

Fu il custode del cotonificio, tal Sanagatti, uomo di rara perfidia, che non si perdeva mai nessuno di quei brindisi, a innescare la miccia. Trattando dell'argomento insieme ad altri, nell'atrio del cotonificio, lasciò cadere una frase riferita all'Eraldo.

«*Per mì, l'è minga bon.*»

A suo giudizio il Bonomi era una mammoletta. Se fino ad allora, con una moglie siffatta, non aveva ancora figli, una ragione ci doveva essere. E lasciò cadere, come morto, il braccio lungo il fianco a significare quale.

Avvisato, l'Eraldo prese cappello. Tanto valeva prendersela col Sanagatti che, tra l'altro, era un invalido del lavoro. Alle parole avrebbe risposto con i fatti. E lo disse alla Elena.

Elena, sino ad allora, se l'era cavata dandosi quando sapeva di rischiare poco oppure ricorrendo ad altri sistemi. Li aveva sperimentati tutti, dal mal di testa all'uso delle mani.

Non aveva mai avuto a che fare, però, con un Eraldo così determinato. Il fatto la preoccupò.

Una gravidanza adesso sarebbe stata esiziale per i suoi

progetti. Non poteva, d'altra parte, illudersi di tenere a bada l'Eraldo per oltre un anno ricorrendo ai soliti trucchetti.

L'idea che le venne fu di parlarne al dottor Tornabuoni. Da quando era entrata in servizio a casa sua, mettendo in ordine e spolverando aveva potuto verificare, su riviste e libri, che al mondo esisteva una quantità incredibile di malattie di cui lei non aveva mai avuto il minimo sospetto.

Possibile che il dottore non ne potesse inventare una anche per lei, dandole quindi l'agio di usarla come scusa e tirare in là per un po', guadagnare tempo?

Bisognava convincere il dottore però.

E poi l'Eraldo che avrebbe preteso spiegazioni e, forse, la consulenza di qualche specialista.

L'idea scricchiolava. L'Eraldo invece scalpitava. Elena cominciò davvero a temere di non avere via d'uscita.

130

Il geometra Carletto Magnetti era un tipo spigliato negli affari come nella vita.

Negli affari gliene fregava niente di aumentare costi o caricare parcelle immaginandosi consulenze e pareri tecnici. Nella vita era scapolo e se la godeva.

Rispetto al suo concorrente Clemente Carrera aveva maggior fiuto e aveva capito che dal turismo poteva spremere più soldi che non dall'attività edilizia: bastava avere stanze e locali da dare in affitto per uno o due mesi.

Aveva passato i due anni appena trascorsi a rastrellare, ovunque gli fosse capitato, locali, appartamentini, stalle che aveva via via ristrutturato al risparmio. Poi aveva allacciato contatti con proprietari di case sfitte.

Nella primavera del 1971 si sentì quindi pronto per affrontare l'estate che arrivava e soprattutto per realizzare il sogno che da tempo cullava: creare l'Agenzia Immobiliare Magnetti.

La collocò nella centralissima via Manzoni, quasi di fronte alla sede del PCI. Gli mancava solo una cosa, un'impiegata di bella presenza da mettere lì a ricevere i clienti.

Sapeva che l'immagine, l'apparenza a volte contava molto più della sostanza. Come nelle sue case.

Chiese alla Elena.

L'impegno orario era di quattro ore al giorno: dalle dieci a mezzogiorno e dalle quattro alle sei.

Certo, rifletté la ragazza, avrebbe dovuto abbandonare il servizio dal dottor Tornabuoni. Ma lei doveva badare al suo interesse e lì dal Magnetti triplicava la paga.

Quindi accettò.

Tempo una settimana aveva capito l'aria che tirava. Il Magnetti era simpatico, rideva e raccontava un sacco di barzellette. Però aveva anche le mani lunghe e, quand'era lì in agenzia, l'impegno maggiore della Elena era quello di evitare pacche sul culo, buffetti, pizzicotti e carezze. Ne faceva già abbastanza in casa sua di quella ginnastica.

A un bel momento lo disse al geometra. Avanti di quel passo l'avrebbe costretta al licenziamento.

«Non ti piaccio neanche un po'?» chiese lui, tra il serio e il faceto.

«Ma no», rispose Elena. «Non è quello...»

Il Magnetti schioccò le dita.

«Ho capito», disse.

«Ah sì?» chiese Elena.

Lui abbassò la voce.

«Hai paura delle conseguenze.»

Anche quello c'entrava, pensò Elena.

«Benedetta ragazza», sorrise il Magnetti, «hai ragione. Però non sai che il sistema per evitarle c'è.»

«Sì, come no», ribatté Elena. «Lasciar stare, se voi uomini foste capaci.»

«Novul», disse il geometra.

«Cosa?» chiese Elena.

«Vedi che non lo sai?»

«Sapere cosa?»

«Novul», ripeté il Magnetti.

Novul: la prima pillola anticoncezionale, prodotta dagli americani nel 1968.

«Gli americani!» sospirò il geometra.

«Ed è in vendita?» chiese Elena

Forse la soluzione del suo problema era vicina.

«No», rispose il geometra, «in Italia no.»

Un'ombra di delusione calò sul volto di Elena. S'era illusa.

«Allora siamo punto e daccapo», disse con stizza.

«Ho detto non in Italia. In altri paesi sì. Come la Svizzera, per esempio. E la Svizzera non è all'altro capo del mondo.»

Poteva dirlo con certezza perché per sei mesi era andato lui in persona presso la Farmacia Europea di Chiasso ad acquistarla per farne dono a Bertilla Vareda che aveva smesso di assumerla quando il fidanzato Rodolfo s'era finalmente deciso a sposarla.

«Per averla», chiese Elena, «come posso fare?»

Il Magnetti si stirò, soddisfatto. Era convinto di aver letto bene nei pensieri della ragazza.

Le strizzò l'occhio.

«Posso pensarci io.»

## 131

Ai primi di maggio il Magnetti venne a sapere che il Gruppo Sportivo Moto Guzzi stava organizzando una riunione pugilistica. Andò allora a trovare il presidente della società, Enrico Valsecchi, per convincerlo a spostare la sede della riunione da Mandello a Bellano, presso la Casa del Popolo.

«Al coperto», disse, «se anche dovesse piovere siamo in una botte di ferro.»

L'altro accettò, a patto che il Magnetti si sobbarcasse metà delle spese.

«Metà delle spese», ribattè il Magnetti, «e metà dei guadagni.»

Si strinsero la mano, era fatta. Il geometra tornò a Bellano euforico: non gli sembrava vero di sponsorizzare la serata nel nome della neonata Agenzia Immobiliare Magnetti.

Il giorno dopo si attaccò al Cuba. Voleva convincerlo a rimettersi i guantoni per difendere i colori dell'agenzia. Per farlo dovette promettere un premio in denaro, quale che fosse l'esito dell'incontro.

«Va bene», disse il geometra.

«E poi», disse il Cuba, «c'è un'altra cosa.»

«Che sarebbe?»

«Sarebbe che questa è l'ultima volta poi basta», dettò il Cuba. «Dopo non vieni più a rompermi le balle.»

Il Magnetti accettò anche quello.

«Tu intanto allenati», disse.
«Te non preoccuparti», rispose il Cuba.
Fu una serata memorabile.
La sala della Casa del Popolo era gremita all'inverosimile, bellanesi e foresti. La maggior parte per vedere il Cuba che, a Bellano, non aveva mai combattuto.
Per fare posto al ring le prime tre file di poltroncine del cinema erano state spostate. Il Meteora, gestore della sala, per non perdere l'incasso aveva riciclato le sedie mancanti come posti in piedi, vendendo il biglietto a metà prezzo.
Il quadrato era sotto il telone del cinema. Sul lato che guardava la folla sfolgorava uno striscione.

AGENZIA IMMOBILIARE MAGNETTI
VENDE E AFFITTA
INTERMEDIAZIONI-CONSULENZE
AGENZIA MAGNETTI
AFFARI PERFETTI

Il distico era stato opera del geometra.
Prima che cominciasse la serata il Magnetti salì sul ring. Il presentatore lo salutò come un benefattore del nobile sport e augurò ogni fortuna alla neonata agenzia. Il saluto del Magnetti alla sala scatenò un'ovazione.
L'avversario del Cuba si chiamava Passerini, era di Ponte sull'Oglio. Quando venne annunciato l'incontro l'applauso fu assordante, da far crollare il soffitto.
Le oltre quattrocento persone stipate nella sala scattarono in piedi come un solo uomo, gridando d'entusiasmo.
Il Cuba entrò nel ring saltellando. Salutò appena. Incrociò i guantoni col Passerini. Si ritirò nell'angolo.
Suonata la campanella del primo round, nella sala calò un silenzio di chiesa. Il Cuba era già al centro del

quadrato. L'avversario era una pezza, dieci centimetri buoni più alto di lui.

Gli ci vollero trenta secondi esatti per stenderlo. Il Cuba giocò sulla sorpresa. Gli piazzò due colpi al fegato. Quello abbassò la guardia. Il Cuba non perse tempo, destro e sinistro al volto. Infine un devastante gancio al mento. Il Passerini andò al tappeto cadendo all'indietro, come in una comica.

Fu tutto talmente rapido che la gente rimase a bocca aperta.

Quando si levarono le prime grida di vittoria il Cuba era già sparito dal ring.

Era di lato alla scaletta. Fresco come un fiore, nemmeno un capello fuori posto.

Al Magnetti, che gli si avvicinò per fargli i complimenti, mostrò una mano ancora guantata per ricordargli il patto.

Il Bonomi era anche lui tra il pubblico. All'uscita, commentando l'incontro del Cuba, disse:

«È così che devi fare. Se fai a cazzotti con uno lo devi lasciare in terra.»

## 132

Il giorno dopo il Cuba non si fece vedere, nemmeno sul lavoro. Aveva un giorno di permesso dopo il match, lo trascorse in casa.

Fu il Magnetti a raccogliere complimenti, pacche sulle spalle, offerte di bevute.

Il successo della serata era andato oltre le sue più allegre previsioni. Sapeva che calcio, ciclismo e boxe erano gli sport preferiti dal popolo, ma non immaginava sino a quel punto.

Fosse stato negli stanzoni del cotonificio, poi, avrebbe avuto di che meravigliarsi.

Lì dentro, il giorno dopo e gli altri dopo ancora, il suo nome, accoppiato a quello del Cuba che nel frattempo aveva ripreso il lavoro, veniva continuamente citato: benefattore del paese e amico della gente che lavorava, erano le definizioni più comuni.

Non per niente, si diceva, era anche lui figlio di due genitori che avevano tirato la cinghia, un operaio e una lavandaia. Aveva fatto i soldi. Va bene, si sapeva.

Però, non si era dimenticato delle origini. Non aveva messo su arie. Quando c'era da spendere per il bene del paese e per il popolo, non si tirava indietro. Non si nascondeva, come tanti buoni con la lingua.

Ce ne sarebbero voluti di più come lui, si diceva.

Lo disse anche l'Eraldo parlando con Elena.

«Perché?» chiese lei.

L'Eraldo sogghignò, sprezzante.
«Perché uno così vale per due», spiegò.
Anch'io, pensò Elena.
Poi si concesse al marito che da venti giorni a quella parte non perdeva una sera.

## 133

Fu un'estate memorabile per il Bonomi che la fece da padrone con sua moglie. Ormai bastava che allungasse una mano e lei cedeva. Lontanissimi i rifiuti, i mal di testa, le storie cui si era pian piano abituato. Anche quell'altra faccenda della manovella, sepolta.

L'Eraldo non era tipo da stare troppo a chiedersi il perché. Ne approfittò, acquisendo via via sicurezza: quella del padrone.

Si sentiva solido. Anche sul lavoro non era più quello che a volte principiava una frase con un balbettio oppure scappava al cesso per evitare certi discorsi.

Adesso entrava lui in argomento e raccontava che la sera prima così e cosà, la moglie di qua e di là e via di questo passo.

Il solito Sanagatti, un giorno, volle provocarlo.

«Ma il frutto di tutto questo lavoro», chiese, «quand'è che lo vedremo?»

L'Eraldo aveva la risposta pronta.

«Se è solo perché vuoi bere a scrocco pago anche subito», disse.

«No, no», ribatté imperturbabile il custode, «è per vedere, dopo tante parole, un fatto.»

Ci pensava anche l'Eraldo ai figli. Sapeva, però, che una volta in gravidanza, la Elena avrebbe dovuto rispettare certe regole. Sarebbe tornata a centellinare le prestazioni: facevano tutte così, i suoi colleghi gliel'avevano detto più volte.

Era il caso di ritornare subito a fare la vita del frate?

Lui e la Elena erano giovani, tempo per i figli ce n'era da vendere.

Vaffanculo, quindi, al Sanagatti e alle sue balle. Lui, per adesso, voleva godersi la moglie.

Verso la metà dell'estate girò la voce che il Benito Vitali s'era trasferito. Era vero, pochi se n'erano accorti.

Era stata l'Ernestina a imporre il trasloco. Già poco dopo l'arrivo a Bellano aveva capito che suo marito non godeva di grandi simpatie in paese. Tuttavia qualche amica era riuscita a trovarla. Poi, però, la smania vendicativa del Benito aveva fatto anche intorno a lei terra bruciata. Se n'era resa conto bruscamente dopo la gravidanza: nei negozi o in piazza incontrando questo o quella, buongiorno e buonasera, e via.

Il Benito poi era sempre ingrugnito, incazzato e, se parlava, era solo per architettare piani per fregare questo o quello.

Via da Bellano quindi. Tornava a Gravedona dove aveva una casa, una famiglia, delle amiche e dove il Benito, a confronto coi bracconieri della sponda occidentale, avrebbe trovato pane per i suoi denti e forse anche qualche legnata che l'avrebbe indotto alla moderazione.

L'estate finì poco dopo ferragosto. Sancita, la fine, da un temporalone che portò nell'aria un fresco odore di bosco e vuotò il paese dai turisti.

Della fine dell'estate, che solitamente rallentava i ritmi, non ci fu traccia nell'Agenzia Immobiliare Magnetti. Anzi, coincise con un aumento tangibile del lavoro. Per il Magnetti soprattutto, che continuava a ricevere gente, scrivere lettere, fare telefonate, andare e venire, ora contento ora inviperito, dall'ufficio.

Cose grosse bollivano in pentola. Elena l'aveva capito, pur senza sapere quali.

Non che le interessasse più di tanto conoscerle. Le bastava verificare che, stante tutti quegli impegni, il Magnetti aveva da qualche giorno allentato la morsa in cui, sino ad allora, l'aveva tenuta.

A ottobre il Magnetti liquidò la sua impresa edile, lasciando in braghe di tela sei muratori di cui due abbastanza in là con gli anni, per dedicarsi anima e corpo all'attività immobiliare.

Tra appartamenti, case e casette, mono, bi e trilocali di proprietà aveva un bel patrimonio cui andavano aggiunte le procure di vendita e d'affitto che aveva ramazzato a destra e a manca.

Fu così che parecchi canoni d'affitto cominciarono a raddoppiare e, segnatamente, quelli delle case del vecchio nucleo del paese: locali fatiscenti, sui quali i proprietari non avrebbero investito una lira cedendo ad altri invece, al Magnetti appunto, e ben volentieri, l'onere della gestione. Cosa che il geometra cominciò a fare con spavalderia, senza guardare in faccia nessuno.

«O così o ancora così», era diventato il suo motto. Col che intendeva di non essere disponibile a concessioni: la sua parola era legge.

La sua immagine di amico del popolo cominciò a offuscarsi un poco. Pensionati, operai e famiglie numerose pagarono più di altri il prezzo di quella politica.

Anche il dottor Tornabuoni abitava ormai in un appartamentino capitato sotto la giurisdizione del Magnetti. Era sempre quello sopra il ristorante Cavallino ma la proprietaria, da sei mesi, ne aveva affidata la responsabilità all'Agenzia Magnetti.

Si aspettava, quindi, da un momento all'altro un sostanzioso ritocco dell'affitto.

Lo chiese alla Elena, un pomeriggio, in ambulatorio.

«Quand'è che il tuo capo si deciderà ad aumentarmi il canone?» chiese ridendo. «Questa attesa mi sta snervando.»

Elena rispose allo scherzo.

«Stia tranquillo dottore che arriverà anche il suo momento. E l'aumento sarà proporzionale al reddito.»

Poi, fattasi improvvisamente seria:

«Posso chiederle una cosa?» disse.

«Immagino che tu sia venuta qui per quello.»

«Infatti. Vorrei sapere se è arrivata anche in Italia la pillola anticoncezionale?»

Il Tornabuoni ci restò un po' così.

«E tu cosa ne sai della pillola?»

«Abbastanza per chiederle se è già in commercio.»

«Non lo volete un figlio?» chiese il dottore.

«Io non lo voglio.»

Il Tornabuoni tacque.

«Ancora no», disse poi, rispondendo alla domanda di Elena «Sembra però che sarà commercializzata con l'anno nuovo.»

«Mi terrà informata?»

«Se è così importante.»

«Lo è.»

## 135

«Eccola lì», disse tra sé Elena qualche giorno dopo. «Visto che la desiderava tanto, eccolo accontentato.»

Le sarebbe piaciuto curiosare per vedere quant'era l'ammontare. Ma la busta era già chiusa. Busta intestata dell'Agenzia Immobiliare Magnetti. Indirizzata al dottor Aurelio Tornabuoni. Era venuto il suo turno.

«È venuto il mio turno», pensò il dottore sorridendo, notando insieme all'altra posta la busta dell'agenzia.

Buttò il pacco della posta su una sedia e andò al circolo a mangiare come suo solito: a quella, come alle altre lettere, avrebbe dato un'occhiata la sera.

La sera passò prima la corrispondenza del partito poi diede un'occhiata alle riviste scientifiche.

Lasciò apposta per ultima la lettera dell'agenzia poiché aveva promesso quello stesso pomeriggio a Milena Ingrati, una vedova quarantatreenne che da qualche tempo gli rallegrava le serate, che l'avrebbe aperta e letta assieme a lei.

La donna, che s'industriava di mettere in atto mille malizie per fare le cose in gran segreto, suonò al suo campanello poco dopo le dieci della sera. Il dottore l'accolse e le mostrò la busta ancora sigillata.

«Prima o dopo?» chiese lui.

«Prima, prima», rispose Milena. «Sono troppo curiosa.»

L'aprì lei.

«Ma cos'è 'sta roba?» chiese.

«Dà un po' qua», disse il dottore.
Alla fine della lettura il Tornabuoni era sbiancato in viso.
«L'amico del popolo», mormorò.
La serata non ebbe alcuno sviluppo.

La convocazione degli iscritti in sezione venne giustificata da motivi «straordinari e urgenti». Artatamente il dottore aveva fatto il misterioso. Ne voleva tanti ad ascoltare la novità. Ne arrivarono, addirittura, troppi. La saletta scoppiava.

Quando il Tornabuoni fece un gesto per chiedere il silenzio, silenzio fu.

«L'amico del popolo», disse, scandendo bene le parole, «il benefattore del paese, comunica.»

Sventolò per aria la lettera. Quindi la lesse.

Era successo questo. La corte degli Adamoli, dove aveva sede la sezione del PCI, era diventata, un pezzo alla volta, di proprietà del Magnetti e dell'impresa edile Valsassina.

L'ultimo pezzo di quel mosaico era il piano terra dell'edificio dov'era la sede. Il geometra l'aveva acquisito la settimana precedente al termine di un'estenuante trattativa poiché c'erano di mezzo ben dieci eredi. Il Magnetti aveva fatto il conto che, solo dal piano terra, gli sarebbero saltati fuori tre mini appartamenti.

Al termine della lettura l'uditorio era muto. Il Tornabuoni intuì il perché: quasi nessuno aveva capito il senso di quel burocratico linguaggio. Tradusse lui.

«È uno sfratto», disse.

Cominciò allora un brusio confuso, parolacce, bestemmie.

«Opponiamoci», gridò uno.

«Bastardo», gridò un altro.

Il dottore richiese il silenzio.

«Ho studiato la situazione», disse, «e mi sembra che non abbiamo molta scelta. Possiamo chiedere una dilazione, credo che non ce la negheranno. Però, faremo bene a metterci in testa tutti quanti che da qui ce ne dobbiamo andare.»

«Quando?»

«Fra sei, otto mesi al massimo», comunicò il Tornabuoni.

«Dopo le elezioni.»

«Proprio così», confermò il dottore.

«Se vinciamo noi però da qui non ci manda via nessuno», si alzò una voce.

Il dottore sorrise.

«Per intanto non le abbiamo ancora vinte», ribatté il dottore. «Comunque, questa sera possiamo fare un patto. Impegnarci sin d'ora, tutti insieme, per far vincere il partito l'anno venturo. E nel frattempo guardarci in giro, cercare una nuova sede. Magari riusciremo a trovare qualcosa di meglio di questo buco.»

«Sarà un buco», saltò su a dire uno, «ma è la nostra sede storica. Io ci sono affezionato.»

«Questo sentimentalismo non fa onore a un buon comunista», dettò il Tornabuoni con serietà. Ma sapeva che stava dicendo una grossa cazzata

## 137

Furtivo come un ladro, finita la riunione l'Eraldo Bonomi guadagnò l'uscita.

A un socio che gli chiese se andava con gli altri a bere un bicchiere al Cantinone disse no. Quello, ridendo, gli fece un gestaccio con la mano.

«Ti si consuma», disse poi.

«Ma va' a quel paese», gli rispose, e filò a casa.

Elena aspettava sveglia, abituata, rassegnata ormai al tran tran di tutte le sere: era già capitato che lei dormisse e lui l'aveva svegliata.

Invece l'Eraldo, spogliato, si mise a letto, borbottò «buonanotte» e si girò su di un lato, dando a vedere che non era in vena. Elena non si fece pregare. Chiuse gli occhi, dieci minuti dopo dormiva.

L'Eraldo, invece, no. Aveva pensieri. E che pensieri.

Lui, la soluzione per la nuova sede ce l'aveva già.

In via Loreti infatti, tra la sede del Corpo Musicale Bellanese e quella dell'Associazione Nazionale Alpini, c'era un locale di una cinquantina di metri quadrati che era chiuso da vent'anni circa: esattamente dal 14 marzo 1953, giorno in cui Bortolo Vergottini, padre di sua madre Fermina, era morto.

Il nonno Bortolo l'aveva sempre usato come magazzino per le sue reti da pesca e come ricovero degli uccelli da richiamo sino a che aveva condotto il roccolo di Noceno.

Morto lui, il locale era rimasto lì, inutilizzato. Per qualche tempo dopo il funerale del nonno si era fatto avanti qualche compratore poi era caduto nel dimenticatoio. Era tornato in auge, di tanto in tanto, in periodi di scarsa moneta, quando venderlo significava darsi un po' di ossigeno. Il Gaspare però si era sempre opposto.

«Se sanno che lo vendi per bisogno ti prendono per il collo», aveva sentenziato. «Lasciamolo lì, che verrà buono.»

Adesso, stava pensando l'Eraldo, veniva buono, eccome.

Ma non per farci la sede del PCI. Lì dentro sarebbe nata la sezione bellanese del Partito Socialista Italiano di Unità Proletaria, come da promessa che il Consorziati gli aveva fatto quattro anni prima.

Il dottore e tutti gli altri, si chiedeva il Bonomi in attesa del sonno, l'avrebbero per questo considerato un traditore, un vigliacco?

## 138

Passato Natale Elena cominciò a sentirsi come se fosse in discesa. Riprese il conto alla rovescia. A darle la certezza che quella sarebbe stata la volta buona fu un significativo gesto del dottor Tornabuoni che, per la Befana, le fece avere un pacchettino con tanto di nastro: dentro c'erano due confezioni omaggio della pillola anticoncezionale che di lì a poco sarebbe entrata in commercio anche in Italia.

Incontrandolo per strada Elena volle ringraziarlo. Il dottore la guardò.

«Te ne servono altre?» chiese.

«Non più di quattro confezioni», rispose Elena.

«Fino a maggio», disse lui.

«Già», fece lei.

«E poi?»

Elena gli rispose con un bel sorriso.

Maggio sembrava lontano.

Lontano, certo, pensava l'Eraldo. Però, se ti cullavi su quel pensiero, andava a finire che maggio arrivava e tu eri ancora lì, come un cucù.

Per questo, non appena passate tutte le feste cominciò, da solo e di notte, a far pulizia di tutte le carabattole che ingombravano il locale in via Loreti.

Continuava a fare un po' da vicesegretario al dottor Tornabuoni, visto che la faccenda della nomina di quello nuovo era stata accantonata. Ma non si sentiva tranquillo né quand'era in sezione da solo, a tenere aperto, né quando partecipava alle riunioni. Avvertiva la necessità di uscire allo scoperto, di staccarsi da lì, dal dottor Tornabuoni, dal PCI. Ma non osava ancora farlo. Quel pensiero lo tormentava. Aveva bisogno di una spinta.

## 139

Gliela diede il Consorziati la spinta, tramite lettera. Scritta su carta intestata del PSIUP, l'Eraldo la ritenne una vera e propria investitura.

Il comasco gli scriveva che «memore del disinteressato ed efficacissimo lavoro svolto nel corso delle precedenti consultazioni elettorali politiche lo invitava a non risparmiarsi nemmeno in occasione di queste prossime al fine di permettere che il nostro partito possa confermare, quando non incrementare, le posizioni acquisite».

La lettera non era che una copia, dove le uniche cose originali erano il nome e cognome del destinatario e una inintelleggibile firma in calce che poteva essere quella del Consorziati come di mille altri. Questo sfuggì al Bonomi. Non gli sfuggì invece il fatto che, della costituenda sezione bellanese, non c'era traccia.

Ritenne quindi opportuno rinfrescare la memoria al Consorziati e gli telefonò.

C'erano tre Giorgo Consorziati a Como. Li interpellò uno dopo l'altro, chiamandoli dalla cabina di piazza Grossi.

Il terzo era quello giusto.

Del Bonomi il comasco non aveva alcuna memoria. Quando però l'Eraldo citò il dottor Tornabuoni, quello scoppiò a ridere.

«Il nostro nemico a sinistra», disse.

L'Eraldo dovette troncargli la risata perché gli stavano

finendo i gettoni e non aveva ancora palesato il motivo per cui gli aveva telefonato.

Sparò: passate le elezioni sarebbero stati maturi i tempi per fondare a Bellano una sezione del partito?

«Non capisco perché abbiate aspettato sino a ora», fu la straordinaria risposta del Consorziati.

Ma come? si chiese l'Eraldo dopo aver agganciato. Non era stato lui l'altra volta a dire che sarebbe stato meglio aspettare?

La lontananza acuì il desiderio di vendetta del Benito. Alla prima occasione non perse il treno.

Venuto a sapere che dalla sponda di Gravedona stava per partire, in barca, un carico di sigarette diretto a Bellano, avvisò il comandante della stazione bellanese della guardia di finanza, tal La Motta. A bordo della barca, specificò, ci sarebbero stati il Canòn, il Banana e un vecchio esperto di quei traffici, Amilcare Garzelli, detto Remora.

Avuta la notizia il La Motta voleva strapparsi i capelli. Era a corto di uomini, non poteva certo andare da solo ad appostarsi alla spiaggia della Puncia del Cane contro tre.

Gli venne allora l'idea di chiedere soccorso al maresciallo Pezzati. Gli contò per bene tutta la storia.

«La fonte è affidabile», disse.

«Chi è?» volle sapere il maresciallo.

Il finanziere glielo disse.

«Me la dà una mano?» chiese poi.

«Come no», rispose il Pezzati.

Comandò, a quel servizio, sé stesso e il carabiniere Locuratolo, che pregò di non muoversi se non dietro suo ordine.

«E se mi comanda qualcosa quell'altro?» chiese il carabiniere.

«La finanza non conta un cazzo», rispose. «I carabinieri siamo noi.»

La sera, sulla riva, si nascosero, coordinati dal La Motta.

Sull'acqua appena mossa, la barca navigava senza luci di segnalazione. I tre la sentirono arrivare. Il Pezzati che si era apposta nascosto alle spalle degli altri due lanciò, con una torcia, segnali luminosi e sperò in bene.

Il Remora se ne stava in prua. Vista la luce ordinò sottovoce agli altri di fermare i remi e di buttare l'intero carico nel lago.

Gli altri due gli chiesero se fosse impazzito.

«Ci stanno aspettando», spiegò, «ma qualcuno ci ha avvisato.»

«E se cambiamo riva?» chiese il Canòn.

«Ci fregano lo stesso», rispose il Remora. «Buttare tutto, dài.»

Le bricolle finirono in acqua, il Canòn e il Banana ripresero a remare.

Il maresciallo La Motta fischiò per avvisare i due carabinieri di tenersi pronti. In risposta udì cantare. Non voleva credere alle sue orecchie: quella che sentiva, però, era davvero una canzone di montagna. A cantare erano i tre nella barca.

Quando approdò, il finanziere diede l'ordine di uscire.

«Dài, usciamo», disse il Pezzati al suo sottoposto.

I tre continuavano a cantare e non si meravigliarono più di tanto nel vedersi attesi.

«Allora giovanotti», disse il La Motta, «vedo che siamo allegri.»

Lo era anche lui perché credeva di aver fatto un colpo. Quando vide che la barca era completamente vuota cambiò umore. Il Pezzati era serissimo, il Locuratolo non capiva.

«Da dove venite?» chiese seccamente il finanziere.

Fu il Remora a rispondere. Raccontò che erano stati a Gravedona da certi amici e avevano tirato tardi festeggiando. Avevano anche bevuto un po'. Erano allegri.

Il Pezzati sorrise, protetto dal buio. Il La Motta capì che lo stavano prendendo in giro.

«Favorite seguirmi in caserma», comunicò.

«Perché?» chiese il Remora.

«Stavate navigando di notte senza alcuna segnalazione luminosa. Vi basta?» rispose il finanziere.

Nessuno parlò più.

«Maresciallo», chiese il La Motta, «vuole venire anche lei?»

Avrebbe preferito andare a dormire ma ci andò condannandosi così, senza saperlo, a una notte insonne.

## 141

Nel suo ufficio al presidio della guardia di finanza il La Motta, nervosissimo, seguì alla lettera le procedure.

Controllo delle generalità, verbale, perquisizione.

Frugando nelle tasche del Canòn trovò un pacchettino rettangolare. Lo aprì. Erano due scatolette, contenevano pillole.

«Cosa sono?» chiese il finanziere.

«Boh» fu la risposta.

Il La Motta sapeva che certi contrabbandieri non si dedicavano solo alle sigarette ma anche ad altre sostanze. Si attaccò a quel sospetto per far passare un brutto quarto d'ora ai tre. Sinché, vista la mal parata, il Canòn disse che era un pacchettino che doveva consegnare al dottor Tornabuoni.

Il finanziere volle sapere chi gliel'aveva dato. Il Canòn rispose che l'aveva avuto da uno che lavorava in Svizzera.

«Bene», disse il finanziere. «Controllerò. Subito.»

«Come subito?» chiese il Pezzati.

Subito, ribadì il La Motta.

«Viene con me?» chiese poi.

«E andiamo» pensò il Pezzati.

Erano le tre del mattino, passate da qualche minuto. Ci volle un po' a svegliare il dottore il quale, trovandosi davanti i due marescialli, non riuscì a contenere una certa sorpresa.

Il Pezzati, entrando in casa, approfittando del fatto

che era davanti al collega finanziere, gli lanciò uno sguardo per fargli intendere che doveva portar pazienza. Il La Motta invece continuava a essere serissimo. Senza accomodarsi esibì sotto gli occhi del dottore le due scatole. Parlò per cinque minuti filati, riassumendo i fatti della notte.

Alla fine chiese se confermava la storia del Canòn e lumi sul contenuto di quelle pillole.

Il dottore non sapeva se piangere o ridere. Guardò il Pezzati che nonostante il sonno aveva un'espressione ilare. Rise anche lui. Quindi spiegò cosa contenevano quelle pillole misteriose e quale fosse il loro effetto. Un'ombra di delusione si dipinse sul volto del finanziere.

«Tra l'altro di qui a qualche mese saranno in commercio anche in Italia. Così non sarà più necessario mandarle a prendere in Svizzera», aggiunse.

«Se è così...» disse, abbacchiato, il finanziere.

«Ci scusi il disturbo», concluse il Pezzati schiacciandogli l'occhio.

Sulla soglia di casa il dottore richiamò i due. Il finanziere infatti s'era rimesso in tasca le due scatole e se le stava portando via.

Il Tornabuoni le chiuse in un cassetto del mobile di cucina. Erano le ultime due scatole di cui Elena aveva bisogno. Due scatole, pensò il dottore, due mesi. Poi?

Il dottore sentiva che poi qualcosa sarebbe successo ma non riusciva a immaginare cosa.

## 142

La sera di sabato 6 maggio 1972 Eraldo rientrò a casa poco dopo le otto. Tornava dai seggi, dopo aver presenziato, quale rappresentante di lista del PSIUP, all'insediamento.

Era sconvolto. Non più di un'ora prima, uscendo dai seggi col dottor Tornabuoni, gli aveva confessato le cosa che da un bel po' di tempo gli pesava sullo stomaco: passate le elezioni, avrebbe aperto a Bellano la sezione del PSIUP.

«Il locale ce l'hai?» aveva chiesto il dottore.

L'Eraldo era arrossito violentemente.

«Sì», aveva risposto.

Elena lo lasciò cenare tranquillamente. I due vecchi erano a letto da un paio d'ore.

«Ti devo dire una cosa», disse lei.

Tre giorni prima le era arrivata la lettera che aspettava... da quanto tempo l'aspettava?

Curzio era libero, tornava. Le aveva scritto anche quando.

«È una cosa lunga?» chiese l'Eraldo.

«Abbastanza», rispose lei.

«Allora ne parliamo dopo», disse l'Eraldo. «Adesso devo andare in sezione.»

Elena abbozzò.

«Tornerai tardi?» chiese.

«Non lo so, ci sono ancora un sacco di cose da fare.»

Non era vero. Da fare non c'era più niente se non aspettare.

L'atmosfera era quella della vigilia dell'apertura della caccia o della pesca degli agoni. Sui quali, al proposito, quell'anno circolavano da giorni voci da favola.

Tanti agoni così, un mese prima dell'apertura della pesca, non si vedevano da anni.

Quando l'Eraldo arrivò, la sezione era già piena.

«Siamo qui in tanti perché non c'è un cazzo da fare», gli disse Giacomo Croci, Genchi. Era un suo compagno di lavoro.

Chiacchieravano tutti, dentro e fuori, nel cortile con la palma.

«Stiamo peggio delle sardine in scatola», disse l'Eraldo, invitando il Genchi a uscire nel cortile.

«Peggio degli agoni in frega» ribatté quello.

«È vero che sono così tanti?» chiese l'Eraldo.

L'altro menò una mano in aria.

«Dappertutto», disse.

«Li hai visti?» chiese l'Eraldo.

Il Genchi gli schiacciò l'occhio: voleva dire che ne aveva presi anche un po', pur se la pesca era ancora chiusa.

«Rete o quadrato?» chiese l'Eraldo.

«Quadrato. Quattro colpi e via. Trenta chili in due sere.»

L'Eraldo deglutì.

Il Genchi comprese.

«Stiamo qui a menarlo?» disse.

Il Bonomi si guardò in giro, gente che chiacchierava e che, quando c'era stato da lavorare, non s'era mai vista.

«Dài», disse l'Eraldo.

Senza dirselo s'incamminarono alla volta della Puncia del Cane.

# 143

Il silenzio della notte era rotto solo dal rumore dei *barboeuj*, gli agili movimenti circolari degli agoni condotti appena sotto il pelo dell'acqua.

L'Eraldo e il Genchi tacquero a lungo, ascoltando.

«Quanti ce n'è», disse a un certo punto l'Eraldo con voce cavernosa.

L'altro non disse niente. Dal lago scuro saliva un denso profumo. Il Bonomi inspirò.

«Sembra odore di donna», disse, pensando alla Elena.

Elena stava andando a dormire a quell'ora. Aveva appena finito di rileggere per l'ennesima volta la lettera che le era arrivata quella mattina, poi l'aveva distrutta e infilata nel cesso.

«Tentiamo?» disse l'Eraldo.

«Cosa?» chiese il Genchi.

«Due colpi.»

«Falli tu. Io curo.»

Dopo mezz'ora l'Eraldo aveva riempito di agoni un secchio della biacca. A ogni colpo di quadrato ne tirava su quattro, cinque.

I due guardia arrivarono alle spalle del Genchi, che faceva da palo appoggiato al muretto della statale, senza che lui se ne accorgesse.

«Si guarda il panorama?» disse uno.

Il Genchi, preso alla sprovvista, gridò.

«Scappa!»

L'incanto della pesca si ruppe. Il Bonomi smadonnò. Si girò a guardare, vide tre teste, il Genchi e i due guardia.
«Vacca troia!» mormorò.
Salire voleva dire consegnarsi nelle mani dei guardia. Se quell'asino del Genchi non avesse gridato lui avrebbe potuto star lì anche tutta notte, aspettare che le guardie se ne andassero. Ma adesso quelli, sapendo che lì sotto c'era uno che pescava di frodo, non avrebbero mollato.
Non c'era altra via di fuga che il lago. Doveva farsela a nuoto fino alla riva della filanda Gavazzi. O sennò star lì ad aspettare che i due guardia scendessero a cantargli la canzoncina.
Gettò il quadrato in acqua, svuotò il bidone, si tolse le scarpe, si fece il segno della croce, non si sa mai.
L'Eraldo era un buon nuotatore. Ci diede dentro. Alle tre del mattino approdò alla riva della filanda, quindi filò a casa.
Il Gaspare lo stava aspettando. L'Eraldo entrò in casa tremante, smorto come un cadavere.
«Cos'è successo?» gli chiese il vecchio.
L'Eraldo riassunse i fatti. Balbettava, aveva freddo.
«Metto su l'acqua a bollire», disse il Gaspare.

# 144

Il Bonomi dormiva, domenica mattina. Dormiva sodo. Elena continuava ad andare e venire dalla camera da letto. Ormai mezzogiorno si stava avvicinando e lei doveva dirglielo.

Doveva dirgli una cosa: che a mezzogiorno Curzio Castronni sarebbe arrivato a Bellano per portarsela via e dal giorno dopo lei non ci sarebbe più stata. Che tornava da sua madre, a Occhiobello, con lui. Che era meglio così anche per lui, era giovane, avrebbe trovato un'altra donna, più adatta e, soprattutto, innamorata.

Alle undici l'Eraldo si svegliò. Elena tirò il fiato. Il momento era arrivato. Entrò in camera.

«Stai bene?» gli chiese.

Lui grugnì una risposta.

«Eraldo», disse lei, «devo dirti una cosa. Ascoltami.»

In quell'istante suonò il campanello. Un minuto dopo il dottor Tornabuoni era in camera.

«Bravo coglione», gli disse.

Cosa ci faceva lì il dottore? chiesero sia l'Eraldo che Elena.

Era stato il Gaspare a chiamarlo.

Se il Genchi aveva parlato per l'Eraldo erano guai. Ci voleva, aveva pensato il vecchio, un bel certificato medico che dicesse che il giovanotto era in malattia sin da venerdì. Uscito presto di casa era andato dal Tornabuoni e gli aveva esposto la situazione. Il dottore non aveva saputo dire di no.

«Già che ci sono», aveva detto il Gaspare, «vado anche a votare, così poi non esco più.»

«E cosa vota di bello?» aveva chiesto il dottore.

«Comunista», aveva risposto senza esitazioni il vecchio.

«Meno male. Temevo che mi andasse a votare il PSIUP», aveva scherzato il Tornabuoni.

«Figuriamoci», aveva ribattuto il vecchio che poi s'era avviato e aveva votato, come suo solito, DC.

«Bravo coglione», ripeté il Tornabuoni.

Le campane di mezzogiorno cominciarono a risuonare.

Il dottore si spiegò: giusto perché gliel'aveva chiesto suo padre avrebbe fatto uno strappo alla regola, gli certificava tre giorni di malattia, a partire da venerdì.

«Tu però», disse, «metti solo la punta del naso fuori di casa e ci penso io a farti passare un guaio.»

L'Eraldo stava per dire sì ma s'interruppe.

«A votare come faccio?» chiese.

L'ultimo tocco di mezzogiorno echeggiava nell'aria.

«Te lo voto io il PSIUP», saltò su a dire Elena.

«Grazie», piagnucolò l'Eraldo. «Ma non puoi votare per due.»

No, pensò Elena, non poteva votare per due. E da quel giorno smetteva anche di fare le cose per due.

Uscì assieme al Tornabuoni che ritornava ai seggi, senza guardarsi in giro. Curzio era già lì, a Bellano. L'aspettava, in macchina, alla galleria delle Tre Madonne.

«Voti davvero il PSIUP?» le chiese il dottore.

Almeno un biglietto, quattro righe all'Eraldo avrebbe voluto farle avere, stava pensando Elena.

«Come dice?» chiese.

Stavano entrando nel palazzo scolastico, seggio numero quattro. Il dottore era rappresentante di lista proprio lì. Il presidente di seggio consegnò a Elena la scheda e la matita.

Elena sventolò la scheda verso il Tornabuoni. Lui le schiacciò l'occhio.

«Hai proprio votato il PSIUP?» le chiese dopo.

Elena sospirò.

«Credo proprio di no», disse.

«E all'Eraldo cosa dici?»

«Ci pensi lei», rispose Elena, andandosene poi di gran carriera.

Cosa voleva dire? si chiese il Tornabuoni.

# 145

Alle quattro del pomeriggio l'Eraldo non ne poté più.

Aveva ben presente l'avvertimento del dottor Tornabuoni.

Ma Elena, si chiedeva, dove cazzo era andata a votare? A Occhiobello?

Sua madre era a letto. Il Gaspare dormiva sulla poltrona di vimini. Furtivo il Bonomi uscì di casa. La contrada era vuota, silenziosa. Prese per via Manzoni anziché scendere in piazza. Si diresse alla volta del palazzo scolastico. Il dottor Tornabuoni era lì, seggio numero quattro, quale rappresentante di lista. Gli avrebbe dato una bella strigliata, vedendoselo comparire davanti. Amen, avrebbe sopportato. Ma Elena era uscita di casa con lui, per andare a votare, quattro ore prima: magari sapeva anche dove se n'era andata dopo, invece di tornare a casa.

Vedendolo entrare nel seggio il dottor Tornabuoni restò un istante senza parole. Poi lo indicò col dito.

«Fermo lì», disse.

L'Eraldo si impalò sulla soglia. Le parole del dottore l'avevano colpito come cazzotti.

«Vieni con me», ordinò il dottore, «in corridoio.»

Nel corridoio c'erano solo un paio di carabinieri che passeggiavano su e giù, annoiati. Era un'ora di stanca, il grosso degli elettori sarebbe arrivato più tardi dopo la messa delle sei.

«Ti avevo detto...» cominciò il Tornabuoni.

«Mi scusi dottore...» interloquì l'Eraldo.
«Fammi parlare.»
«Ma no, senta...»
«Stai zitto!»
I due carabinieri si girarono a guardarli.
«Elena dov'è?» chiese l'Eraldo approfittando di una pausa.
La fronte del Tornabuoni si corrugò.
«A me lo chiedi?»
L'Eraldo si spiegò.
«Sarà andata a fare un giro, quattro passi...» suggerì il dottore.
«Senza dirmi niente?»
«Le sarà venuto in mente all'improvviso, vista la bella giornata...»
«Senza nemmeno mangiare un boccone per pranzo?»
«Non avrà avuto appetito.»
«Senza...»
«E basta!» disse il Tornabuoni. «Magari adesso è a casa e fra un po' viene qua lei a cercare te.»
«Sarà...» borbottò l'Eraldo.
«Tu intanto fila a casa.»
L'Eraldo lo guardò con aria supplice.
«Già che sono qui posso votare?»
Il Tornabuoni fece no con l'indice.
«No», ripetè.
«Ma...»
«Ho detto no. Non sarà certo con un voto in più o in meno che vincerete le elezioni. E poi hai già avuto quello di tua moglie.»
«A patto che abbia votato il PSIUP», ribatté l'Eraldo.
«Vuol dire che se riconoscerò la scheda durante lo spoglio verrò a dirtelo» scherzò il dottore.
L'Eraldo si avviò verso l'uscita. Il Tornabuoni lo seguì e controllò che imboccasse via Manzoni per fare ritorno a casa.

## 146

Al seggio numero quattro lo spoglio delle schede fu caratterizzato da parecchie contestazioni. Quando, alle due del mattino, le altre sezioni avevano terminato, alla numero quattro mancavano ancora un centinaio di schede.

Alle due e un quarto il presidente di seggio proruppe in un'esclamazione che risvegliò gli assonnati scrutatori.

«E questa cosa sarebbe?» disse.

Il Tornabuoni si avvicinò all'urna. Non aveva voglia di un altro voto da contestare e far mettere a verbale. Anche lui, come tutti gli altri, non vedeva l'ora di andare a dormire.

Il presidente di seggio rise.

«Sembra un messaggio per lei», disse e tese al Tornabuoni la scheda.

«Glielo dica lei, dottore, di non cercarmi e di non rimpiangermi. Vado via. Gli scriverò e gli spiegherò. E.»

«Scheda nulla, no?» disse il presidente di seggio.

Il Tornabuoni non aveva sentito.

«Dottore?»

«Sì?»

«Ci capisce qualcosa?»

Il dottore fece segno di no.

«Nulla», disse il presidente.

«Nulla», borbottò il Tornabuoni.

E adesso? si chiese. Possibile che gli dovesse sempre capitare di essere messo in mezzo?

Salutò presidente e scrutatori.

«Beato lei che può andare a dormire», gli dissero.

Proprio, pensò lui.

Via Manzoni era silenziosa, percorsa da una gradevole arietta. Il Tornabuoni camminò lentamente.

Che cazzo! pensava.

Giunse sotto la casa del Bonomi. Una finestra, quella vistamontagna, era illuminata.

L'Eraldo aspettava.

## 147

Prima che la macchina del Castronni si infilasse nella galleria di Morcate, Elena s'era girata brevemente e aveva dato un ultimo sguardo al paese. Le era tornata in mente una frase di quel libro che, anni prima, aveva letto all'Arrigoni: addio monti sporgenti, diceva. La ripeté, impercettibilmente.

Aveva un pensiero: era una fuga, la sua, oppure un ritorno?

Della fuga aveva tutte le caratteristiche. Ma lei si sentiva come se stesse ritornando a casa dopo una lontananza forzata. Da casa era fuggita, cinque anni prima. Ma a guardar bene le cose aveva trascorso quel tempo a fare di tutto, proprio di tutto, per garantire a sé e alla sua famiglia un futuro. E, adesso, anche a Curzio.

E l'Eraldo?

Elena non poteva pensarci senza sentire un po' di rammarico. Il destino gliel'aveva messo sulla strada, lei l'aveva colto, usato per il suo bisogno. Ma s'era anche sdebitata, in fondo l'aveva goduta. Se di lui non s'era innamorata, non ne aveva colpa.

Certo, avrebbe potuto parlargli, spiegare.

L'avrebbe fatto, di lì a qualche giorno, per lettera. Gli avrebbe detto che, se voleva, avrebbe potuto anche andare lui da lei, a Occhiobello, a parlare.

Tanto, pensava Elena, da lì, nessuno più l'avrebbe portata via. L'avventura sul lago era finita. Era servita? Aveva salvato la sua famiglia, tanto le bastava.

All'altezza di Lecco Curzio decise che era ora di rompere il silenzio in cui Elena era immersa.

«Di' un po'», chiese. «Mi ci vedi bene come cameriere nella vostra trattoria?»

Elena si girò a guardarlo e gli sorrise.

«La lingua non ti manca», disse lei.

«Lingua e bella presenza», scherzò lui.

«E mettici anche la voglia di lavorare», disse Elena seriamente. «Il tempo delle cazzate è finito.»

Ma come? Ma dove? Ma perché?

L'Eraldo non capiva le parole del dottore e continuò a fare domande.

Ma quando? ma con chi?

Il Tornabuoni si ingegnò di dirgli che sua moglie l'aveva piantato, andandosene non sapeva nemmeno lui dove né con chi.

Perché?

Non lo sapeva.

Dove?

Nemmeno quello gli poteva dire.

Ma come, ma dove, ma perché?

Alle cinque della mattina al Tornabuoni scapparono i cavalli.

«Se non lo sai tu perché tua moglie è andata via vuoi che lo sappia io?» disse.

L'Eraldo abbozzò.

«Non lo so.»

«Siamo in due.»

«E adesso?» chiese il Bonomi, zittendosi poi.

«Adesso?» fece il dottore.

Per il sonno gli bruciavano gli occhi. Si sentiva come se l'avessero preso a bastonate. Aveva necessità di cambiarsi, darsi una lavata.

Adesso, disse all'Eraldo, gli conveniva starsene buono, non dar fuori di matto, far passare qualche giorno.

Le donne erano fatte così. Magari era solo un colpo di testa e di lì a qualche giorno la Elena sarebbe tornata indietro.
«Davvero?» chiese lui.
«Può darsi», sbadigliò il dottore.
Invece no.
«È tutto scritto qui», disse il Bonomi al Tornabuoni una settimana più tardi.
Elena gli aveva scritto, tre pagine fitte.
«Allora?» chiese.
L'Eraldo, anziché rispondere, scosse la testa.
«Dice che posso anche andare a trovarla, giù là. Che mi vedrà volentieri. Ma qui non torna.»
Il Tornabuoni non sapeva che dire.
«Ai tuoi l'hai detto?» chiese.
«Quasi», rispose l'Eraldo.
«Come sarebbe a dire?»
«Gli ho detto che per intanto è andata da sua madre perché ha bisogno, è ammalata. Poi vedrò.»
Il dottore approvò.
«Piano, piano», disse, «glielo dirai.»
L'Eraldo sembrava vicino alle lacrime.
«Su», lo esortò il dottore, «la vita continua.»
«Come no.»
«E, a proposito...»
«Sì?»
«So che non è il momento», disse il Tornabuoni, «ma siamo stretti dalla necessità. Quindi... volevo dirti, quel locale che stavi preparando...»
Il Bonomi sorrise amaro.
«Quello per la sezione?»
«Appunto. Immagino che non ti serva più adesso. Farebbe comodo a noi invece.»
Trentadue voti a Bellano, nessun rappresentante in parlamento: il PSIUP era uscito malconcio dalle elezioni.
«Bella merda», disse l'Eraldo.

Il Tornabuoni concordò mentalmente: poteva ben dirlo, visto che nel giro di una settimana aveva perso moglie e partito.

# EPILOGO

Il 19 giugno del 1972 le campane a morto suonarono ancora.

La Fermina, pur se completamente sorda, quel suono riusciva comunque a percepirlo.

«Chi è morto?» chiese.

Anzi, gridò.

Era morto, all'età di centotré anni, Quintiliano Arrigoni, disponendo che le sue sostanze andassero a finire alla parrocchia di Cernobbio.

A sera Eraldo riuscì a soddisfare la curiosità di sua madre.

«Ma chi è?» chiese poi.

«Boh!» rispose la Fermina.

Nemmeno il Gaspare lo conosceva.

«Di Arrigoni ce n'è un sacco», disse.

All'Eraldo venne una strizza allo stomaco. Lo sapeva bene. Tanti. Troppi. Razza maledetta.

Finito di stampare nel mese di agosto 2003
presso il Nuovo Istituto Italiano d'Arti Grafiche Bergamo